VERSAUTE NEUIGKEITEN

EINE URLAUBSROMANZE - UNANSTÄNDIGES NETZWERK 1

MICHELLE L.

INHALT

1. Lila	1
2. Duke	9
3. Lila	18
4. Duke	25
5. Lila	33
6. Duke	41
7. Lila	49
8. Duke	57
9. Lila	65
10. Duke	73
11. Lila	81
12. Duke	89
13. Lila	96
14. Duke	104
15. Lila	112
16. Duke	120
17. Lila	128
18. Duke	136
19. Lila	144
20. Duke	152
21. Lila	160
22. Duke	167
23. Lila	175
24. Duke	183
25. Lila	191
26. Duke	198
27. Lila	205
28. Duke	213
29. Lila	221
30. Duke	229

Veröffentlicht in Deutschland:

Von: Michelle L.

© Copyright 2020 – Michelle L.
ISBN: 978-1-64808-193-4

ALLE RECHTE VORBEHALTEN. Kein Teil dieser Publikation darf ohne der ausdrücklichen schriftlichen, datierten und unterzeichneten Genehmigung des Autors in irgendeiner Form, elektronisch oder mechanisch, einschließlich Fotokopien, Aufzeichnungen oder durch Informationsspeicherungen oder Wiederherstellungssysteme reproduziert oder übertragen werden. storage or retrieval system without express written, dated and signed permission from the author

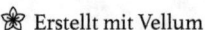 Erstellt mit Vellum

Ein Job, zwei Konkurrenten, und eine große Anziehungskraft zwischen den beiden...

Warum musste er so männlich, robust und sexy sein?
Warum musste es diese blöde Regel geben, dass man nicht miteinander ausgehen darf, wenn man bei WOLF arbeitet?
Und warum konnte ich meine Hormone nicht ignorieren und der Profi sein, der ich sein musste?
Ich wusste die Antwort auf die letzte Frage. Wie konnte jemand etwas so Heißes ignorieren?
Wenn er mich berührte, kribbelte es mich am ganzen Körper.
Als sich unsere Lippen zum ersten Mal berührten, wusste ich, dass ich ihm verfallen war.
Er hatte mich von Anfang an. Er nahm mich besser, als ich dachte, dass es möglich wäre.
Mein Körper war ihm ausgeliefert, und er kannte kein Erbarmen.
Aber unsere Arbeit könnte die Leidenschaft zerstören, die wir gefunden haben.
Würden wir das wirklich zulassen?

'Wenn du eine Frau zum Lachen bringen kannst, kannst du sie zu allem bringen.' Marilyn Monroe

1

LILA

NEW YORK, NEW YORK

WOLF, der neueste Fernsehsender der alle in der Branche zum Staunen gebracht hatte, hatte mich angerufen.

Mich!

Eine Frau mit dem Namen Baker hatte mich angerufen um mich zu fragen ob ich Interesse hätte aus Los Angeles, Kalifornien durchs ganze Land zu fliegen um ein Interview für einen der Jobs bei einem neuen Sender namens WOLF zu haben. Sie wollten einfach neue Gesichter – neue Talente mit einer vielversprechenden Zukunft.

Als frischgebackener Absolvent der UCLA mit einem Abschluss in Kommunikation - mit einem Durchschnitt von 1,0, musste ich hinzufügen - war ich ihnen ins Auge gefallen. Mit der finanziellen Hilfe meiner lieben Eltern war ich durchs Land getourt - naja, vielleicht nicht getourt, aber es war eine lange Reise, und ich nahm sie ganz allein auf mich.

WOLF hatte mich in ein nettes Hotel gesteckt - nein, nett ist nicht das richtige Wort. Man kann das Park Hyatt New York nicht nur nett nennen. Extravagant, luxuriös, fantastisch - all diese Worte passen viel besser zu der feinen Unterkunft. Ich war vor Ehrfurcht überwältigt, als ich in die Lobby des riesigen Hotels ging.

Um ganz ehrlich zu sein, ich konnte mich an nichts mehr erinnern, seit ich am JFK aus dem Flugzeug gestiegen bin. Mir war schwindelig, und das kam nicht von den zwei Gläsern Wein, die ich im Flieger getrunken hatte. Es hatte viel mehr damit zu tun, dass meine Träume endlich Wirklichkeit wurden – dass sie sich im wirklichen Leben abspielten.

Es war schon seit meiner Kindheit mein Traum, die Frau im Fernsehen zu werden, die der Welt von den neuesten Nachrichten erzählte. Mutig, ich weiß. Ich beschäftigte meine Familie - Mama, Papa, meine Zwillingsschwester Lilly und unseren älteren Bruder Lonnie - mit meinem Charme und Witz, als ich auf einem Stuhl hinter einem Fernseher in unserem bescheidenen Wohnzimmer saß. Geschrieben mit eigener Hand, angetrieben von meiner aufgeweckten Phantasie, las ich ihnen die Nachrichten vor. Meine Art von Nachrichten.

Da ich nur ein Kind war, betrafen meine Nachrichten all die Dinge, um die sich nun Mal eine Zehnjährige sorgen würde - was es an diesem Tag in der Cafeteria gegeben hatte und wie das mich und die anderen Kinder in meiner Klasse beeinflusst hatte, oder das Mathe Schülern wie mir, künstlerischen Wesen ohne mathematische Ambitionen, in späteren Jahren meiner Ausbildung nicht helfen würde. Und natürlich, dass das ganze Jahr über so brav wie möglich zu sein, damit der Weihnachtsmann Kinderspielzeug mitbringen würde, ein Betrug war, da er jeden von uns nur ein Geschenk mitgebracht hatte. Ein Spielzeug für ein Jahr brav sein machte keinen Sinn, mathematisch gesehen. Und ich war nicht mal gut in Mathe und wusste das. Du verstehst schon, knallharter Journalismus.

Nachdem ich meine Familie jahrelang mit meinen Nachrichtensendungen verwöhnt hatte, ging ich in den Westen, weg von der Kleinstadt in New Mexico, um die Ausbildung zu bekommen, die ich brauchte, um meinen Lebenstraum zu erfüllen. Die UCLA begrüßte mich mit offenen Armen, ich blühte dort auf und schloss mich neben dem Studium noch zu Aktivitäten wie der Campuszeitung an, wobei meine Noten immer noch hervorragend blieben.

Und jetzt hatte mich New York in seine Arme gezogen, um mir das zu geben, was nur New York mir bieten konnte. Eine Nachrichtensprecherin bei einem brandneuen Sender namens WOLF. Nachdem ich den Anruf erhalten hatte, beschloss ich, dass mein Totemtier ein Wolf sein musste. Als jemand, der nicht viel mit dem Glauben der Ureinwohner Amerikas und Sachen wie Totemtieren zu tun hat, dachte ich, es wäre an der Zeit, dies zu ändern. Ich bin zu einem sechzehntel Seminole, dank eines umherirrenden Urururgroßvaters, der sich mit einer Frau eingelassen hatte, die später meine Urururgroßmutter wurde. Oder ich war ihre uneheliche Enkelin. Nicht sicher, wie das alles so ablief.

Also, mit der Furchtlosigkeit und Wildheit eines Wolfes, stieg ich allein in ein Flugzeug und versuchte, keine Angst davor zu haben, nach New York City zu fliegen, um meinen Traum zu verwirklichen. Der Traum, hinter einem echten Nachrichtentisch zu sitzen, mit einer echten Kamera, die auf mich gerichtet war, während ich jedem erzählte, was in der Welt so vor sich ging.

Ich hatte mir nie mehr erwünscht. Nun, da war dieses eine Paar Stiefel, das ich einmal in einem Geschäft gesehen hatte. Also, das war ein echter Wunsch - nein, eine Notwendigkeit. Ich brauchte diese Stiefel einfach, und es war zu grausam, nur zehn Dollar zu wenig zu haben.

Aber ich hatte meinen herzzerreißenden Verlust dieser

fabelhaften Stiefel überwunden, während ich an meinem Traum vom Fernsehstar festhielt. Dieser unerschütterliche Wunsch zahlte sich aus und ließ mich dort landen, wo ich an diesem schicksalhaften Tag nun also war - in einem Taxi, das durch die belebten, überfüllten Straßen der Innenstadt von New York fuhr.

Ich hatte vier Jahre auf dem Campus der UCLA gelebt. Ich dachte, ich wüsste, was eine Menschenmenge ist. Ich dachte schon, der JFK-Flughafen wäre überfüllt. Das Hotel schien auch überfüllt. Aber ich hatte keine Ahnung, was überfüllt bedeutete, bis ich die Straßen und Bürgersteige der New Yorker Innenstadt sah.

Als der Taxifahrer an den Straßenrand fuhr und zu mir zurückblickte, um zu schreien, "57,50", wusste ich, dass mein Tag gekommen war.

Als ich drei geknickte Zwanziger aus meiner kleinen Handtasche zog, zitterten meine Hände. "Bitte sehr, Sir. Ich wünsche Ihnen noch einen guten Tag. Behalten Sie den Rest." Ich stieg aus dem Taxi und holte einen großen Atemzug trockene Luft, bevor ich den ersten Schritt zum Beginn meiner Karriere machte.

Mein Mund war trocken. Meine Hände verschwitzt. Mein Bauch verkrampft. Ich stand vor zwei Glastüren. Ein 'WO' an der linken Tür und ein 'LF' auf der Rechten - WOLF.

Da war ich, an den Türen und ich betete, dass ich hier bald an jedem Arbeitstag durchgehen würde. Als ich hineinging, bemerkte ich, dass kaum eine Menschenseele da war. Eine einsame junge Frau saß an einer großen Rezeption.

Ihre dunkelbraunen Augen lösten sich von dem Handy in ihrer Hand. "Hi."

"Hi." Meine Füße schafften es irgendwie, mich zu ihr zu bringen, ohne dass ich ihnen großartig Anweisungen dazu gab. Mein Kopf war überhaupt nicht da. Nein, mein Kopf war irgendwo in den Wolken. "Um, ich bin, uh...." Mein Magen knurrte und ich guckte auf ihn herab.

"Hungrig?" fragte die Frau grinsend. "Oder nervös?"

"Letzteres." Ihr kleiner Witz brachte mich wieder der Erde näher. "Puh, ist es heiß hier drin, oder geht es nur mir so?" Ich zog am Kragen meiner Bluse, um ein wenig mehr Luft zu kriegen.

"Es ist überhaupt nicht heiß hier drin." Sie zog einen Notizblock heraus, schaute ihn sich an und sah mich dann an. "Lass mich raten. Lila Banks, hier für ein Interview mit Herr Wolfe?"

Ein Nicken bewegte meinen Kopf. Ich guckte mich nach einer Damentoilette um. "Ich brauche...."

Sie zeigte in die Richtung, da sie bereits wusste, wo ich hin musste. "Da drüben ist ein Badezimmer. Ich werde den Boss informieren, dass du hier bist, und jemand wird dich in Kürze abholen. Und sei nicht so nervös. Herr Wolfe und Frau Baker sind sehr nett. Beide stehen fest auf dem Boden. Man bemerkt kaum, dass Herr Wolfe ein stinkreicher Milliardär ist - es scheint ihm überhaupt nicht zu Kopf gestiegen zu sein. Du wirst sehen."

"Ok", kam meine einfache Antwort, bevor ich in die Richtung eilte, in die sie zeigte.

Das kleine Privatbadezimmer war genauso elegant wie der Empfangsbereich. Als ich in den Spiegel sah, konnte ich es nicht glauben. Da war ich, in einem schicken Gebäude, dabei, mich für den Job meines Lebens zu bewerben.

"Passiert das wirklich?" Mein Spiegelbild nickte und sagte mir, dass es wirklich real war.

Eine gründliches Händewaschen und meine verschwitzten Handflächen waren wieder unter Kontrolle. Ein paar tiefe Atemzüge lösten den Knoten in meinem Bauch. "Das ist, was du immer wolltest. Jetzt ist es an der Zeit, selbstbewusst zu sein und den Leuten zu zeigen, dass du den Job machen kannst, für den sie dich hergebracht haben."

Ich glättete die weiße Bluse, die ich ordentlich in einen schwarzen A-Linien-Rock gesteckt hatte, der direkt unter meinen Knien endete - die Gott sei Dank nach meinem Selbstgespräch nicht mehr wackelten - und ging los.

Meine glänzenden schwarzen Absätze klackten und klapperten über den schwarz-grauen Marmorboden, um die Person zu treffen, die mich zu Herr Wolfe und Frau Baker führte. Zeit, diese Show voranzubringen.

"Frau Banks?" fragte mich ein junger Mann, als ich aus dem Bad kam.

"Ja?"

"Kommen Sie bitte mit mir." Er ging zu den Aufzügen und ich folgte ihm.

Die Türen schlossen sich und sperrten uns in dem riesigen Raum ein. "Man, dieser Fahrstuhl ist riesig."

"Wir gehen davon aus, dass dieser Ort sehr belebt und voller Menschen sein wird." Er zog seine Rundbrillen ab, um sie mit einem Taschentuch zu reinigen, das er aus der Tasche seines Anzugs gezogen hatte. "Ich bin Brady, der Sekretär von Herr Wolfe."

"Schön, Sie kennenzulernen, Brady." Ich bot meine Hand an, um seine zu schütteln.

Aber er schüttelte nur den Kopf. "Mysophobie."

"Ich verstehe." Als ich meine Hand wieder an meine Seite legte, fragte ich mich, ob ich in der Großstadt noch viel mehr Leute finden würde, die Angst davor haben würden, sich bei mir anzustecken.

Ganz oben in dem hohen Gebäude im zweiundzwanzigsten und letzten Stock, stiegen wir aus. Ich dachte, der Empfangsbereich im ersten Stock sei elegant, aber es war nichts im Vergleich zu diesem. Dieser hatte einen Kronleuchter, der von der sehr hohen Decke hing.

Brady ging voran und zeigte mir den Weg, in dem er mit

seinem Arm die Richtung vorgab. "Das ist das Penthouse. Herr Wolfe's Büro befindet sich hier. Seine persönliche Assistentin, Frau Baker, hat ihr Büro direkt gegenüber von seinem. Auf beiden Seiten des Flurs folgen zwei Besprechungsräume. Wir haben noch acht weitere Büros hier oben. Die werden an die Moderatoren der Nachrichtensendungen gehen."

"Denken Sie, falls ich eine der Positionen als Nachrichtensprecherin bekomme, werde ich hier oben ein Büro bekommen?" Meine Augen scannten jeden Zentimeter dieser herrlichen Umgebung, den ganzen Flur lang, soweit ich sehen konnte.

"Das würden Sie." Er klopfte leicht auf eine Tür, auf der ein vergoldetes Namensschild mit dem Namen Artimus Wolfe stand. "Sie werden hier erwartet."

Brady öffnete die Tür und trat dann ein. "Ich bin mit Lila Banks hier, Herr Wolfe."

Eine ältere Frau mit dunklen Haaren und Augen stand von ihrem Stuhl auf der Seite eines großen Kirschholz-Schreibtisches auf. Dahinter saß ein Mann in einem braunen Ledersessel mit hoher Rückenlehne, der mit dem Rücken zu mir zeigte.

"Frau Banks, es ist schön, Sie kennenzulernen", begrüßte sie mich. "Ich bin Frau Baker." Sie schüttelte mir die Hand, bevor sie mir anbot, mich auf einen der großen, zur Einrichtung passenden dunkelbraunen Ledersessel im riesigen Büro zu setzen.

Auf meinem Platz sagte ich: "Danke, dass Sie mich zum Interview eingeladen haben. Das ist eine Traumchance für mich."

Der Stuhl drehte sich um, und ein sehr gutaussehender Mann mit dunklen Haaren und durchdringenden blauen Augen lächelte mich an. "Artimus Wolfe. Verdammt froh zu hören, dass das ein Traum von Ihnen ist, Lila Banks."

"Ein Traum?" Ich schüttelte den Kopf. "Der Traum. Der einzige Traum.

Seine dunklen Augenbrauen hoben sich, während Frau Baker lächelte. "Ich hab's dir gesagt, Arti. Sie ist sehr enthusiastisch."

Sie hatten keine Ahnung, wie enthusiastisch ich wirklich war.

2
DUKE

Als der Name meines Agentens, Larry Finkelstein, auf meinem Handy aufleuchtete, war ich skeptisch. Seit ich ihn vor ein paar Monaten eingestellt hatte, kam er nur noch mit beschissenen Angeboten. Ich brauchte mehr, als das was er mir gegeben hatte. Aber wir hatten einen Vertrag für ein Jahr, also nahm ich den Anruf an, bereit, auf seine Idee einzugehen und sagte "Hier ist Duke".

Sein nasaler Ton erklang in meinem Ohr. "Duke! Hey Mann, wie läuft's an diesem schönen Montagmorgen?"

Meine Schulter schmerzte, mein Knie pochte, und ich hatte noch keinen Kaffee getrunken, außerdem waren die Schmerzmittel nicht so stark, wie sie es sein sollten - aber zumindest halfen sie für den halben Tag, also nahm ich jeden Tag ein Paar, um den Schmerz zu bekämpfen.

"Soweit alles okay, Larry. Was hast du für mich?" Ich rieb mir die Stirn und bereitete mich darauf vor, etwas Langweiliges zu hören.

Bis jetzt hatte er mir eine Rolle als Sänger in einem Broadway-Stück über ausgelutschte Athleten, die nach ihrer Pensionierung nichts mehr zu tun hatten, angeboten. Das erinnerte mich etwas zu sehr an mich.

Larry hatte auch ein paar alberne Autoverkaufswerbungen im Angebot gehabt, von denen er dachte, dass ich da perfekt passen würde. Ich hatte abgelehnt. Er fragte mich, ob ich dachte, es sei unter meiner Würde, und ich sagte ihm, zum Teufel, ja, das war es! Ich wollte mich nicht nur auf meine Vergangenheit verlassen - ich wollte Dinge, die mich herausfordern würden.

"Du hast gesagt, du hast Journalismus studiert, richtig?" Ich konnte ihn einen Bleistift auf seinen kleinen Schreibtisch klopfen hören.

"Ja." Dampf stieg von der Tasse Kaffee aus, den ich mir selbst gegossen hatte, um mir zu helfen, einen Montagmorgenanruf mit Larry durchzustehen.

"Als ehemaliger Linebacker bei den New York Jets, denke ich, dass ich dir ein Interview mit diesem Sender besorgen kann, der gerade neue Gesichter sucht. Er heißt WOLF und gehört einem reichen Kerl namens Artimus Wolfe. Hast du davon gehört?"

"Wie sollte ich davon gehört haben, Larry?" Scheiße, der Mann hatte Nudeln da im Kopf, wo das Gehirn sein sollte. "Und ein Interview wofür genau?"

"Sie brauchen Moderatoren und weitere Mitarbeiter für ihre Nachrichtensendungen, die vor Ort gedreht werden." Er hustete und nieste wie immer. Seine Allergien schienen sich immer zu verstärken. "Oh, diese verdammten Allergien nerven mich schon wieder." Das Geräusch von dem putzen seiner Nase erfüllte mein Ohr.

So unhöflich!

"Nachrichtensprecher, hm?" Das gefiel mir.

Duke Cofield, Nachrichtensprecher bei WOLF Nachrichten. Ja, das klang gut.

Ich hatte es seit dem Ende meiner Football-Karriere schwer. Die Jets scouteten mich direkt von meiner Uni, der LSU in meinem Heimatsstaat Louisiana. Nahmen mich unter Vertrag und bildeten mich zu einem Starathleten aus. Im Alter von 22 Jahren hatte ich als Linebacker für einen der großen Footballvereine viel Geld verdient.

In den ersten Jahren war alles rosig. Um Verletzungen machte ich mir damals keine Gedanken. Als ich fünfundzwanzig wurde, erlitt ich meine erste Verletzung. Ein brutaler Schlag auf meine linke Schulter, der mehr Knochen zerbrach, als mir in der Schulter bekannt waren, brachte mich auf dem Weg zu meinem allerersten chirurgischen Eingriff.

Im nächsten Jahr verletzte ich mir das Knie. Eine weitere Operation hatte mich für den Rest der Saison rausgeworfen. Mit achtundzwanzig Jahren brach mir ein Foul der brutaler als nötig war nicht nur drei meiner Rippen, sondern durchstach auch meine rechte Lunge mit einem der gebrochenen Rippen. Eine weitere Operation war nötig, die mehr Zeit zur Erholung brauchte, als noch in der Saison zu spielen war.

Die Nummer 49 von San Francisco, der dieses Foul begangen hatte, wurde wegen unnötiger Härte gesperrt. Meine Mutter sagte, das hätte mich glücklich machen sollen. Komischerweise tat es das aber nicht.

Die Jets ließen mich die nächste Saison spielen. Und dieses Jahr war ein gutes Jahr ohne Verletzungen gewesen. Ich fühlte mich, als wäre mein altes Ich zurück und spielte besser als je zuvor. Und die Dinge liefen gut, bis ich einunddreißig wurde.

In manchen Jahren stimmte mein Geburtstag Anfang September mit dem ersten Spiel der Saison überein. Und mein einunddreißigster Geburtstag war eins dieser Jahre. Meine Familie hatte die Tribünen beim Heimspiel im MetLife-Stadion gefüllt. Eine große Geburtstagsparty war bereits geplant. Coach

Bowles hatte gnädigerweise sein Zuhause für die große Party angeboten.

Die erste Hälfte war großartig. Wir führten. In der zweiten Halbzeit verloren wir unsere 20-Punkte-Führung. Wie so oft wurde mein Team panisch und spielte viel härter als normalerweise in einem ersten Spiel der Saison.

Irgendwie stürzte ich, und holte mir eine ziemlich schlimme Gehirnerschütterung. Ein gebrochener linker Arm und zwei gebrochene Finger an meiner rechten Hand kamen auch noch dazu. Blutungen in meinem Gehirn erforderten, dass sie den Druck ablassen mussten, und diese Operation führte irgendwie zu einem Blutgerinnsel.

Meine Mutter flehte mich an, mit dem Spielen aufzuhören. Sie fiel auf die Knie und weinte wie ein Baby und flehte, dass ich in Ruhestand gehen möge. Mein Körper tat sowieso höllisch weh, und meine Mutter weinen zu sehen, war etwas, das ich einfach nicht ertragen konnte. Also tat ich, worum sie gebeten hatte, und sagte dem Trainer, dass ich aufhören wollte. Er nahm es gut auf, sagte mir sogar, dass er es völlig verstand.

Die Jahre des Spielens hatten meine Bankkonten ziemlich gut gefüllt. Ich könnte es mir leisten, mich eine Weile zu entspannen. Aber das erwies sich als langweilig. Sobald ich gesund war, wollte ich etwas tun. Ich war immerhin 32, nicht 82.

Einen Agenten anzuheuern, um einen Fernsehjob oder so etwas zu bekommen, klang wie das, was man tun konnte. Und hier war Larry, der mir endlich etwas bot, in das ich mich vertiefen konnte.

Ich hatte Journalismus an der LSU studiert. Ich könnte ein Reporter sein.

"Ja, es gibt Plätze als Nachrichtensprechen und auch andere Jobs. Ich dachte, du willst vielleicht auch eine der Stellen der Sportnachrichten." Larry hatte geschnüffelt. "Soll ich einen Termin vereinbaren?"

"Ja, ich denke, das wäre gut. Ich denke, das ist genau das, wonach ich gesucht habe. Weißt du was, ich dachte, du wärst nutzlos, Larry, aber du hast das ziemlich gut gemacht. Gute Arbeit." Mit einem Schluck heißem Kaffee sah mein Tag heller aus.

"Ich schicke dir die Zeit und Adresse, sobald ich es arrangiert habe, Duke. Viel Glück, Mann." Er legte auf und ich legte das Telefon weg.

Auf dem Weg zur Toilette schaute ich auf mein Spiegelbild. Mein Bart war gewachsen, so dass ich ein wenig ungepflegt aussah. Meine Haare mussten auch geschnitten werden. "Zeit, einen Termin zu machen, damit ich vorzeigbar aussehe."

Nach einer heißen Dusche, einer weiteren Tasse Kaffee und meinen morgendlichen Schmerzmitteln ging ich zum Friseur, bei dem ich schon immer war, seit ich nach New York gezogen war.

Jordan begrüßte mich, als ich seinen kleinen Laden in Queens betrat. "Yo, Duke. Was ist die gute Nachricht heute, mein Freund?"

Als ich mich auf den leeren Stuhl setzte, hörte ich wie Jordan nach dem Umhang griff. "Ich habe vielleicht ein Interview als Moderator, Jordan."

"Oh, ja?" Er legte den Umhang um mich, als er mich im Spiegel vor uns ansah. "Für welchen Sender?"

"Einen neuen." Ich striff mir mit der Hand durch die Haare. "Ich will etwas Schönes, kurz an den Seiten, aber lass ein wenig übrig, damit die Mädchen mit ihren Händen durchfahren können, okay?"

"Verstanden." Er schaute auf meinen Bart. "Meiner Meinung nach muss der auch weg. Ich habe noch nie einen Moderator mit Bart gesehen."

Mit der Hand über meinen Bart streichelnd, den ich seit Jahren hatte, merkte ich, dass ich es hasste, daran zu denken, dass er weg sein würde. Aber es musste gehen. "Ja, du hast Recht. Rasier ihn komplett ab."

Mit einem Nicken machte er weiter. "Wie heißt dieser neue Sender?" Jordan befeuchtete mein Haar mit duftendem Wasser und machte sich an die Arbeit.

"Die Show heißt WOLF. Ich weiß nicht, auf welchem Sender es läuft."

"WOLF? Nun, das hört sich knallhart an, Mann." Jordan lachte. "Und als nächstes Duke Cofield, WOLFs bester Moderator aller Zeiten."

Lachend fühlte ich ein wenig Aufregung in mir wachsen. Das erste Mal seit Ewigkeiten spürte ich sowas, und ich wusste, dass es etwas bedeutete. Es musste etwas bedeuten.

Meine Tage waren seit meinem Karriereende trist, sogar langweilig. Meine Familie bat mich, nach New Orleans zurückzukommen. Aber New York zu verlassen, fühlte sich an, als würde ich ein Spiel verlieren. Und ich hasste es zu verlieren.

Es fühlte sich an, als wären Ewigkeiten vergangen, seit ich in die Großstadt gezogen war. Das war vielleicht nicht schon immer mein Zuhause, aber jetzt fühlte es sich so an. Ich hatte meinen Lieblingsfeinkostladen nur fünf Kreuzungen von meiner Wohnung entfernt. Der Hotdog-Stand an der Ecke war meiner Meinung nach der beste in New York. Und die Atmosphäre war die ganze Zeit wie elektrisiert.

Das Leben bewegte sich in einem anderen Tempo in der Stadt, die nie schläft. Ich wollte nicht weggehen. Ich wusste, dass ich mein Leben hier verbringen sollte. Also blieb ich und suchte weiter nach dem nächsten Abschnitt meines Lebens.

Mein Handy klingelte. Ich hatte eine Nachricht bekommen. Als ich es aus meiner Tasche zog, sah ich, dass Larry mir die Adresse und die Zeit für das Interview geschickt hatte. "Finkelstein hat es geschafft! Ich habe heute Nachmittag um vier ein Vorstellungsgespräch."

"Gut gemacht!" Jordan nickte. "Du wirst es schaffen. Ich weiß, dass du das schaffst. Du bist ein verdammter ehemaliger New York Jets Linebacker, Alter! Du musst beliebter sein als jeder andere, der sich für diesen Job interessiert, oder?"

Ich konnte nur mit den Achseln zucken. Ich hatte keine Ahnung, wer sonst noch mitmachen würde. "Ich kann nur hoffen, oder?"

Und ein paar Stunden später stand ich vor den Glastüren, durch die ich hoffte, von jetzt an jeden Tag gehen zu können. Als ich das Wort WOLF auf diesen Türen sah, war ich wirklich aufgeregt. Ich wollte der erste Moderator von WOLF sein - und was ich wollte, bekam ich normalerweise.

Meine Anzugsschuhe klickten, als ich über den schwarzen und grauen Marmorboden zur Rezeption ging. Eine Frau, die dunklen Haaren zu einem engen Zopf gebunden, sah zu mir auf. Ihre dunklen Augen verweilten auf meinem sauber rasierten Gesicht. "Hey."

"Hey." Ich lehnte meinen Unterarm auf die Spitze der Mahagoni-Holztheke, hinter der sie stand. "Ich bin wegen eines Interviews hier. Als Nachrichtensprecher, wenn ich richtig informiert bin. Mein Name ist Duke Cofield."

Sie leckte ihre leuchtend roten Lippen. "Ja. Hm, der Boss wartet auf Sie, da bin ich mir sicher. Lassen Sie mich schnell nachgucken." Sie schaute von mir weg, um zu telefonieren. Nach einem Moment des Murmelns legte sie auf. "Brady kommt jetzt, um Sie abzuholen. Sie waren Footballspieler, richtig?"

"Linebacker für die Jets. Bist du ein Fan?" Ich lief mit der Fingerspitze über die Theke und ihre Augen folgten meinen Bewegungen. Ich liebte es, mit dem anderen Geschlecht zu spielen. Es war meine Spezialität, Frauen innerlich so verrückt zu machen.

"Ja, bin ich." Sie zog ihre Unterlippe zwischen ihre weißen Zähne.

Das Geräusch des Fahrstuhls ließ mich aufschrecken und ich sah einen kleinen Mann, der aus ihm hinaustrat. "Herr Cofield, würden Sie bitte mit mir kommen?"

"Ja." Ich ging weg, als ich über meine Schulter sah. "Bis später."

"Tschüss, Herr Cofield. Oh, mein Name ist übrigens Gretchen." Sie winkte mir mit ihrer kleinen Hand zu.

Ich nickte und stieg in den Aufzug, als der kleine Kerl seufzte. "Oh, das ist nicht gut."

Als ich beschloss, seinen Kommentar zu ignorieren, weil es mich nicht wirklich interessierte, fragte ich: "Also, du bist Brady?"

Er nickte, als ich meine Hand ausstreckte, um seine zu schütteln. "Ähm, nein. Ich habs nicht so mit Händeschütteln."

Wer zum Teufel hatte ein Problem damit jemandem die Hand zu geben?

"Okay." Ich steckte meine Hände in die Taschen meiner Hose, während wir im Aufzug standen und darauf warteten, dass wir die oberste Etage erreichten.

Ich hatte meinen besten Anzug angezogen. Der dunkelblaue Armani hatte mir schon immer Glück gebracht. Als sich die Türen öffneten, sah ich einen schönen Empfangsbereich. Alles in dunklen Farben. Sehr männlich, was mich denken ließ, dass der Besitzer und ich gut miteinander auskommen würden.

Brady sagte kein Wort, als er mich zur Tür mit dem Namensschild Artimus Wolfe brachte. Er klopfte, bevor er die Tür öffnete.

Eine ältere Frau kam zu mir und streckte ihre Hand aus. Hinter ihr stand auch der Mann, der im Stuhl hinter dem Schreibtisch gesessen hatte, auf und machte lange Schritte auf mich zu. "Duke Cofield, so froh, dass Sie kommen konnten", sagte sie, als ich ihr die Hand schüttelte. "Ich bin Frau Baker."

"Schön, Sie kennenzulernen." Ich ließ ihre Hand los und

richtete meine Aufmerksamkeit auf den Mann, von dem ich hoffte, dass er mich einstellen würde. Er nahm meine mit einem kräftigen Schütteln.

Zwei Männer, kräftiger Händedruck.

Ich mochte die Art, wie der Mann mir die Hand schüttelte. Es sagte viel über ihn aus.

"Artimus Wolfe, Duke. Ich hoffe, es macht dir nichts aus, wenn ich dich so nenne?" Er drehte sich um, um mich zurück zu seinem Schreibtisch zu führen, ging dann aber direkt an ihm vorbei zu den Sofas auf der anderen Seite des Raumes.

"Nein, nenn mich ruhig Duke. Und du bist Artimus?" Ich nahm auf dem gegenüberliegenden Sofa Platz. Frau Baker hatte in zwei Gläser bernsteinfarbener Flüssigkeit aus einer Karaffe eingegossen.

"Sicher", sagte er. "Ich habe einen 20 Jahre alten Scotch, von dem ich dachte, dass du ihn gerne probieren würdest."

Ich war noch nie jemand gewesen, der einen Drink ablehnt, insbesondere keinen so teuren und merkte, dass das Interview hervorragend begonnen hatte.

Ich hatte diesen Job in der Tasche.

3
LILA

Als ich die Nachricht von Frau Baker bekam, war ich auf das Schlimmste vorbereitet. Ich zog den flauschigen, weißen Hotelbademantel enger um mich und holte tief Luft, bevor ich die Nachricht auf meinem Handy öffnete.

Hallo Lila, wir hoffen, du genießt deinen Abend. Wir würden dich gerne zu einem weiteren Interview morgen um 9 Uhr einladen. Das Hotel ist für eine weitere Nacht gebucht.

Ich tanzte durch den Raum, während ich lachte und weinte. Ich fühlte mich, als würde ich fest schlafen und diese ganze Sache träumen. Aber als ich auf das weiche Bett zurückfiel, starrte ich weiter auf die Worte auf dem Bildschirm, und ich begann es zu realisieren.

Das hier passiert wirklich!

Schlafen war fast unmöglich, aber ich schaffte es, ein paar gute Stunden Ruhe zu bekommen, bevor ich aufstand, um mich auf das Treffen vorzubereiten. Eine weitere sechzig Dollar Taxifahrt und ich stand erneut vor den Glastüren, von denen ich gebeten hatte, dass ich sie wieder sehen würde.

Ich hatte diesmal ein Kleid angezogen. An Audrey Hepburn

erinnernd, wollte ich unbedingt zeigen, wie vielfältig mein Stil sein kann. Dunkelblaue Blumen zogen sich über den perlweißen Stoff. Meine High-Heels passten perfekt zum Blau und ich trug sogar die Perlenkette meiner Großmutter um den Hals.

Ich fühlte mich wie eine echte New Yorkerin, als ich zur Rezeption ging. "Lila Banks, ich bin wieder hier um Herrn Wolfe zu treffen." Diesmal war ich nicht so nervös. Sie hatten zurückgerufen. Sie wollten mich diesmal ganz sicher.

"Geh nach oben. Sie warten auf dich." Sie lächelte mich mit einem breiten Grinsen an, als ich zum Fahrstuhl ging. Im Nachhinein dachte ich dass das Grinsen, das sie hatte, ein beschissenes war und nicht dazu gedacht, dass ich mich wenigstens ein bisschen wohlfühle.

Als ich aus dem Aufzug stieg, sah ich Herr Wolfe, Frau Baker, Brady und einen weiteren Mann im Empfangsbereich. Brady machte eifrig Kaffee, als die anderen drei über etwas sprachen.

Sie sahen mich alle an, als ich mich auf den Weg machte. Herr Wolfe machte eine kurze Einführung: "Das ist Lila Banks, Duke."

Der Mann, den er Duke genannt hatte, war groß. Ein Mann mit breiten Schultern. Ein Mann mit einer breiten Brust. Ein Mann mit einem vernichtenden Lächeln und perfekt geraden, strahlend weißen Zähnen. Seine Frisur - kurz an den Seiten, etwas längeres Deckhaar - betonte sein dunkles Haar. Haare, die sich gut von seinen leuchtend blauen Augen abheben.

Kurz gesagt, Duke strahlte sexuelles Können aus. Und als er meine Hand mit festem Griff nahm, fühlte ich einen Funken - und dann viel mehr als einen Funken, als Hitze durch mich hindurchschoss.

Oh, verdammt!

"Hallo, Lila. Duke Cofield, ehemaliger New Yorker Jet. Und ich höre, Sie sind ein neuer Absolvent der UCLA", seine

Stimme war eine Mischung aus Seide und Kies, die meine Ohren kitzelte und sie dann mit einer weichen Zunge beruhigte.

"Hi." Mir fiel in diesem Moment nichts anderes ein. Ich war noch nie zuvor in der Gegenwart von so viel Mann.

Frau Baker brachte die Dinge voran: "Komm, wir gehen in den Besprechungsraum. Brady, bring bitte Kaffee und Gebäck rein."

Sie führte uns in den Raum. Wenn sie es nicht getan hätte, wären meine Füße vielleicht genau da geblieben, wo sie waren. Duke hatte ganz klar eine Wirkung auf mich.

Ich schien ihn jedoch überhaupt nicht zu interessieren. Er schien der Typ zu sein, der viele Frauen hatte. Warum sollte gerade ich ihn interessieren?

Als wir den Besprechungsraum betraten, sah ich eine weiße Tafel mit einer Karte darauf. Mein Name stand neben einer Kiste mit den Worten Abendnachrichten Wetter'. Andere Namen waren anderen Bereichen zugeteilt. Duke's Aufmerksamkeit war auf seinen eigenen Namen gerichtet, der neben 'Abendnachrichten Sport' geschrieben war.

Mein Kiefer fiel runter, als ich sah, was ganz oben auf dem Brett geschrieben war. Bei 'Morgennachrichten - Sprecher' standen unsere beiden Namen. Auf beide folgte ein Fragezeichen.

"Wie Sie sehen, möchten wir Sie beide bei WOLF willkommen heißen", sagte Herr Wolfe, während er sich setzte.

Duke sah mich einen Moment lang ohne jeden Ausdruck auf seinem hübschen Gesicht an, bevor er unseren neuen Chef ansah. "Und was bedeuten die Fragezeichen, Artimus?"

"Setzt euch, ihr zwei", drängte uns Artimus. Nachdem wir uns an den Tisch gesetzt hatten, an dem auch er und Frau Baker saßen, ging er weiter. "Schau, wir möchten euch beide für diese Stelle. Wir denken, dass es darauf ankommt, dass Ihr uns zeigt, wer für diese Stelle besser geeignet ist. Dann können wir eine endgültige Entscheidung treffen."

"Wie ein Wettbewerb?" Meine Nägel bohrten sich in meine Handflächen, als ich auf die Antwort wartete.

"Klar, so kann man es sehen." Frau Baker hatte uns beiden Stapel vorgelegt. "Ihr müsst diese Papiere unterschreiben. "Das ist der normale Papierkram für Neueinstellungen." Sie zog die ersten Blätter in jeder Packung heraus. "Hier findet Ihr eure Gehälter für die Stellen, für die Ihr eingestellt wurdet. Wer den Führungsplatz bekommt, bekommt einen weiteren Vertrag für diesen Job. Natürlich ist dieser Job dreimal so gut bezahlt wie die Stellen, die wir euch gerade anbieten. Wir bei WOLF sind finanziell transparent. Egal welches Geschlecht Ihr habt, jeder Job ist gleich bezahlt, für Männer und Frauen. Wir hoffen, ein Vorbild für andere Sender zu sein."

Duke sah fassungslos aus. Sein Mund öffnete und schloss sich ein paar Mal, bevor er tatsächlich sagte: "Sie wollen, dass ich einen Wettkampf bestreite? Mit ihr?"

"So musst du das nicht sehen, wenn du das nicht willst", informierte Artimus ihn. "Ihr beide habt Qualitäten, die wir schätzen, aber wir wollen nur sicher sein, dass wir die richtige Wahl treffen, bevor wir etwas endgültig machen."

Frau Baker übernahm: "Ich möchte, dass ihr beide darüber nachdenkt, was es bedeutet, ein Nachrichtensprecher zu sein. Es bedeutet, großartige Interviews zu führen. Es bedeutet, Dinge in der Gemeinde zu tun, die zeigen, wie sehr ihr euch um unsere Stadt und unsere Leute sorgt."

Artimus ergänzte: "Ein Nachrichtensprecher zu sein, ist mehr, als nur Dinge von den Teleprompter oder Notiz-Karten abzulesen. Es geht darum, das Gesicht unseres neuen Senders zu sein. Die Morgenshow ist der Anfang, damit starten wir jeden Tag. Wir haben sehr hohe Erwartungen für diese Position."

"Ich bin zuversichtlich, dass ich diese Verantwortung übernehmen kann, Artimus." Duke sah mich mit einem schwachen Lächeln an. "Ich will dich nicht beleidigen, aber du bist nicht mal von hier. Ich glaube nicht, dass sich die Leute so schnell mit dir verbinden werden wie mit mir. Nichts für ungut."

"Kein Problem." Meine Hände lagen in meinem Schoß, als ich versuchte, mein bestes Gesicht aufzusetzen. "Und ich verstehe, was du sagst, aber ich muss sagen, dass ich das neue Gesicht bin, hinter dem sie her sind. Das neue Erscheinungsbild eines neuen Senders. Bei WOLF geht es um Menschen, die neu in dieser Branche sind."

"Und das bin ich." Duke sah Artimus an. "Ich bin neu hier. Mein Gesicht ist keine TV-Maske. Es war die meiste Zeit hinter einem Football-Helm versteckt."

"Er hat Recht", stimmte Artimus zu. "Er ist genauso neu wie Sie."

Frau Baker wollte uns klarmachen, was sie mit uns vorhatten. "Ihr seid beide perfekt für diese Stelle. Aber wir wollen nur einen. Also, wir bitten euch beide den Rest dieser Woche zu nutzen, um ein paar Videos für uns zu machen. Macht ein paar gemeinnützige Arbeiten und Interviews. Alles, was euch einfällt, um uns zu zeigen, wer ihr seid und was ihr für WOLF tun könnt."

"Darf ich fragen, wie ich Videos machen soll? Ich habe hier in New York keine Kamera." Ich sah Duke an und sah ihn nicken.

"Ja, wie sollen wir das machen?" Er kaute an seiner Unterlippe. Das zeigte mir, dass er nervös war, was ich sehr gerne sah.

Wenn er nervös war, dann dachte er, ich hätte eine Chance. Ich könnte gewinnen. Wenn ich mich genug anstrenge, würde ich es schaffen können.

Was, wenn er der männlichste Mann war, den ich je im wirklichen Leben gesehen habe? Er konnte überwindet werden - seine Nerven hatten es mir gesagt. Verheerend muskulös und sexy zu sein, bedeutete nicht automatisch, dass er der beste Mann für diesen Job sein würde.

Artimus beantwortete unsere Frage: " Ihr könnt unsere Crews benutzen. Ihr müsst nur den Produzenten anrufen, Ashton Lange." Er zog zwei Visitenkarten aus seiner Brusttasche und schob sie über den Tisch zu uns. Es waren Ashton Langes Visitenkarten. "Er bringt die Crew dorthin, wo ihr sie braucht."

Ich hatte noch Fragen. "Und wenn die Person, die ich zum Interview finde, nicht in New York wohnt?"

"WOLF hat einen Privatjet." Artemis schenkte mir ein strahlendes Lächeln. "Ruft mich an, und ich werde das arrangieren, wenn es sein muss."

Also hatten wir alles zur Hand. Das hatten wir beide. Alles, was wir brauchten, um ihnen zu zeigen, warum einer von uns der Bessere war.

Das einzige Problem war, dass ich keine Ahnung hatte, was ich hatte, das besser wäre, als das, was Duke Cofield von den New York Jets anbieten konnte. Oder ehemaliger New Yorker Jet. Was auch immer er war, er war bei den New Yorkern besser bekannt als ich.

Wie sollte ich es hinbekommen, dass sie mich lieben?

"Beginnt, indem ihr hier und heute ein Video macht, sagte Frau Baker zu uns, als sie jedem von uns einen Stift gab, um mit der Arbeit an dem Berg von Papierkram in den Paketen zu beginnen. "Die Crew wird nach dem Mittagessen im Studio sein. Sie können euch filmen, wie ihr den Leuten von New York zum ersten Mal „Guten Morgen" sagt und euch allen vorstellt. So wie ihr es tun müsst, wenn ihr das erste Mal live geht."

Mich vorstellen?

Das war schon schwieriger, als ich dachte. Meine einzige Rettung war, dass Duke genauso verzweifelt schien wie ich.

"Okay, also ich werde ein Video machen, um mich dieser

Stadt vorzustellen." Duke trommelte seine dicken Finger. Zwei von ihnen waren etwas verbogen.

Ich berührte sie mit meinen Fingerspitzen. "Die sehen aus, als hättest du sie gebrochen."

Seine blauen Augen folgten meinen Fingern, als ich sie von seiner Hand nahm. "Ja, das habe ich. Ich habe mir mehr als nur die Finger gebrochen."

Das brachte mich auf die Idee - vielleicht sollte ich ihn interviewen. Aber wollte ich meinen Gegner in den Augen des Chefs besser aussehen lassen, als er es bereits getan hat?

Vermutlich nicht.

Ich war noch nie zuvor in einem echten Wettkampf gewesen. Ich war eher ein Teamplayer - lasst uns das alle zusammen machen. Aber jetzt schien es so, als würde ich gegen einen Mann antreten, der seinen Lebensunterhalt im Wettkampf verdient hatte. Und das war kein Wettkampf unter Frauen. Nein, er konkurrierte mit starken Männern. Männer, die brutal waren. Männer, die ein Mädchen wie mich in zwei Hälften brechen könnten.

Hatte ich es in mir, so hart zu kämpfen, wie Duke Cofield es gewohnt war?

4
DUKE

Brady begleitete Lila und mich in den dritten Stock. Dort fanden wir ein Kamerateam. "Diese Leute hier werden euch filmen, nachdem ihr euch überlegt habt, was ihr den Leuten in New York sagen wollt. Ich weiß, es ist nur eine Übung, und ihr könntet das, was ihr am Ende sagen werdet, wenn es soweit ist, noch überarbeiten, aber nehmt das hier bitte ernst." Er zeigte auf einen Tisch mit ein paar Stühlen drum herum. "Da drüben könnt ihr aufschreiben, was ihr sagen wollt. Die Szene sollte nur etwa eine Minute dauern. Nicht zu lange, nicht zu kurz. Irgendwelche Fragen?"

Ich schüttelte den Kopf, und Lila auch. Es sah so aus, als ob wir beide wussten, was wir taten. Nicht, dass ich wusste, was ich tat, aber ich konnte es vortäuschen. Die Aura von Selbstbewusstsein, die einen umgibt kann manchmal das einzige sein, was man braucht um einen Wettkampf zu beginnen. Die anderen denken, du weißt, was du tust, also entwickeln sie auf Anhieb einen Minderwertigkeitskomplex. Das hatte ich jedenfalls gehofft.

Tatsache war, ich wusste, dass Lila das perfekte Gesicht sein würde, um das Morgenprogramm zu moderieren. Sie war so frisch wie ein Frühlingsmorgen. Ihre taufrische Haut, zu cremefarbener Perfektion gebräunt, war die perfekte Kulisse für ihre funkelnden himmelblauen Augen. Dicke, dunkle Wimpern, die eigentlich natürlich und gar nicht unecht aussahen, umrahmten diese wunderschönen Augen. Eine dünne Nase saß in der Mitte ihres schönen Gesichts, die sich am Ende leicht nach oben beugte. So süß, zierlich und drum flehend, geküsst zu werden. Hohe Wangenknochen, bestäubt mit blassem Rosa, gaben ihr einen raffinierten Look, obwohl sie offensichtlich junge Anfang Zwanzig war, wie ich schätzte. Das Rosa ihrer Wangen entsprach ihrer Lippenfarbe. Und diese rosafarbenen Lippen waren gerade richtig prall.

Und dann war da noch ihr Haar. Seidig, blond und nach Flieder duftend, hing ihr Haar bis auf den kleinen Rücken. Sie hatte es in einen langen Pferdeschwanz gebunden, umklammert von einer silbernen Kolibri-Spange. Ich würde sie anbetungswürdig nennen, aber sie hatte auch einen versierten Blick, der nicht ganz zu diesem so unschuldigen Auftreten passte.

Sie trug ein kurzes Vintage-Kleid, das direkt unter ihren Knien aufhörte. Ihre Waden waren schlank und gebräunt. Ein echtes kalifornisches Mädchen, hatte ich gemerkt. Keine Sonnenanbeterin, wie es manche sind, sondern eher ein Amateur. Ihre cremige Bräune war sehr zart.

Eine Perlenkette hing neben ihrem Schlüsselbein und ließ mich darüber nachdenken, wie sie schmecken würde, wenn ich sie dort küssen würde. Und da bemerkte ich, dass sie mich ansah. "Kann ich dir helfen, Duke?"

"Was?" Sie hatte mich erwischt. Aber ich war kein Anfänger. "Du kannst mir helfen, Lila. Wo hast du die Perlen her? Ich möchte meiner Oma gerne so was schenken."

Das sollte sie für ein bis zwei Sekunden ablenken!

Sie krümmte ihre perfekt geformte, leicht gewölbte Augenbraue, als sie zum Tisch, auf den Brady gezeigt hatte, hinüberging. "Die hier wurden mir von meiner Großmutter gegeben. Ich habe keine Ahnung, wo sie die her hat." Sie hielt an einem Schreibtisch mit Papier und Stiften. Sie nahm einen Block und einen Stift und gab sie mir. "Bitte sehr."

"Danke." Ihre Finger streiften meine, als ich die Sachen nahm. Ein weiterer Stromschlag schoss durch mich hindurch. Es war mir schon mal passiert, als sie meine leicht schiefen Finger berührt hatte.

Ich hatte schon mit der einen oder anderen Frau geschlafen - um ehrlich zu sein, mit sehr vielen. Aber noch nie in meinem Leben hatte mich eine Frau so fasziniert. Sicher, es hatte mit einigen der Frauen gekribbelt, mit denen ich mich amüsiert hatte, aber erst nachdem wir superheißen Sex gehabt hatten. Ich hatte das noch nie mit jemandem gefühlt, den ich nicht einmal kannte.

Ich war dankbar, dass der Anzug, den ich trug, die Beule in meiner Hose versteckte. Von dem Moment an, als dieses Mädchen aus dem Fahrstuhl gestiegen war und ihre dunkelblauen Absätze sanft auf den braunen und matten Marmorboden im Empfangsbereich klickten, hatte mein Schwanz sie wahrgenommen. Zuerst nur ein wenig steif, bis sie meine Finger berührte und ihn zur vollen Härte brachte - jetzt schien er erfreut genug, so zu bleiben. Mit dem erneuten Kribbeln, das sie durch mich geschickt hatte, war mein armer Schwanz jetzt gewillt, herauszukommen und in sie zu gelangen.

Aber Lila war nicht irgendein Mädchen. Nein, sie war meine Konkurrenz. Das Gehalt aus dem Job als Sportreporter war in Ordnung. Es würde meine Bankkonten schön und stabil halten, indem es meine Rechnungen bezahlt, aber es würde meine Konten nicht weiter füllen. Ich brauchte den zweiten Job, um das zu erreichen.

Ich brauchte diesen Job. Das würde mich beschäftigen. Der

kleine Sportreporter-Job sollte nur ein paar Stunden meines Tages in Anspruch nehmen; ich brauchte mehr als das.

Lila zog einen Stuhl hervor und setzte sich an den Tisch. Ich ging auf die andere Seite und setzte mich. Ich wollte nicht, dass sie sich ansah, was ich schreiben wollte, und ihr Geruch war sehr störend. "Welches Parfüm hast du drauf, Lila?"

Sie schüttelte den Kopf und schickte mir Wellen von Flieder zu. Ich musste mich sehr anstrengen, um nicht zu schnüffeln - jeder Teil von mir wollte es. "Ich trage keines. Ich rieche nur nach Shampoo, Seife und Wasser."

Oh Gott, sie ist zu perfekt!

"Oh." Ich trommelte mit den Fingern auf den Tisch und versuchte nicht daran zu denken, wie verdammt begehrenswert sie war. "Also stellen wir uns vor."

"Ja." Sie biss in das Ende ihres Stifts, als sie auf das leere Papier auf dem Tisch vor ihr starrte.

Ich zwang meine Augen zu meinem eigenen leeren Papier und versuchte, sie komplett zu verdrängen. Ich würde nie etwas schreiben können, wenn ich sie weiter anschauen würde. Der verdammte Stift zwischen ihren Zähnen war einfach zu viel!

Dann wurde mir klar, dass sie genau wusste, was sie tat. Sie wollte mich absichtlich ablenken.

Nun, ich wollte mich nicht ablenken lassen und ihr den Job geben. Auf keinen Fall!

Also legte ich meinen Fokus auf den Papierblock, nahm meinen Stift und begann zu schreiben. Und nur fünfzehn Minuten später hatte ich meine perfekt formulierte Einleitung, mit der sich die Stadt New York wieder in mich verliebte, wenn ich sie am ersten Morgen meiner Show begrüßen würde.

Ja, ich nannte es bereits meine Show. Selbstbewusst, ich weiß.

Willkommen zu WOLFs Morgennachrichten mit Ihrem

Moderator, Duke Cofield. Ich hörte schon die Ansage, eine junge Frauenstimme, die genau diese Worte sprach.

Stift runter, Papier in der Hand, stand ich auf und gab Lila ein kleines Grinsen, als sie weiter schrieb. Ich sah viele Linien, die durch Sätze auf ihrem Papier gezogen waren und sagte mir, dass sie es nicht ganz so einfach fand wie ich. "Du bist fertig?" Ihr Ton war ruhig, besorgt und trotzdem sexy wie der Teufel.

"Ja, ich bin fertig." Ich ging vom Tisch weg, um die Crew ins Rollen zu bringen. "Seid ihr bereit?"

"Sicher", sagte ein unbeholfener junger Mann, als er und die anderen beide junge Männer vom Tisch aufstanden wo sie ein Kartenspiel gespielt hatten, während sie auf uns warteten.

"Also, sagt mir eure Namen. Ich will euch nicht die ganze Zeit "Hey ihr" nennen." Ich zeigte auf mich selbst. "Ich bin Duke Cofield. Ich mache die Abendnachrichten als Sportreporter. Und hoffentlich bin ich bald auch der Nachrichtensprecher. Das bedeutet, dass wir viel zusammenarbeiten werden."

Der schmierige Kameramann ging zu seiner Kamera. "Ty."

Der pummelige Sound-Typ nahm den langen Stock mit dem pelzigen Mikrofon auf. "Joe."

"Und ich bin der stellvertretende Produzent, Steve. Schön, mit dir zu arbeiten, Duke." Er zeigte auf den kleinen Schreibtisch hinter mir. "Willst du an diesem Schreibtisch sitzen und filmen?"

"Sicher." Ich setzte mich in den Bürostuhl, las meine Notizen nochmal durch und nickte dann. "Okay, wir können jetzt loslegen."

"Drei, zwei", sagte Steve, dann hielt er einen Finger hoch, bevor seine Hand in eine Faust verwandelte.

Ich wusste, dass es Zeit ist, anzufangen. "Hallo, New York." Ich hielt meine Hand hoch um zu unterbrechen

"Okay, Schnitt", sagte Steve. "Was ist los?"

"Ich wollte "Guten Morgen" sagen, nicht "Hallo". Also, fangen wir noch mal von vorne an." Ich schob meine Hand durch mein Haar und versuchte, mich viel besser zu konzentrieren. Ich wollte nicht, dass eine ein Minuten Aufnahme den ganzen Tag dauert.

"Okay, drei, zwei", sagte Steve noch einmal, bevor er erst einen Finger und dann wieder die Faust hochhielt.

"Guten Morgen, New York. Ich bin Duke Cofield, Ihr neuer Nachrichtensprecher bei Ihrem neuen Sender, WOLF...." Meine Augen huschten zur Seite, als Lila hereinkam.

"Cut", sagte Steve und beendete den zweiten Versuch, das kurze Video zu machen.

Lilas Augen wurden richtig groß, als sie erkannte, dass sie die Ursache für die kurze Einnahme war. "Oh, tut mir Leid, Leute." Sie hielt an und setzte sich sofort hin. Was ja kein Problem gewesen wäre. Aber ich konnte sie in meinen Augenwinkeln sehen. Ihr glänzendes Haar, ihre strahlenden Augen, die mich anstarren.

Ich wusste, dass sie hoffen musste, dass ich diese erste, einfache Aufgabe vermasseln würde. Sie versuchte, mich einzuschüchtern, und ich wusste es. Aber war ich pingelig genug, um etwas dagegen zu unternehmen?

Zur Hölle, nein!

"Drei, zwei", begann Steve wieder.

"Hi, das ist.... Scheiße!" Mein Verstand war fast leer. Ich hatte Lila direkt wieder angeschaut. "Denkst du, du könntest rausgehen, Lila?"

"Nun, ich könnte, Duke. Aber du solltest wenigstens ein kleines Publikum haben, meinst du nicht?" Sie zeigte dieses schrullige kleine Lächeln, das sie zu süß aussehen ließ, aber ich wusste, dass sie mich köderte, also sah es für mich überhaupt nicht süß aus. "Schließlich wirst du jeden Morgen vor Millionen von Zuschauern stehen, wenn du diesen Job bekommst. Nerven aus Stahl sind erforderlich. Zumindest glaube ich das."

"Gut. Bleib." Ich las die Worte noch einmal, die ich geschrieben hatte, bevor ich Steve zunickte.

Er begann von vorne, "Drei, zwei."

Und ich schaute direkt in die Kamera mit einer Entschlossenheit, die mich das durchstehen lassen würde. "Guten Morgen, New York, ich bin Duke Cofield, Ihr neuer Nachrichtensprecher für Ihren neuen Sender WOLF. Vielleicht erinnern Sie sich an mich als Linebacker für die New York Jets, das Footballteam ihres Heimatortes..." Der Geruch von Flieder füllte meine Nase und ich schloss meine Augen für nur eine Sekunde, um danach Lila zu sehen, die ihre Finger durch ihren langen blonden Pferdeschwanz laufen ließ und damit den verführenden Duft absichtlich versprühte. "Okay, das reicht. Raus mit dir, Lila."

"Was?" Sie sah wirklich verwirrt aus. "Aber warum?"

"Du weißt, was du tust. Und ich lasse nicht zu, dass du mich mit diesem kleinen Trick fertigmachst." Ich zeigte auf die Tür. "Du kannst da draußen warten, während ich das mache. Kein Herumspielen mehr, um mich durcheinander zu bringen."

"Das habe ich überhaupt nicht getan, Duke." Sie nahm ihre Notizen, als sie aufstand, auf dem Weg zur Tür. "Ich weiß nicht, was dich so sehr daran stört, dass ich hier bin. Entschuldigung."

Die Tür schloss sich hinter ihr, und ich sah, dass alle drei Männer der Crew mich anstarrten. Ty fragte: "Hat sie dich wirklich so sehr abgelenkt?"

"Komm schon! Ihr müsst auch diesen starken Fliederduft gerochen haben, oder?" Ich konnte nicht verstehen, warum sie alle so verwirrt schienen - es war offensichtlich, dass sie versucht hatte, uns abzulenken.

"Starker Fliederduft, was?" fragte Steve mit einem Grinsen. "Nein, ich habe nichts davon mitbekommen. Willst du deine Notizen noch einmal durchlesen, bevor wir es nochmal versuchen?"

"Ich hab's jetzt. Fang einfach wieder an, Steve."

Ich wusste, dass sie den berauschenden Duft von Lila gerochen haben müssen. Ich konnte nicht die Einzige sein, den das so beeinflusst hatte.

Oder etwa doch?

5
LILA

Als ich im Flur darauf wartete, das Duke seinen Dreh beendete, sah ich ein paar Leute auf mich zukommen. Ein Mann und eine junge Frau. Ich begrüßte sie mit einem herzlichen Lächeln. "Hi, ich bin Lila Banks. Ich habe gerade den Wetterspot in den Abendnachrichten bekommen."

Der große, muskulöse Mann mit wellenförmigen, schulterlangen blonden Haaren und blauen Augen streckte seine Hand aus. "Ashton Lange, Produzent aller Nachrichtensendungen für WOLF."

"Hinweiskartenschreiberin für alle Nachrichtensendungen", sagte die Frau mit dunkelblonden Haaren und goldbraunen Augen. "Nina Kramer. Es ist schön, dich kennenzulernen."

"Hinweiskartenschreiberin?" fragte ich. Ich hielt die Notizen hoch, auf der ich meine Rede geschrieben hatte. "Besteht die Möglichkeit, dass du mir helfen kannst und das auf ein paar Hinweis-Karten für ein kurzes Video aufschreibst? Ich konkurriere mich um die morgendliche Nachrichtensprecherposition und könnte Hilfe gebrauchen."

"Das tue ich liebend gerne. Folg mir in mein kleines Büro. Es ist nur den Flur runter." Sie führte mich dorthin.

Ashton rief uns hinterher: "Viel Glück, Lila."

"Danke, Ashton." Ich ging mit Nina los, um die Worte auf die Karten zu bekommen. Auf diese Weise musste ich nicht versuchen, sie auswendig zu lernen, wie Duke es tat. Das hatte für ihn überhaupt nicht gut funktioniert. Ich könnte genauso gut aus seinem Fehler lernen.

Als wir die Hinweis-Karten schrieben, fragte ich mich, was Duke so verärgert hatte und warum er mich aus dem Zimmer geschickt hatte.

Dachte er wirklich, ich würde versuchen, ihn irgendwie zu sabotieren?

Ich hatte noch nie einen richtigen Job gehabt, aber ich hielt mich für den perfekten Profi. Ich würde nie etwas tun, um ihm die Chance zu nehmen, den Job zu bekommen, für den wir beide hier waren.

Aber so wie er sich verhalten hatte, fragte ich mich, ob er so professionell war wie ich. Vielleicht würde er sich zur Sabotage herablassen. Vielleicht sollte ich besser aufpassen.

"Wie lange arbeitest du schon hier, Nina?" versuchte ich eine Unterhaltung zu beginnen.

"Eine Woche." Sie hielt eine Karte hoch. "Ist diese Schrift groß genug für dich?"

Ich ging ein paar Schritte zurück und stellte sicher, dass ich es gut lesen konnte. "Ja, das ist perfekt." Ich ging dahin zurück, wo ich auch an den Karten gearbeitet hatte. "Ich muss mindestens ein Interview machen. Ich möchte Herr Wolfe und Frau Baker beeindrucken. Weißt du zufällig, ob einer von ihnen über irgendwelche Vorbilder gesprochen hat?"

"Da ist ein Bild von Ted Turner in Herr Wolfe's Büro." Nina bürstete ihr dunkelblondes Haar zurück und zog es in einen Pferdeschwanz, den sie mit einem Haargummi bändigte, das sie am Handgelenk hatte, um es aus ihrem Gesicht zu bekommen. "Ich habe ihn während meines Interviews danach gefragt."

Ich hatte das Bild nicht einmal bemerkt. "Und was hat er dazu gesagt?"

"Dass Ted Turner ein Mann war, wie er sein wollte. Es gefiel ihm, dass er mit Turner Broadcasting gegründet hatte und das er alte Schwarz-Weiß-Filme in Farbe neu aufsetzte. Er hat bereits die Rechte an einigen der alten Filme, die gerade neu gedreht werden, gekauft. Sie werden in einem Studio in Hollywood gefilmt, und sie werden alle in unserem Sender ausgestrahlt. Er hat auch Sitcoms in der Produktion. Er ist am Ball, soweit ich das beurteilen kann."

"Ted Turner, sagst du?" Ich war fasziniert. Meine Gedanken überschlugen sich.

Wenn ich Herrn Wolfe wirklich beeindrucken wollte, dann wäre ein Interview mit Ted Turner ein riesen Erfolg. Aber wie sollte ich das schaffen?

"Meine ältere Schwester ging mit seinem Publizisten zur Schule." Nina lächelte mich an. "Soll ich mal anrufen und sehen, ob sie etwas für dich arrangieren kann?"

"Das würdest du tun?" Ich glaube, ich hatte meine erste Freundin in New York gefunden.

"Sicher, das würde ich. Sobald wir das Video fertig haben, rufe ich an. Fürs Protokoll, ich denke, du wärst der beste Moderator für die Morgennachrichten. Du hast diesen tollen Look, frisch und scharf." Sie seufzte und schüttelte dann den Kopf. "Duke ist wahnsinnig sexy. Ich sage nicht, dass er keinen tollen Moderator abgeben würde, aber verdammt, das ist eine Menge sexy am frühen Morgen, findest du nicht?"

Ich musste lachen und zustimmen: "Ja, viel zu viel für so früh."

Nina und ich kamen gut miteinander aus. Nachdem die Karten fertig waren, gingen wir zurück in den Raum, in dem ich Duke und das Kamerateam zurückgelassen hatte. Duke saß da, plauderte mit den Jungs und Ashton und verwöhnte sie mit Footballgeschichten, über die nur Kerle lachen würden.

Nina wies auf einen perfekten Ort für das Video hin. "Ich denke, hinter dem Schreibtisch da drüben wäre der beste Platz, oder?"

Sie hatte ein gutes Auge, das musste ich zugeben. "Der blaue Hintergrund dieser Vorhänge würde gut zu meinem Kleid passen." Also gingen wir dorthin, und die Männer schienen uns endlich zu bemerken.

"Sollen wir uns da drüben einrichten, Lila?" fragte der Kameramann.

Ich nickte und sah zu, wie Duke meinen Weg kreuzte. "Nur damit du es weißt, Lila, der Kameramann ist Ty, der Tonmann ist Joe und der stellvertretende Produzent ist Steve. Unser Produzent ist...."

"Ashton Lange", unterbrach ich ihn. "Ich hab ihn vor der Tür getroffen, vor der ich warten musste, während du dein Video gemacht hast. Hast du das jetzt eigentlich zu Ende gedreht?"

Er kicherte. "Ja, wir haben es geschafft." Dann nahm er Platz. Genau an einer Stelle, wo ich sein hübsches Gesicht sehen konnte während ich mein Video drehte.

"Bleibst du für mein Video, Duke?" Ich hatte mich von ihm abgewandt, um hinter den Schreibtisch zu kommen.

"Würde es dir was ausmachen, wenn ich bleibe?" Seine Stimme war tief, schwül und wollte mich necken.

Meine Knie wurden schwach und meine Handflächen begannen zu schwitzen. Aber ich wollte ihm nicht das Gefühl geben, dass er mich nervös machte, nur weil er mich beobachtete. Ich war doch ein Profi. "Nein, bleib, wenn du willst. Ich hätte gerne ein Publikum, egal wie klein. Es ist eine tolle Übung, weißt du. Oh, du weißt es nicht, weil du mich gezwungen hast, rauszugehen."

"Ich musste", gestand er. "Dieser Geruch von Flieder, den du versprühst, hat mich erwischt. Ich dachte, ich würde gleich niesen." Ich drehte mich gerade noch rechtzeitig um, um ihn bei einem Augenzwinkern bei Ty, dem Kameramann, zu erwischen.

"Ich verstehe." Ich wusste es besser. Er hatte mich bereits danach gefragt, und er sah nicht so aus, als würde er gleich niesen.

"Ich muss ehrlich sein - ich kann es kaum erwarten zu sehen, was du dir ausgedacht hast, Lila." Er lehnte sich im Bürostuhl zurück und entspannte sich während er mich ansah.

Ich wollte mich nicht von ihm beeinflussen lassen. Mir wurde klar, dass es genau das war, was er tat. Oder versuchte, zu tun. Ich hätte wissen müssen, dass er nichts dagegen hatte, schmutzig zu spielen. Alles, um das Spiel zu gewinnen, genau wie jeder andere Sportler, den ich je getroffen habe.

Konnte ich so gefühllos sein?

Das würde sich mit der Zeit zeigen.

Als Nina die Karten in der Hand hielt, der Kameramann bereit war, der Tontechniker das Mikrofon hielt und der Assistenzproduzent direkt vor Ashton stand, der die ganze Sache überwachte, wusste ich, dass es Zeit war zu glänzen.

Nina gab mir schnell noch den Rat: "Lila, ich denke, wir sollten alles einmal durchlesen, bevor wir etwas aufnehmen."

Ashton lobte sie, "Gute Idee, Nina. Lass uns das so machen."

Duke blickte zurück zu Ashton. "Ich hätte deinen Rat bei meinem Video auch gebrauchen können."

"Darauf kann ich wetten", scherzte Ashton und schlug Duke in den Arm. "Hättest Fragen sollen."

"Habe nicht darüber nachgedacht." Duke sah mich an. "Sieht so aus, als hättest du hier die Oberhand, Lila. Das solltest du besser gut machen."

"Danke, dass du mich nicht unter Druck setzt, Duke." Ich hatte versucht, darüber zu lachen, aber er gab mir wirklich das Gefühl, dass ich unter einer Lupe stand.

"Kein Problem." Dukes Lächeln war breit, als ob er wüsste, dass ich alles vermasseln würde.

Nur wusste er nicht, dass ich schon seit zwölf Jahren meine eigenen kleinen privaten Nachrichtensendungen mache. Sicher, es war nur vor meiner Familie, aber es war viel mehr Erfahrung, als er hatte. Ein Footballspieler zu sein, bedeutete nicht, dass man vor Leuten sprechen konnte.

Nina nickte mir zu und ich las die Karten laut vor: "Willkommen bei WOLF, Ihrer neuesten Anlaufstelle für Nachrichten und Unterhaltung. Ich bin Lila Banks und ich werde jeden Morgen an jedem Wochentag Ihr Moderator sein, um mit Ihnen Ihren Tag beginnen. Ich freue mich darauf, Sie zu treffen, Ihre Beiträge online zu lesen und zu erfahren, was Sie wissen oder mir erzählen wollen. Ich bin für Sie da. Um herauszufinden, was in Ihrer Nachbarschaft, Ihren Schulen, Ihrer schönen, sehr belebten Stadt passiert. Ich weiß, Sie und ich werden gute Freunde werden. Wenn Sie mich auf der Straße sehen, zögern Sie nicht, Hallo zu sagen. Ich werde es sicher erwidern. Sie können jedem sagen, dass Sie eine neue Freundin im Fernsehen haben und dass deren Name Lila Banks ist. Also, lehnen Sie sich zurück und machen Sie sich bereit, alles darüber zu hören, was passiert ist, während Sie geschlafen haben. Es gibt so viel zu erzählen."

Nina lächelte mich an. "Das war toll!"

Ashton klatschte. "So will ich das sehen! Jetzt lass uns das aufnehmen."

Ty und Joe sahen sich an, dann Duke. "Du solltest vielleicht ein bisschen an deinem Arbeiten, Duke", sagte Ty ihm.

Duke starrte mich an. "Nein, meiner ist auch gut."

"Ja", sagte Steve. "Aber ihres ist großartig."

Es wäre eine Untertreibung gewesen, zu sagen, dass ich auf Wolke sieben war. Ich wusste, dass ich etwas Besonderes geschrieben hatte, aber zu hören, dass sie alle das auch so fanden, war aufregend. Das Beste von allem war, dass Duke's Ausdruck mir sagte, dass er mit den anderen übereinstimmte, und das machte ihm ein wenig Angst.

Nachdem wir das Video aufgenommen hatten, nahm Ashton Nina und Steve mit, um unsere beiden kleinen Einführungen zu besprechen. Ich ging hinaus, um eine Tasse Kaffee zu trinken und meine Mutter anzurufen, um ihr die gute Nachricht mitzuteilen. Ich hatte ja immerhin schon einen Job bekommen.

Sobald ich mich mit einer warmen Tasse Espresso in der Hand hingesetzt hatte, rief ich sie an, denn ich wusste, dass sie wartete. "Lila!"

"Mom, ich habe einen Job!"

Sie schrie und brüllte. "Ja!"

"Aber ich bin noch in der Bewerbung für einen weiteren. Einen großen, Mom. Wenn ich beide Jobs bekomme, dann brauche ich keine Wohnung mit jemandem zu teilen, vielleicht kann ich sogar eine eigene Wohnung kaufen! Wenn ich diesen anderen Job nicht bekomme, dann muss ich definitiv eine Wohnung mit jemandem zusammen mieten. So oder so, ich bleibe in New York, Mom." Ich nahm einen Schluck von dem heißen Getränk und wartete ab, was sie über meine Neuigkeiten sagen würde.

"Ich bin so stolz auf dich", sagte sie mit Tränen in der Stimme. "Mein kleines Mädchen wird es genauso machen, wie sie es immer geträumt hat."

Nina kam mit einem breiten Lächeln in das kleine Café. "Mom, ich rufe dich später an, um dir mehr zu erzählen. Tschüss, ich liebe dich."

Sie kam direkt zu mir. "Ashton sagt, ihr beide habt es erstaunlich gut geschafft."

"Wir beide?" darüber konnte ich mich nicht so wirklich freuen, oder?

"Ja, ihr beide. Aber ich habe noch mehr Neuigkeiten. Meine

Schwester und ich haben uns unterhalten, und du kriegst das Interview mit Ted Turner. Nicht sofort, aber sobald er Zeit hat, kannst du zu ihm nach New Mexico fliegen und ihn interviewen." Nina klatschte in die Hände. "Und wir werden mit dir fliegen!"

Mein Herz klopfte. Das hier passierte wirklich. Und gerade als ich das Gefühl hatte, dass ich dieses Ding gewinnen könnte, kam Duke mit Ashton und Artimus, lachenden und scherzend, herein.

Ich mochte gut sein, aber Duke wusste, wie man mit den großen Spielern klarkommt. Der Wettbewerb sollte nicht einfacher werden.

6
DUKE

Als ich Lila später in einem Café sah, konnte ich mich kaum davon abhalten, sie anzustarren. Sie zog meine Aufmerksamkeit auf sich, wie ein Licht die einer Motte. Die Art, wie sie lachte, die Neigung ihres Kopfes, die Art, wie ihre Lippen geformt wurden, wenn sie über etwas nachzudenken schien - all das erregte meine Aufmerksamkeit.

Und ich hasste es.

Artimus, Ashton und ich hatten beschlossen, einen Kaffee trinken zu gehen, und ich hatte keine Ahnung, dass sie auch da sein würde. Ich hätte auf den Kaffee verzichtet, wenn ich das gewusst hätte.

Es musste der Wettkampf gewesen sein, der mich so aus der Fassung gebracht hatte. Ich hatte noch nie mit einer Frau konkurriert; ich wusste nicht, wie ich mich verhalten sollte. Und ich hatte keine Ahnung, dass es mich so sehr beeinflussen würde.

Ihre Berührung konnte nicht wirklich Funken durch mich senden. Die Art, wie sie roch, konnte nicht wirklich so berauschend sein. Es musste daran liegen, dass sie meine Konkurrentin war. Alles andere war nicht möglich.

Ich war nicht irgendein notgeiler Teenager, der jedes Mädchen im Umkreis von fünf Meilen verfolgte. Nein, ich war der Typ, der sich zurücklehnte und die Schönheit verschiedener Frauen genoss, bevor ich eine nach meinem Geschmack fand. Dann ging ich zu ihr, schenkte ihr ein wenig Aufmerksamkeit, und bevor sie wusste, was passiert war, wachte sie in meinem Bett auf. Ihr Haar war verstrubbelt, ihr Körper nackt, und sie war sehr glücklich.

Und vielleicht war es genau das, was ich mit Lila machen musste.

Warum hatte ich mit ihr nicht dasselbe gemacht, wie mit jedem anderen Mädchen, welches mir gefallen hatte?

Sie stand auf, sie und Nina verließen das Café. Sie fuhren in entgegengesetzte Richtungen, Lila in die eine Richtung, weg vom Bahnhof, und Nina in die andere Richtung.

Lila war allein, und meine Chance war gekommen. "Wir sehen uns später. Ich muss noch was erledigen." Lila in mein Bett und aus meinem Kopf zu bekommen war gerade zu meiner obersten Priorität geworden - das war es, was ich tun musste, wenn ich ein echter Kandidat für diese Position sein wollte.

"Oh, bevor du gehst", packte Artimus meinen Arm und stoppte meinen voreiligen Rückzug. "Du musst morgen früh an einem Kurs teilnehmen, für den ich alle angemeldet habe. Jetzt, wo ihr eingestellt wurdet, müsst ihr alle noch ein paar Kurse absolvieren."

"Ja? Was für Kurse?" Ich versuchte, dass die beiden nicht bemerkten, wie sehr ich mich anstrengte, Lila durch die winzigen Fenster des Cafés zu sehen, während sie wegging.

"Nun, morgen habt ihr einen Kurs über sexuelle Belästigung", seine Worte zogen meine Aufmerksamkeit auf sich und zogen schließlich meinen Blick von Lila weg.

"Muss Lila auch zu diesem Kurs?"

"Alle müssen dahin", sagte mir Artimus. "Sogar ich."

"Sogar du?" Jetzt war ich fasziniert und nahm wieder Platz. "Und warum?"

Er nahm seinen Pappbecher mit Kaffee in die Hand, pustete etwas Luft aus um ihn abzukühlen. "Ich möchte, dass dieser Sender ein Vorbild für die ganze Branche wird. Es ist so, wie wir es euch bei der Lohnskala gesagt haben - diese Informationen sind für die Öffentlichkeit zugänglich. Jeder bekommt den gleichen Lohn für gleiche Arbeit, und wir wollen sicherstellen, dass der Sinn für Gleichheit in jedem Aspekt dieses Senders erhalten bleibt. Bei der ganzen sexuellen Belästigung, die in dieser Branche schon viel zu lange andauert, fühlen wir uns verpflichtet, eine andere Atmosphäre für unsere Mitarbeiter zu schaffen. Eine, wo sich alle sicher fühlen. Männer und Frauen müssen sich an ihrem Arbeitsplatz sicher fühlen."

"Da stimme ich zu." Ich schob meine Hände in meine Taschen, als ich darüber nachdachte, was das bedeutete. "Du willst also, dass wir uns alle darüber im Klaren sind, was unter Belästigung zu verstehen ist. Das ist wichtig."

Er nickte. "Und ich erwarte auch von den WOLF-Mitarbeitern ein hohes Maß an Professionalität. Ich will keine Büro-Romanzen."

Warte, was?

"Was meinst du damit?" fragte Ashton und sah plötzlich etwas besorgt aus.

"Ich meine, ich will keine Beziehungen zwischen meinen Angestellten." Artimus nahm einen Schluck von seinem Kaffee.

"Keine Beziehungen", murmelte ich, als ich darüber nachdachte, was er wirklich meinte. "Aber kleine Affären sind erlaubt, oder?"

Artimus schüttelte den Kopf. "Nein, gar nichts, Duke. Ich habe eine Null-Toleranz-Politik bei körperlichen Beziehungen zwischen meinen Mitarbeitern."

"Überhaupt nicht?" fragte Ashton, als er den Kopf schüttelte. "Ist das überhaupt möglich?"

"Wir werden es möglich machen. Wir werden dem Rest der Welt zeigen, dass es möglich ist. Männer und Frauen können zusammenarbeiten und sich gegenseitig den Respekt erweisen, den wir alle verdienen." Das Lächeln, das er trug, sagte mir, dass er sich für eine Art Guru hielt.

Ich arbeitete für einen Verrückten. Mein Boss war ein Irrer. Es war eine Sache, eine Null-Toleranzpolitik zu haben - offensichtlich sollte sich jeder wohl und respektiert fühlen -, aber zu erwarten, dass alle ihre Gefühle für das andere Geschlecht unterdrückten?

Es schien, als hätte Larry Finkelstein wieder alles wie immer gemacht. Er schickte mich zu einem Vorstellungsgespräch für einen beschissenen Job. Nicht, dass der Job scheiße wäre, aber an einem Ort zu arbeiten, an dem ich meine Männlichkeit nicht ausüben könnte, wäre unmöglich. Oder fast unmöglich, zumindest.

Ashton sah genauso enttäuscht aus wie ich. "Mann, das ist echt schade."

Artimus war jedoch völlig ernst. "Es ist nicht so schlimm. Es funktioniert gut, wirklich. Auf diese Weise wird es nicht die unangenehmen beruflichen Auswirkungen einer Beziehung geben, die in die Brüche geht. Es ist ein Segen, wirklich."

Seine Vorstellung von einem Segen und meine waren sehr unterschiedlich. "Warst du mal in so einer Situation, Artimus? Kommt das daher?"

"Eigentlich nicht. Ich war noch nie in so einer Situation, weil ich nie mit jemandem zusammen war, mit dem ich gearbeitet habe." Er sah mich skeptisch an. "Du bist erst seit ein paar Stunden bei diesem Sender. Willst du mir erzählen, dass du schon eine deiner Mitarbeiterinnen im Visier hast?"

"Aber nein!" Meine Stimme ging ein wenig zu hoch, und das brachte mir ein Stirnrunzeln meines neuen Chefs ein.

"Hmm." Artimus sah Ashton an. "Und du, Ashton? Du arbeitest seit einer Woche. Hast du jemanden gefunden, den du in so kurzer Zeit im Visier hast?"

Ich sah Ashton aufmerksam zu, als er zur Seite schaute. "Ich nicht. Nein, Sir."

So wie Artimus die Fragen formuliert hatte, würde sich jeder Mann wie ein Narr fühlen, wenn er sie mit ja beantwortet hätte. Ashton und ich hatten keine andere Wahl, als nein zu sagen. Und mit dieser neuen Information musste ich Lila wirklich aus meinem Kopf bekommen.

Sie war auch nur eine Frau. Alleine in New York gab es noch mehrere Millionen Frauen. Ich hatte nie Probleme gehabt, ein Mädchen zu verführen, das ich haben wollte, und ich musste nicht mit Lila schlafen, um meinem sexuellen Verlangen nachzukommen. Ich wollte, aber ich musste nicht.

"Also, wir haben morgen einen Kurs über sexuelle Belästigung." Ich hatte mich damit abgefunden. Ich hatte bereits einen Zweijahresvertrag mit WOLF unterschrieben, also kam ich eh nicht drum herum. "Ist das alles, was wir haben?"

"Nein, danach habe ich einen Kurs gebucht, um etwas über physische Belästigung und Mobbing zu lernen." Artimus klopfte mit den Fingern auf die Tischplatte. "Und dann einen Kurs über Empathie. Das ist alles. Drei Kurse in drei Tagen."

Es klang so, als ob die Kurse jeweils einen ganzen Tag dauern würden. "Wie lang sind diese Kurse?"

"Acht Stunden jeweils", sagte er, als wäre das gar nicht so lang.

Das war länger als jeden Kurs, den ich bisher gehabt hatte. Und Ashton muss dasselbe gedacht haben, als er stöhnte: "Acht Stunden?"

"Nur acht Stunden", sagte Artimus und versuchte, es weniger schrecklich klingen zu lassen, als es wirklich war.

"Okay, morgen kann ich mich den ganzen Tag lang langweilen." Ich stand wieder auf, bereit, nach Hause zu gehen und den Rest des Tages zu trinken.

Artimus wollte nicht, dass ich die Kurse als schlechte Neuigkeiten aufnahm. "Duke, ich erwarte von euch allen, dass ihr euch gut benehmt. Mein Ziel ist es, in dieser Branche etwas zu bewegen, und das werde ich tun. Ich kann hartnäckig sein, wenn es sein muss. Ich warne dich, ich werde an den Entscheidungen festhalten, die ich für diesen Sender getroffen habe."

"Ich verstehe, Artimus." Es gefiel mir nicht, aber ich verstand, dass der Mann eine Vision hatte. Ob ich mit dieser einverstanden war oder nicht, der Sender gehörte ihm, und er wollte die Welt verändern - indem er uns dazu benutzte, den Leuten zu zeigen, dass es möglich war. "Es wird halt nicht einfach sein, das ist alles."

Er lächelte mich an, erstaunlicherweise. "Nichts Großartiges ist jemals einfach. Sind wir uns da nicht einig?"

"Sicher", sagte Ashton, während auch er aufstand. "Ich gehe nach Hause und was trinken und rufe vielleicht ein paar meiner alten Bekanntschaften an, um zu sehen, wie es ihnen geht. Wenn ich schon ein Mädchen habe, fällt es mir leichter, deine Regeln nicht zu brechen."

"Tolle Idee, Ashton." Artimus schien zu denken, dass Ashton das ernst meinte.

Das ließ mich etwas fragen. "Arti, hast du im Moment eine Freundin?"

Er schüttelte den Kopf. "Nein. Es ist eine Weile her, seit ich mit jemandem ausgegangen bin. Meine letzte Beziehung endete schlecht. Sie hat mich wegen einem meiner Geschäftspartner verlassen. Sie war nur aufs Geld aus. Ich hätte froh sein sollen, dass sie mich verlassen hat, aber es fühlte sich alles unvollendet an. Ich wollte ein richtiges Ende, sie nicht."

Artimus war nicht alt. Irgendwas um die 40. Ich fragte mich, ob er seine eigenen Regeln einhalten könnte. "Also, denkst du, du kannst dich bei all den hübschen Damen zurück halten, die im Sender rumlaufen werden, Boss?"

"Ich nehme auch an den Kursen teil, Duke. Ich glaube nicht, dass ich mehr Willenskraft habe als jeder andere." Er schüttelte den Kopf und sah ernst aus. "Das ist sehr wichtig für mich. Ich habe drei jüngere Schwestern. Zwei sind Schauspielerinnen. Die Geschichten, die sie mir erzählt haben, machen mich krank. Männer, die ihnen vorgesetzt waren und ihnen sagten, sie müssten bestimmte Dinge tun, um die Jobs zu bekommen, die sie wollten. Meine jüngste Schwester war erst 19, als ein Mann, den wir alle in den nationalen Nachrichten gesehen haben, ihr sagte, dass er jemanden suche, mit der er sich von seinem anspruchsvollen Job ablenken könne. Es würde sich für sie bezahlt machen, wenn sie jeden Abend gegen neun in seinem Büro vorbeischauen würde, bevor er zu seiner Frau nach Hause musste."

Ich unterbrach ihn: "Ich hoffe, sie hat das abgelehnt."

Artimus nickte. "Oh, das hat sie. Und dann sagte er ihr, dass, wenn sie diesen Job behalten wollte - bei einer Show, mit der er nichts zu tun hatte, wie ich hinzufügen muss - sie tun sollte, was er wollte."

Trotzdem wusste ich, dass sie Nein sagen konnte. Wie konnte er sie feuern lassen? Sie hat nicht mal direkt für ihn gearbeitet. "Ich hoffe immer noch, dass sie nein gesagt hat."

"Sie sagte nein und verließ sein Büro. Ein Büro, in das sie nur wegen dem gerufen wurde, worum er sie gebeten hatte, wie sie später heraus fand." Artimus schaute nach unten und schloss seine Augen. "Sie hatte am nächsten Morgen eine SMS auf ihrem Handy, bevor sie zur Arbeit ging. Ihr Vorgesetzter sagte ihr, dass ihre Dienste nicht mehr benötigt würden."

"Aber wie hat er das geschafft?" Verwirrung klang aus Ashtons Stimme.

"Er hatte Kontakte. Kontakte zu Leuten, die auf ihn hörten, was er sagte. Leuten, die Macht hatten, wussten, wie viel sie zu sagen hatten, und auch wussten, wie sie das zu ihrem Vorteil nutzen konnten." Artimus sah verbittert drein. "Ich will einfach was verändern. Und das solltet du auch tun."

Darüber war nun wirklich keine Diskussion nötig, oder?

7
LILA

Am nächsten Morgen trafen sich alle Mitarbeiter von WOLF, einschließlich des Besitzers und seiner Assistentin, in einem Hörsaal auf dem Campus der NYU. Professor Higgins, ein Anthropologe, war da, um für uns einen Vortrag über sexuelle Belästigung zu halten.

Bevor der Vortrag begann, wurden wir alle von Frau Baker darüber informiert, wie wir uns während unserer Arbeit für WOLF zu verhalten hatten. Sie begann damit, uns zu sagen, dass es eine strenge No-Dating-Politik zwischen den WOLF-Mitarbeitern geben würde. Und das bedeutete, dass nicht einmal die kleinste Beziehung, nicht einmal ein One-Night-Stand geduldet wurde. Keine Romantik, kein Flirten, kein überflüssiger Körperkontakt.

Ich saß fünf Reihen hinter Duke im Hörsaal. Nina saß neben mir. Jeder hatte Stift und Papier, um Notizen machen zu können. Es würde keinen Test geben, aber wir wurden alle ermutigt, Dinge aufzuschreiben, die uns neu waren.

Professor Higgins begann den Vortrag "Guten Morgen, WOLF-Mitarbeiter. Herr Wolfe hat mich gebeten, Sie alle über sexuelle Belästigung zu unterrichten, was das bedeutet, wie dadurch eine Person oder Personen erniedrigt werden und wie man das vermeiden kann."

Ich langweilte mich zu Tode. Ich wusste, was sexuelle Belästigung war. Und ich wusste, wie man sie verhinderte. Ich war auf einem College gewesen, der Ort, wo junge Männer noch keine richtigen Erwachsenen sind. Ich hatte viele Männer getroffen, die ihre Pubertät nicht ganz überwunden hatten, die meisten waren nicht in der Lage, Frauen nicht sexuell zu belästigen. Und ich wusste, wie ich sie wissen ließ, wann ich interessiert war und wann nicht. Und wenn nicht, sollten sie besser aufpassen, was sie zu mir gesagt hatten, und Gott bewahre, wenn mich einer von ihnen tatsächlich berührte.

Papa und mein älterer Bruder, Lonnie, hatten darauf geachtet, meiner Schwester und mir beizubringen, wie wir uns bei Bedarf verteidigen konnten. Sie und ich waren beide auf Colleges in anderen Teilen der USA gegangen, weit weg von unserem Zuhause, und Papa wollte, dass wir wussten, wie wir auf uns selbst aufpassen konnten.

Unsere Mutter hatte dafür gesorgt, dass wir kochten, putzten und selbstständig waren, auch wenn wir krank wurden. Papa hatte sichergestellt, dass wir wussten, wie wir fest mit dem anderen Geschlecht umgehen und wie wir unerwünschtes Anmachen verhindern konnten.

Ein Knie im Schritt, ein Ellenbogen an den Rippen und ein gut platzierter Kopfstoß waren alles, was nötig war, hatte Papa meiner Zwillingsschwester und mir erklärt. Und Lonnie erlaubte uns, an ihm zu üben, immer der hingebungsvolle große Bruder.

Der Professor sprach weiter: "Die Gleichstellungskommission definiert sexuelle Belästigung als verbale oder physische sexuelle Belästigung, unerwünschte sexuelle Annäherungsversuche und das Fragen nach sexuellen Gefälligkeiten. Nun hat mich Herr Wolfe darüber informiert, dass an seinem Arbeitsplatz keine Art von sexuellen Annäherungsversuchen erlaubt ist, ob unerwünscht oder einvernehmlich. Das bedeutet, dass Sie alle von Dingen wie Flirten und offensichtlichem Hinterherschauen Abstand nehmen müssen." Er blieb stehen und lächelte. "Ah, aber Sie sind alle in einer Branche, in der einige von Ihnen immer wieder begutachtet werden, nicht wahr? Natürlich, wenn Ihre Haarstylistin, Ihr Schminker und Ihre Ankleiderin Sie begutachten, ist das was anders. Es sei denn, man fühlt sich unwohl, wenn man mit einem lüsternen Blick angestarrt wird."

Eine der Damen vorne hob ihre Hand, um eine Frage zu stellen, und der Professor nickte ihr zu. "Sir, ich arbeite in der Ankleide. Das ist mein erster Job in der Branche. Können Sie erklären, wodurch Leute sich unwohl fühlen könnten und wie ich sicherstellen kann, dass ich keine Grenzen überschreite, während ich meine Kollegen vorbereite?"

Meine Augen bewegten sich nach rechts, um Duke zu finden. Ich beneidete die Frau nicht, die die Frage stellte - ich wusste, dass ich es schwer haben würde, diesen Mann zu übersehen und keine Erregung oder Begierde für ihn zu empfinden. Aber mein Job war es nicht, ihn anzusehen, seine Kleidung rauszusuchen, seine Haare zu machen oder die glänzenden Stellen auf seinem schönen Gesicht zu bedecken.

Nina und ich hatten gesagt, Duke sei zu sexy für das Morgenfernsehen. War das eine Belästigung, obwohl uns niemand belauscht hat? Auch wenn wir nichts direkt zu Duke gesagt hatten?

Ich habe dem Professor nicht viel Aufmerksamkeit geschenkt, als er auf die Frage antwortete. Das war nicht meine Abteilung, also dachte ich nicht, dass ich mir darum Sorgen machen müsste.

Meine Augen hielten an Dukes breiten Schultern fest. Er hatte heute keinen Anzug mit Krawatte an, er sah lässig aus in seinem schwarzen T-Shirt und der ausgebleichten blauen Jeans. Die meisten Männer kamen in lockerer Kleidung, bereit für einen langen Tag Unterricht.

Ich hatte nur schicke Klamotten rausgesucht, als ich für New York gepackt hatte. Zum Glück würde mich das Interview mit Ted Turner nach New Mexico führen. Mama und Papa packten meine Sachen und brachten sie mir dorthin. Aber bis dahin musste ich mich mit dem begnügen, was ich in die eine Tasche gepackt hatte, die ich mitgenommen hatte.

Duke streckte sich ein wenig, legte seine Hände hinter seinen Kopf und verschränkte seine dicken Finger, um seinem Kopf einen Platz zum Ausruhen zu geben. Mein Herz raste aus irgendeinem Grund. Ich tadelte mich selbst dafür, wie mein Körper auf alles reagierte, was dieser Mann tat.

Warum musste er so verdammt gut aussehen? Warum musste er so einen Einfluss auf mich ausüben? Warum mussten wir an einem Ort arbeiten, an dem es uns verboten war, überhaupt zu flirten, geschweige denn auf irgendeine Art von Anziehung zu reagieren, die aufkommen könnte?

Und warum musste er der Mann sein, der zwischen mir und meinem ultimativen Traumjob stand?

Selbst ohne all diese Hindernisse, die zwischen uns standen, hatte ich keinen Grund zu glauben, dass er sich für mich genauso interessieren würde wie ich für ihn. Er war ein Mann Anfang 30, und ich war eine junge Frau von nur 22 Jahren. Ich war mir sicher, dass ich sowieso zu jung für ihn sein musste. Warum dachte ich überhaupt, dass da etwas entstehen könnte?

Der Professor hatte genug darüber gesagt, wie man jemandem nicht das Gefühl gab, ihn oder sie zu begehren und ging zum nächsten Thema über: "Jetzt lassen Sie uns darüber reden, wie sexuelle Belästigung abläuft. Zuerst ist es wichtig zu verstehen, dass alle Annäherungsversuche keine Belästigung sind. Wenn das der Fall wäre, würde unsere Spezies aufhören zu existieren. Aber Ihr Arbeitsplatz wünscht, dass es keine Annäherungsversuche gibt, also müssen Sie alle vermeiden, Opfer Ihrer eigenen Lust zu werden."

Ich fragte mich, wie ich das tun sollte.

Herr Wolfe hob seine Hand und stand dann vor auf. "Ich möchte diese Gelegenheit nutzen, um Ihnen einen Ratschlag zu geben. Ashton hatte diese Idee, um jeder Art von Attraktion am Arbeitsplatz entgegenzuwirken, und ich dachte, es wäre eine gute Idee. Warum nicht einfach nach einer Beziehung mit jemandem außerhalb der Arbeit suchen? Auf diese Weise werden Sie von niemandem, mit dem Sie arbeiten, in Versuchung geführt."

Der Professor stoppte unseren Chef, "Herr Wolfe, ich muss Sie unterbrechen; obwohl das wie eine gute Idee erscheinen mag, ist nicht jeder in der gleichen Lebensphase oder sucht nach den gleichen Dingen. Es ist wahrscheinlich, dass nicht jeder in diesem Raum sich im Moment eine Beziehung wünscht. Auch wenn das nicht der Fall wäre, hat nicht jeder die Möglichkeit, das zu tun, was Sie vorschlagen."

Herr Wolfe sah etwas niedergeschlagen aus. "Es war nur eine Idee, mehr nicht." Er nahm seinen Platz ein und begann, Notizen zu schreiben. Anscheinend hatte er das nicht komplett durchdacht.

"Also gehen wir zurück zu der Frage, wie Belästigung abläuft", fuhr Professor Higgins fort. "Ein lockeres Hallo ist keine Belästigung. Aber ein Hallo, das auch Körperkontakt beinhaltet, außer einem Händedruck, wie zum Beispiel eine kleine Umarmung mit einem Kuss auf die Wange, kann manche Leute sich unwohl fühlen lassen. Es ist am besten, solche Dinge zu vermeiden, besonders am Arbeitsplatz. Das sind nicht Ihre engen Freunde. Das sind Leute, die einfach am selben Ort wie Sie auftauchen müssen, und das ist alles."

Nina hob die Hand und fragte: "Sollen wir also auch keine Freundschaften mit unseren Kollegen schließen?"

Sie hatte eine Frage gestellt, an die ich nicht einmal gedacht hatte. Der Professor schüttelte den Kopf und sagte, dass nicht darum gehen würde. "Freundschaften sind in Ordnung. Auch mit dem anderen Geschlecht." Er sah Herrn Wolfe an, als würde er ihm persönlich sagen, dass Freundschaften nicht unterbunden werden könnten. "Es ist wichtig, dass man mit Leuten, mit denen man zusammenarbeitet, in Kontakt kommt."

Herr Wolfe nickte und notierte das, wodurch ich mich fragte, wieviel er über seine Regeln nachgedacht hatte, bevor er sie aufgestellt hatte, wo sie doch so schwer einzuhalten waren.

Nina stieß mich an und flüsterte: "Wir dürfen Freunde sein, Lila."

"Scheint so", flüsterte ich zurück. "Du bist meine erste Freundin in New York."

"Du bist meine erste Freundin auf der Arbeit." Sie zuckte mit den Augenbrauen und grinste mich an.

Die ersten Stunden vergingen schnell genug, aber die letzten zogen sich hin. Mein Hintern tat weh, weil ich schon so lange auf dem harten Sitz saß. Ich hatte das Interesse an der Vorlesung verloren. Szenario für Szenario wurde vorgestellt, um zu veranschaulichen, wie zu handeln war und wie nicht.

Nina und ich begannen hin und her zu flüstern und über verschiedene Dinge zu reden. Sie fragte: "Es gibt so viele verschiedene Abteilungen. Wir arbeiten nicht alle zusammen. Was, wenn wir jemanden mögen, mit dem wir nicht mal zusammenarbeiten?"

"Wenn sie in einer anderen Abteilung sind und du nie mit ihnen arbeitest?" fragte ich, fasziniert von dem Gedanken.

"Ja," sagte sie mit einem Nicken. "Du wirst zum Beispiel mit dem nächtlichen Nachrichtenteam arbeiten, aber du wirst nicht wirklich mit dem Rest der Nachrichtenteams interagieren. Es sei denn, du bekommst auch diese morgendliche Stelle. Aber selbst dann gibt es nur eine Handvoll Leute, mit denen du in jeder Show arbeitest. Was, wenn du und ein Typ aus einer der anderen Nachrichtensendungen sich gut verstehen? Warum sollte das ein Problem sein?"

Ich konnte meine Gedanken nicht davon abhalten, an Duke zu denken - obwohl ich bezweifelte, dass er jemals mit mir ausgehen würde. Aber wenn er und ich für verschiedene Shows arbeiten würden, könnten wir das doch zumindest, wenn wir es denn wollten. Wenn Herr Wolfe das erlauben würde. Ich war skeptisch, da er gesagt hatte, keine Verabredungen innerhalb des gesamten WOLF-Personals.

Der Professor hatte das jedoch in Bezug auf Freundschaften relativiert. Vielleicht war dies die richtige Zeit, um diese Frage zu stellen, während der Professor da war, um Herrn Wolfe bei Bedarf zurückzuhalten.

"Ich werde danach fragen, Nina." Ich hob meine Hand und Professor Higgins nickte mir zu. "Sir, ich möchte nach einer hypothetischen Situation fragen."

"Natürlich", sagte er nickend.

Nicht nur er beobachtete mich, alle im Raum starrten mich an. Ich konnte Dukes blaue Augen auf mir spüren, als ob ich seine Berührung nur durch seinen Blick fühlen könnte. Mein Körper erhitzte sich automatisch, und ich ignorierte, wie sich mein Puls beschleunigte.

"Okay, bei WOLF haben wir verschiedene Teams, mit denen wir zusammenarbeiten werden. Wir arbeiten nicht alle zusammen. Zum Beispiel bin ich im nächtlichen Nachrichtenteam, was wäre falsch daran, wenn ich mich mit jemandem aus einem anderen Team oder einer anderen Abteilung bei WOLF treffe, mit dem ich nie direkt arbeiten oder sogar interagieren würde? Zum Beispiel jemand aus der Buchhaltung?"

Der Professor schien darüber nachzudenken, bevor er mir

antwortete: "Ich glaube nicht, dass das ein Problem wäre. Aber Herr Wolfe hat gesagt, er will keine Beziehungen zwischen seinen Angestellten. Ich nehme an, wenn Sie sich von jemandem in einer anderen Abteilung angezogen fühlen, müssen Sie die Erlaubnis Ihres Chefs einholen, bevor Sie überhaupt Annäherungsversuche machen sollten."

"Was ich ablehnen würde." Herr Wolfe stand auf, um uns das mitzuteilen. "Sehen Sie, ich habe ein paar Leuten erzählt, warum ich so strenge Regeln will. Vielleicht sollten Sie es alle wissen. Vielleicht verstehen Sie dann, warum ich das hier mache."

Dukes Augen waren immer noch auf mich gerichtet. Sie funkelten, als er mich ansah. Dann formte er mit seinen Lippen ein, 'Guter Versuch.'

Ich wusste nicht, was ich erwidern sollte. Mein Magen wurde ganz flau, die Hitze sammelte sich zwischen meinen Beinen, und mein Herz schlug so heftig, dass ich Angst hatte, dass es jeder hören könnte.

Der Mann war auf der anderen Seite des großen Raumes und hatte nur ein paar dumme Worte zu mir gesagt, und ich hielt es kaum aus. Gott sei Dank müsste ich nicht mit ihm arbeiten.

Er wäre eine viel zu große Ablenkung.

8
DUKE

Der Vortrag über Mobbing am nächsten Tag wurde in eine Vormittags- und eine Nachmittagssitzung aufgeteilt, was uns zwischendurch eine eineinhalbstündige Mittagspause einräumte. Ich hatte viel darüber nachgedacht, warum Lila ihre Frage während des Kurses über sexuelle Belästigung gestellt hatte.

Hatte sie an mich gedacht?

Es gab keinen wirklichen Grund, das zu denken - sie und ich konkurrierten um den gleichen Job, aber ich konnte den Gedanken nicht aus meinem Kopf kriegen. Das Mädchen war schlau, das musste ich ihr lassen. Aber Artimus wollte bei keiner seiner Regeln nachgeben. Mit der Zeit hatte ich das Gefühl, dass er sich darauf einstellen müsste, wie die Realität funktioniert - es wäre unmöglich, so viel Kontrolle über das Privatleben und die Wünsche der Mitarbeiter zu behalten. Aber er gab sich Mühe am Anfang, dass seine Regeln eingehalten wurden.

Als ich an diesem Morgen in den Hörsaal ging, bemerkte ich, dass Lila schon da war. Der Platz neben ihr war auch leer. Ich ging zu ihr und setzte mich ohne dass sie es merkte neben sie. "Guten Morgen, Lila."

Sie sprach mit Nina, die auf der anderen Seite von ihr saß. Ihr Kopf drehte sich um und ihre hübschen himmelblauen Augen wurden weit. "Duke!"

"Ja, das bin ich." Ich legte meinen Block Papier und meinen Stift auf den Tisch vor mir und lehnte mich in meinem Stuhl zurück. "Wie hast du die acht Stunden langweiligen Müll gestern überstanden?"

Sie lächelte verschmitzt, so das mein Herz genauso wie mein Schwanz reagierten. Nur in Jeans und T-Shirt gekleidet, musste ich heute wirklich meine Erregung kontrollieren. Nach dem Belästigungskurs wusste ich, dass es ein absolutes No-Go war, einen Ständer zu haben.

"Oh, ich fand es toll", scherzte sie. "Du etwa nicht?"

"Oh, und wie!", erwiderte ich sarkastisch. "Und heute dann über Mobbing. Wurdest du als Kind jemals schikaniert, Lila?"

"Nun, da war dieses eine Mädchen in der dritten Klasse, das mich überhaupt nicht mochte. Ich habe keine Ahnung, warum...."

Ich musste unterbrechen, "Wahrscheinlich, weil sie eifersüchtig auf dich war."

Sie blieb stehen und sah mir in die Augen. "Das hat meine Mutter damals auch gesagt. Ich verstehe nicht, warum sie eifersüchtig gewesen sein sollte."

"Wegen deiner blonden Haare und deinen hübschen blauen Augen. Das ist genug, um ein unsicheres kleines Mädchen eifersüchtig und gemein zu machen." Meine Hand bewegte sich von selbst, streckte sich aus, um ihr Haar zu streicheln. Glücklicherweise arbeitete mein Gehirn schnell, und ich ließ sie stattdessen durch mein eigenes Haar fahren.

Lilas Wangen wurden rot. Ihr Make-up war anders als an den Tagen zuvor. Ihre Bluse war schwarz, ihr Rock weiß, und sie trug Make-up, das zu diesem Farbschema passte. Das Rouge auf ihren Wangen war eher rot als rosa, und ihr Lippenstift passte wie immer. Die rubinrote Farbe ließ ihre Lippen irgendwie noch begehrenswerter zum Küssen aussehen.

"Das mag dich überraschen, Duke, aber ich sah nicht immer so aus wie heutzutage. Ich hatte eine Menge Sommersprossen, weil ich so oft in der Sonne war in New Mexico." Sie duckte ihren Kopf ein wenig, als sie sich an ihre weniger attraktiven Jahre zu erinnern schien. Sie striff mit ihren rot lackierten Nägeln über ihr rechtes Auge. "Meine Schwester hat einmal mit einem Jo-Jo gespielt, und ich habe nicht aufgepasst und bin direkt in das Ding gelaufen. Ich hatte diese kleine Narbe. Sie ist jetzt verblasst, aber damals war sie noch deutlich. Und Gina Witherspoon musste immer wieder darauf hinweisen." Ihre Finger ruhten über ihre Augenbraue. "Besonders vor den Jungs in unserer Klasse. Sie hat mich Narbengesicht und Mutant genannt, oder auch Sommersprossengesicht und die mit der fetten Unterlippe." Ihre Finger bewegten sich, um ihre Unterlippe zu berühren. "Siehst du, sie ist dicker als die obere."

"Das sehe ich." Ich versuchte, meine eigene Unterlippe nicht zwischen meine Zähne zu ziehen, als ich sah, dass sie es tat. "Die meisten Menschen haben eine größere Unterlippe als Oberlippe. Alles, was du sagst, bestätigt mir nur, dass sie eifersüchtig auf dein gutes Aussehen war. Ich bin sicher, selbst in diesen Jahren sahst du immer noch besser aus als die anderen."

"Ich weiß nicht." Sie sah schüchtern weg, etwas, das nicht zu ihr passte. Aber vielleicht dachte sie an eine schlechte Zeit in ihrem Leben, als ein gemeines kleines Mädchen sich über sie lustig gemacht und sie in Verlegenheit gebracht hatte.

Endlich, nach allem, schien sie doch menschlich!

Ich hatte sie bisher als übermenschlich wahrgenommen, mit Kräften jenseits meiner Vorstellungskraft. Eine Frau, die in der Lage war, mir den Boden unter den Füßen wegzureißen und den Job zu bekommen, den ich wollte.

Aber da war sie und sah ganz menschlich aus.

Sie drehte den Spieß um. "Und wurdest du je gemobbt?"

Ich musste lachen. Ich, gemobbt? Auf keinen Fall!

Aber ich konnte das nicht sagen und dann vor ihr wie ein Arschloch klingen. "Nein, ich wurde nicht gemobbt. Hauptsächlich, weil ich das eh alles ignoriert hätte. Wenn ein Kerl versuchte mich zu mobben, habe ich mich sofort um ihn gekümmert."

"Würdest du dich dann für einen Mobber halten?" Ihre Augen funkelten, als sie mir die Frage stellte. Fast spöttisch, so schien es.

"Nein." Ich schüttelte den Kopf. "Nur weil du schnell für dich selbst einstehst, macht dich das nicht zum Mobber, oder?"

"Ich schätze nicht. Ich hoffe, dieser Kurs wird uns bald die Antwort darauf geben." Sie lächelte und schrieb die Frage auf ihren Notizblock. "Ich werde sie stellen. So kannst du sicher sein, ob du ein Mobber warst oder nicht."

"Ich habe das Gefühl, du denkst, ich war einer. Und ich habe das Gefühl, dass es damit zu tun hat, dass ich ein Footballspieler war. Einer, der Leute geschubst hat, um ein Spiel zu gewinnen." Ich war ihr auf der Spur. Sie versuchte dafür zu sorgen, dass ich mich schlecht fühle. Ich zeigte ihr, dass auch das Mobbing war und schrieb es auf, um den Professor später selbst zu fragen.

Sie schaute auf das, was ich geschrieben hatte, und las es laut vor: "Wenn eine Person versucht, jemandem ein schlechtes Gewissen wegen Dingen zu machen, die außerhalb deren Kontrolle lagen, macht sie das zu einer Mobberin?" Sie sah mich an. "Denkst du, ich habe das gerade versucht?"

"Hast du nicht?" Ich schüttelte den Kopf, als ich die Worte sagte. "Ich durchschaue dich, Lila. Nur damit du es weißt."

"Naja, bisher funktioniert das nicht so gut. Ich habe nicht versucht, dafür zu sorgen, dass du dich wegen irgendwas schlecht fühlst. Ich habe dir nur eine Frage gestellt." Sie zuckte mit den Achseln. "Bist du immer so schnell angegriffen, oder liegt das an mir, Duke?"

Es lag an ihr. Aber es wäre verdammt dumm, ihr die Genugtuung geben, das zu wissen. "Angegriffen? Ich bin nicht angegriffen, Lila. Ich will nur ein produktives Gespräch führen. Und nur so, wenn du diesen Ansatz, den du bei mir anwendest auch bei den Interviews anwendest, fühlt sich dein Gegenüber wahrscheinlich provoziert. Du solltest daran arbeiten."

"Provoziert?" Sie grinste, als hätte sie gerade einen Streit gewonnen. "Hmm, wenn du dich von mir provoziert fühlst, dann hast du angegriffen reagiert. Komisch, dass du nicht ehrlich zu dir selbst sein kannst. Wenn du nicht ehrlich mit dir selbst sein kannst, wie kannst du dann ehrlich zu anderen sein? Das finde ich interessant."

"Natürlich findest du das interessant." knirschte ich mit den Zähnen.

"Nina hat mir erzählt, dass Ashton heute Morgen unsere Videos zum Boss gebracht hat." Sie sah Nina an. "Haben sie etwas darüber gesagt, wann sie eine Entscheidung treffen würden?"

"Bald." Ninas Kopf zuckte, als Ashton sich neben ihr setzte. "Hi!"

"Hey," begrüßte Ashton sie und sah Lila und mich an. "Guten Morgen. Bereit für einen weiteren Tag voller Spaß?"

"Klar." kam Lilas unenthusiastische Antwort.

Ich beschloss, den Tag interessanter zu gestalten. "Hey, lasst uns alle ein paar Fragen aufschreiben, um das hier ein bisschen spannender zu machen. Die Vorlesung gestern war so öde. Vielleicht können wir das interaktiver machen und dann vergeht die Zeit schneller als im anderen Kurs."

Ashton war dabei. "Tolle Idee, Duke."

Wir fingen an, Fragen aufzuschreiben. Lila lehnte sich zuerst zurück. Ich erwischte sie dabei, wie sie mir über die Schulter sah. Als ich meinen Kopf zur Seite drehte, um sie anzusehen, fragte ich: "Versuchst du abzuschreiben?"

"Abschreiben?" Sie winkte mit der Hand, als würde sie den Gedanken wegwedeln. "Man kann hier nicht abschreiben, Duke. Ist für dich alles ein Wettkampf?"

"Meistens schon. Und du und ich sind definitiv in einem." Ich hatte aufgehört zu schreiben, nachdem ich bereits zehn Fragen aufgeschrieben hatte.

"Und wenn nicht?" fragte sie nachdenklich. "Könnten wir dann Freunde sein?"

Ich konnte nur blinzeln. Sie hatte mich verwirrt. "Du willst mein Freund sein?"

"Ich weiß nicht. Ich kenne dich nicht wirklich. Wenn du mich immer nur besiegen möchtest, dann nicht. Du scheinst mit allen anderen gut zurechtzukommen, also schätze ich, dass nur ich es bin, mit der das so ist." Sie schaute nach unten, hielt gleichzeitig ihren Kopf oben und ihren Kiefer starr. "Du kannst ehrlich zu mir sein, Duke. Es wird mich nicht kaputt machen. Ich bin kein Kind mehr."

"Vielleicht hast du Recht. Vielleicht bin ich nicht ich selbst mit dir, weil wir Konkurrenten sind."

"Der Feind", fügte sie hinzu.

Mir gefall es nicht so zu denken. "Nicht der Feind. Nur Konkurrenten. Ich habe kein Problem mit dir, wir wollen nur das gleiche haben. Wir konkurrieren, wir ziehen nicht in den Krieg, um uns gegenseitig zu töten. Und ich hoffe wirklich, dass du fair sein kannst, wenn du nicht gewinnst."

"Das kann ich so zurückgeben." Sie zwinkerte mir zu. "Und fürs Protokoll, im Sinne der Ehrlichkeit, bin ich auch nicht ganz so wie sonst immer mit dir. Dieser Wettbewerb hat mich leider auf Neuland geführt. Konkurrieren ist nicht mein Ding. Ich bin die Art Mensch, die immer darauf bedacht ist, anderen zu helfen. Die Art, die aufhören würde, ein Rennen zu laufen, um einem anderen gefallenen Läufer zu helfen. Scheiß auf das Rennen, er ist am Boden und braucht Hilfe, weißt du?"

Sie ist doch ein Übermensch.

"Ich werde versuchen, nicht zu fallen, damit du nicht das Handtuch werfen musst, Lila. Und fürs Protokoll, ich werde ein fairer Sportsmann sein, wenn du gewinnst. Ich war schon immer ein guter Verlierer. Alles andere wurde von keinem meiner Trainer toleriert. Gewinnen oder verlieren, wenn das Spiel vorbei ist, schüttelst du jedem Gegner die Hand und bedankst dich für ein gutes Spiel. Das werde ich auch tun, wenn das hier entschieden ist." Ich hatte gehofft, dass sie sich dadurch besser fühlt.

"Ich verstehe, warum dich alle mögen, Duke." Sie schenkte mir ihr großes, sonniges Lächeln. "Du bist ein netter Kerl hinter der Fassade. Aber im Moment bist du mein Gegner, und die Dinge sind einfach so, wie sie sind, schätze ich. Und bitte versuche nicht zu fallen, weil ich nicht in der Lage wäre, nicht das Handtuch zu werfen. Ich müsste dir aufhelfen." Das Lächeln blieb auf ihrem Gesicht und mein Herz schmolz. Dieses Mädchen war zu perfekt, um wahr zu sein.

Oder war das auch ein Trick?

Sie hatte gesagt, dass sie sich in diesem Wettbewerb auf Neuland befand, aber das war auch für mich Neuland. Ich war es nicht gewohnt, dass mein Gegner mit strahlenden Augen lächelte und mir Hilfe versprach - ich war es gewohnt, mich mit der Konkurrenz zu prügeln, manchmal buchstäblich.

Eines war sicher, ich musste bei ihr aufpassen.

Die erste Unterrichtshälfte ging ziemlich schnell vorbei, und wir wurden in die Mittagspause geschickt. Mein Handy klingelte und ich sah, dass Frau Baker mir eine Nachricht hinterlassen hatte. Sie wollte mir mitteilen, dass für mich, sie und Artimus an diesem Abend ein Dinner-Meeting anberaumt worden war. Als ich mir die Nachricht ansah, wusste ich, dass es wahrscheinlich bedeutete, dass ich den Job bekommen hatte.

Als ich auf dem Weg nach draußen hinter Lila herging, streckte ich die Hand aus und berührte ihren Arm. Sie blieb stehen und sah mich an. "Hey, ich habe gerade eine Nachricht vom Boss bekommen. Sie wollen mich heute Abend zum Essen treffen. Ich denke, wir wissen beide ziemlich genau, worum es geht, also wollte ich nur noch einmal sagen, dass ich hoffe, dass es keine verletzte Gefühle gibt, wenn ich den Job bekomme. Ich würde gerne befreundet bleiben, wenn das hier vorbei ist."

"Cool, ich auch." Ihr Lächeln war viel zu breit für solch schlechte Nachrichten. "Ich hab in einer halben Stunde ein Mittagessen mit den beiden. Wir sehen uns."

Ich war wie eingefroren, als sie mich dort stehen ließ.

Was zum Teufel war gerade passiert?

9
LILA

Ich hielt am Hotel an, um mich frisch zu machen, bevor ich nach Greenwich Village fuhr, um Artimus und Frau Baker im Il Mulino zum Mittagessen zu treffen. Ich sprang aus dem Taxi und eilte hinein. Ich war nur eine Minute zu spät, aber das war eine Minute zu viel für mich.

"Artimus Wolfe's Tisch bitte", sagte ich zum Oberkellner. Als er mich durch das Restaurant führte, das weitaus schicker war als jeder Ort, an dem ich je gegessen hatte, hatte ich nur wenig Zeit, die Umgebung zu bewundern, aber ich tat es trotzdem. "Oh, meine Güte, das ist Taylor Swift!"

Er sagte nichts, als er mir den Platz zeigte. "Bitte sehr, Madam."

"Danke." Er trat bei Seite, und ich sah, dass Duke Cofield auf dem Stuhl neben dem, den der Maître für mich herausgezogen hatte, saß.

"Hallo." lächelte Duke als wäre das so geplant gewesen. Ich wusste, dass es das nicht war.

"Hi." Ich setzte mich hin und versuchte, nicht überrascht oder angepisst zu wirken, was echt schwierig war.

"Ich bin zum Mittagessen hergekommen. Ich sah die beiden und musste kurz anhalten und hallo sagen." Duke nickte in Richtung unseres Chefs und seiner Assistentin.

Ich starrte kurz auf sein freches Grinsen, bevor ich mich Artimus und Frau Baker zuwandte. "Tut mir leid, dass ich zu spät bin."

Frau Baker schaute auf die Uhr, die sie am Handgelenk trug. "Sie sind nur eine Minute zu spät. Kein Grund zur Sorge."

"Nun, ich überlasse euch drei eurem Treffen. War schön, euch gesehen zu haben. Ich reserviere dir einen Platz im Kurs, Lila. Nur für den Fall, dass du wieder zu spät kommst." Duke stand auf und ging weg.

"Tschüss, Duke." Ich versuchte, meine Augen nicht zu verdrehen, aber vielleicht war das ein bisschen schiefgegangen.

Der Kellner kam an unseren Tisch und füllte mein Glas mit Weißwein. "Darf ich Ihnen eine Vorspeise anbieten, Madam?"

"Haben Sie schon bestellt?" Ich habe sie gefragt.

Sie nickten beide und Artimus sagte: "Bitte, bestelle was."

Als ich die Speisekarte öffnete, wusste ich, dass ich mich beeilen sollte. Ich hatte nur etwa eine Stunde, bis ich wieder in den Kurs musste. "Ich fange mit dem Caprese-Salat an." Mozzarella, Basilikum und Tomaten schienen in Ordnung zu sein. Alle Gerichte waren auf Italienisch, also musste ich mir die Zutaten ansehen, um herauszufinden, was auf der Speisekarte stand. Als ich auf die Preise schaute, wusste ich, dass dies ein Ort war, den ich mir nie leisten konnte, alleine zu gehen. Der verdammte kleine Tomate-Mozzarella-Salat kostete fast dreißig Dollar!

Und als ich mir die Preise der Hauptspeisen ansah, fielen mir fast die Augen aus. Ein New Yorker Strip Steak kostete 80 Dollar!

Ich entschied mich für etwas, das meinem sparsamen Geiste nicht widersprach, aber mich nicht als geizig dastehen ließ. "Ich nehme die Spaghetti Carbonara." Dreißig Dollar für einen Teller Spaghetti schienen mir etwas übertrieben, aber das war das Einzige am preislich tieferen Ende der Speisekarte, was mir schmeckte.

"Wie findest du die Kurse, Lila?" fragte Artimus.

"Sehr interessant. Ich lerne viel." Es war nicht wirklich mein Stil zu lügen, aber ich wollte nicht, dass er dachte, dass ich den Unterricht langweilig fand. Er hatte eine Menge Geld bezahlt, damit wir sie besuchen konnten und sie waren ihm offensichtlich wichtig. Außerdem hatte ich seine Erklärung gehört, warum er das alles machte. Seine armen Schwestern hatten viel durchgemacht, und ich fand es bewundernswert, dass er nicht wollte, dass einer seiner Angestellten das durchmachen musste.

"Gut." Er lächelte und nickte. "Ich habe etwas Gejammer über sie gehört."

"Davon habe ich auch einiges gehört. Ich weiß, Sie waren nicht im heutigen Kurs, aber Duke, Ashton, Nina und ich haben es etwas aufgepeppt. Wir haben alle eine Menge Fragen gestellt, und dadurch war das Ganze für uns alle interessanter."

"Das war eine gute Idee." Frau Baker klopfte auf die Seite ihres Kopfes. "Es ist wichtig, dass ihr eure Köpfe benutzt."

"Das ist Duke eingefallen." Ich griff nach meinem Weinglas.

Artimus lächelte mich an. "Es ist toll zu sehen, dass ihr beide miteinander auskommt. Ich war ein wenig besorgt, dass der Job sich zwischen euch stellen würde und das war nie meine Absicht. Ich will, dass meine Leute gut miteinander auskommen."

"Aber nicht zu gut", fügte ich hinzu. Sofort wünschte ich, ich hätte das nicht gesagt.

Er schaute zur Seite, als er tief durchatmete. "Ja, nicht zu gut. Das ist nicht leicht für mich, Lila. Aber etwas Großes zu bewirken ist nie einfach."

Ich wusste, was er wollte und auch, was seine Ziele waren. Aber ich wusste auch, dass er zu viel erwartete. In meinem Kurs über Philosophie im College hatte ich viel über die menschliche Natur gelernt.

Wenn du eine Grenze gezogen hast und den Leuten sagst, dass sie diese nicht überschreiten können, werden die meisten Leute einen Weg finden, sie zu überschreiten. Artimus machte alles tabu. Und ein Tabu ist für Menschen faszinierend.

Manche halten sich an die Regeln, aber die meisten brechen sie. Oder testen zumindest die Grenzen aus.

Eine der Studien, die wir in meiner Klasse besprochen haben, wurde in einem Gefängnis gemacht. Sie untersuchte die Beziehungen innerhalb des Gefängnisses, wo jedem gesagt wurde, dass es keine Beziehungen zwischen einer Person und einem Übergeordneten geben dürfe. Hatte das verhindert, dass es passierte? Natürlich nicht.

Als die Forscher zu den Regeln hinzufügten, dass niemand sexuellen Kontakt mit den Insassen haben durfte, fingen auch die Wachen an Beziehungen zu den Insassen aufzubauen.

Artimus wollte einen Unterschied machen, und die meisten von uns bewunderten das und wir würden unser Bestes tun, um ihm zu helfen. Aber ich hatte das Gefühl, dass die Dinge nicht so glatt laufen würden, wie er hoffte. Die Zeit würde es aber zeigen, und niemand konnte Artimus zu diesem Zeitpunkt etwas anderes sagen. Das war klar.

Unsere Salate kamen, und Frau Baker fing mit dem an, worüber sie mit mir sprechen wollten: "Lila, als Moderatorin wird von Ihnen eine Menge Interaktion mit der Gemeinschaft erwartet. Wir erwarten von unseren Moderatoren, dass sie die Initiative ergreifen und die Dinge selbst in die Hand nehmen. Wir wollen, dass sie zu Säulen der Gemeinschaft werden und dadurch die Zuschauer überzeugen. Und ihnen zeigen wie sie ihre Bürgerpflichten erfüllen und stolz darauf sein können, dieser Stadt zu dienen."

"Wie zum Beispiel, kranke Kinder in Krankenhäusern zu besuchen?" fragte ich, bevor ich einen Bissen vom Käse nahm. Er war weich und schmolz in meinem Mund. "Wow! Das ist den Preis wert."

"Schön, dass es dir schmeckt!", sagte Artimus mit einem glücklichen Gesichtsausdruck. "Ja, ins Krankenhaus zu gehen ist eine gute Idee. Aber es gibt auch andere Dinge, wie Freiwilligenarbeit. Essen in einem Obdachlosenheim servieren, Müll im Central Park einsammeln, eine Schule besuchen. Was immer dir einfällt, tu es."

"Und wir hätten gerne ein paar Aufnahmen von diesen Dingen, damit wir sehen können, wie deine Arbeit gelaufen ist", fügte Frau Baker hinzu.

"Das kann ich machen. Ich habe viele Ideen." Ich trank einen Schluck Wein, der den köstlichen Salat perfekt betonte. "Ich könnte mich daran gewöhnen", ich konnte mich nicht zurückhalten, das zu sagen - bei leckerem Essen sprudelte es immer aus mir heraus.

Artimus zuckte mit seinen dunklen Augenbrauen. "Bist du etwa eine Feinschmeckerin, Lila?"

"Ich denke, das bin ich." Ich dachte einen Moment nach. "Wisst ihr, was ich für eine tolle Idee für die Morgensendung halte? Wir könnten Köche aus einigen der besten und beliebtesten Restaurants der Stadt einladen. Sie können kommen und eines ihrer Lieblingsgerichte für uns kochen - und ich könnte sie dabei unterstützen. Wenn ich die Position bekomme, meine ich natürlich"

Frau Baker nickte begeistert. "Ich liebe die Idee. Und kochen Sie genug für unsere Besetzung und Crew. Oh, du würdest das lieben, nicht wahr?"

"Das würde ich." Artimus grinste mich an. "Du kannst davon ausgehen, dass du Frau Baker und mich an diesen Tagen am Set sehen würdest."

Ich war so glücklich, dass sie meine spontane Idee mochten. Wenn ich mich darauf konzentriere, fielen mir echt gute Sachen ein. Das würde mein nächster Auftrag werden. Aber zuerst musste ich darüber nachdenken, was ich in der Gemeinde tun könnte, um meine Chefs zu beeindrucken.

Ich verschwieg alle anderen Pläne, die mir durch den Kopf gingen. Ich wollte nicht, dass sie versehentlich eine meiner Ideen erwähnen würden, wenn sie sich später am Abend mit Duke treffen würden. Wenn er wüsste, was ich vorhatte, würde er versuchen, mich zu überbieten.

Wir beendeten unser Essen, ich verließ das Restaurant, um zum NYU-Campus zurückzukehren und die Kurse über Mobbing zu beenden. Zu meiner Überraschung stand Duke hinter mir, als ich mir ein Taxi rief. "Wollen wir uns das teilen?"

"Du bist immer noch hier?" Ich war etwas überrascht von seiner Anwesenheit.

"Ja. Ich bin nach dem Mittagessen noch ein bisschen an den Schaufenstern vorbei gebummelt. Ich dachte, wir könnten auf dem Rückweg zum Campus über dein Treffen reden." Er öffnete die Tür des Taxis, das für uns hielt.

Ich rutschte rein, und er setzte sich direkt neben mich.

"Und was haben sie gesagt?" Er sah etwas besorgt aus. "Hast du den Job bekommen?"

"Ja, Duke. Ich hab den Job", mein Ton war mehr als sarkastisch, während ich die Augen verdrehte.

"Okay, also haben sie dir den Job noch nicht gegeben. Wofür war das Treffen?" Seine dicken Finger trommelten auf sein Bein. Der Mann war nervös. Er war wirklich nervös. Er dachte wirklich, dass ich ihn besiegen könnte.

Das machte mich sehr glücklich. Es versetzte mich in

Ekstase, um genau zu sein. "Ich denke, ich werde das geheim halten. Ich weiß nicht, ob sie wollen, dass ich es dir sage oder nicht. Das haben sie nicht gesagt. Also sollte ich es für mich behalten. Ich will nicht als Klatschtante angesehen werden."

Jetzt war er derjenige, der die Augen verdreht hat. "Komm schon. Du kannst es mir sagen. Ich werde sogar überrascht spielen, wenn ich sie später treffe, wenn du das willst."

Ich könnte es ihm sagen. Aber wenn ich es täte, hätte er die gleiche Zeit, wie ich, sich Aktivitäten die er in für die Gesellschaft machen könnte, auszudenken. Und je mehr ich darüber nachdachte, desto mehr dachte ich, dass unser Chef mir ein kleines bisschen mehr Zeit gegeben hatte als Duke, weil Duke ein New Yorker war und ich nicht. Er kannte die Bevölkerung und ich nicht.

Es war nur ein bisschen mehr Zeit, aber es war mehr, also beschloss ich, ihm nichts zu sagen. "Lieber nicht, Duke."

"Liegt es daran, dass ich das gerne hätte?" Er versuchte mich mit seinem sexy Grinsen anzumachen.

Aber ohne Erfolg. Ich war fest entschlossen. "Ich will diesen Job. Also, nein, es ist mir egal, ob du dir das wünscht. Natürlich willst du, dass ich es dir sage. Aber du hast bereits einen Vorteil."

"Ich wüsste nicht, warum ich die Oberhand haben sollte." Er hörte auf mit seinem sexy Grinsen, als er erkannte, dass es bei mir nicht funktioniert.

"Das wirst du, wenn sie es dir sagen. Ich verspreche es." Ich klopfte ihn auf der Schulter. "Und wenn du erst mal hörst, was es ist, wirst du denken, dass ich meine Karten gut gespielt habe. Wenn du wirklich ein guter Spieler bist, dann siehst du das auch so."

"Und das bin ich." Er klopfte auf mein Bein. "Mit dir zu konkurrieren ist doch nicht so schlimm. Wenigstens kann ich dich als Spieler wachsen sehen."

Ich hatte kein Interesse daran, nach dem Ganzen hier

nochmal in einem Wettkampf zu sein. Noch nie in meinem Leben wollte ich jemanden besiegen. Aber ich wusste damals schon, dass Wettbewerb unvermeidlich ist, wenn man in dieser Welt weiterkommen will, und es ist besser, das Spiel geschickt zu spielen, als zu verlieren, was man will.

10
DUKE

Wir trafen uns zum Abendessen in der Gramercy Taverne. Ich sah Artimus und Frau Baker in der Taverne, wo sie schon auf mich warteten. "Hey, Leute. Ich habe es geschafft." Ich war fünf Minuten zu spät. Der Verkehr war mies, und der Taxifahrer auch, weil er sich geweigert hatte, schneller zu fahren.

Das Abendessen war entspannt, sie mir sagten, was sie von mir wollten. Die Arbeit in der Gemeinde würde Teil meines Jobs sein, den Frau Baker jetzt etwas genauer definierte.

Und dann erkannte ich, warum Lila mich hatte warten lassen und mir nicht erzählte, was sie von uns wollten. Sie hatte diesen Vorsprung gewollt. Und sie brauchte ihn auch. Sie wusste noch nicht mal, wo sie anfangen sollte, um in die Gesellschaft hinein zu kommen, und ich war bereits ein fester Bestandteil davon.

Damals, als ich noch Football spielte, waren wir dazu angehalten, uns in die New Yorker Gesellschaft zu integrieren. Ich hatte immer den einfachen Weg genommen und kranke Kinder im Krankenhaus besucht. Manche andere taten auch andere Sachen. Müll aufsammeln, arme Leute füttern. Aber ich liebte es, die Kinder zu sehen. Ihre kleinen Gesichter leuchteten, wenn ich mein Football-Trikot trug. Es gab mir immer einen Kick und ich wusste, dass ich in der Lage sein würde, ein exzellentes Video zu machen.

Also, nachdem wir zu Abend gegessen hatten, ging ich nach Hause und telefonierte. Ich hatte ein Bild von Ted Turner in Artimus' Büro gesehen und ihn danach gefragt. Er erzählte mir, wie sehr er den Mann respektierte und wie er von Turner inspiriert wurde, den neuen Sender zu erschaffen.

Nachdem ich ein wenig nachgeforscht hatte, fand ich heraus, wer sein Publizist war und rief ihn an. Dieser Anruf erwies sich leider als Enttäuschung, als ich erfuhr, dass Lila mir einen Schritt voraus war: Sie hatte mich besiegt und hatte bereits für den nächsten Tag ein Interview geplant.

Wir hatten erst am Ende des Mobbing-Kurses herausgefunden, dass für den Kurs über Empathie noch keine Termine vorgesehen waren. Das bedeutete, dass wir endlich etwas Freizeit hatten, und das kleine Biest hatte für diese Zeit direkt mal das Interview mit Ted Turner eingeplant.

Ich musste ihr lassen, sie dachte schnell.

Wenn ich einen Wunsch gehabt hätte, hätte ich nie gegen sie antreten wollen. Sie war schwer zu besiegen, aber ich würde alles geben, was ich hatte.

Ich kam in meine Wohnung und fragte mich, wo Lila jetzt wohnte, da sie wenigstens den einen Job bekommen hatte. Es gab ein paar Leute in meinem Gebäude, die nach Mitbewohnern suchten, das wusste ich. Lila so nah zu haben, könnte schön sein.

Aber es könnte auch viel zu verlockend sein.

Sie hatte etwas, dass mich umwarf. Sie brachte meinen Körper zum Kochen, wann immer sie in der Nähe war. Ich wusste aber, dass sie tabu war.

Ihr von Zimmern in meinem Gebäude zu erzählen, wäre

keine gute Idee. Solange sie nicht auf der Straße sitzen würde, würde ich meinen Mund halten.

Der Tag war lang, und ich war bereit, ins Bett zu gehen. Das warme Wasser der Dusche fühlte sich gut an meinen jetzt schmerzenden Muskeln an. Ich hatte meine zweite Runde Schmerzmittel vergessen und das spürte ich.

Ich strich mir mit der Hand über die Schulter und schloss die Augen, nur um von der Frau, mit der ich echt zu viel Zeit verbracht hatte, zu träumen.

In meinem Kopf nahm Lila meine Hand weg von der Schulter und übernahm die sanfte Massage der Stelle, an der ich meine erste Operation hatte. "Ist das besser, Duke?" Ihre Stimme war sanft, süß, sexy.

"Oh, ja, Baby." Ich ließ mich von der Fantasie mitreißen.

Ihr schöner Körper, frei von jeglichen Bräunungsstreifen, bewegte sich nahe an meinen, ihre weiche, nasse Haut bewegte sich über der meinen. "Ich wette, ich kann dir all deinen Schmerz nehmen." Ihre Lippen berührten die Schulter, die sie gerieben hatte, und ihre Hände bewegten sich zu meinem Rücken. Ihre roten Nägel striffen über meine Haut.

Sie drückte ihr Bein zwischen meine und zog ihr Knie hoch, um es gegen meinen harten Schwanz zu drücken. "Ganz ruhig, Baby", warnte ich sie.

"Oh, ich werde ruhig sein, Baby. Mach dir keine Sorgen." Sie rutschte mit ihrem Körper an meinem hinunter, bis sie sich auf ihren Knien niederließ und sie legte die Hände um meinen Schwanz. Sie spitzte ihre roten Lippen und küsste meine Eichel.

Ich stöhnte vor Erregung. Wenn sie nur meinen langen Schwanz in ihren warmen Mund nehmen würde.

Ihre himmelblauen Augen sahen mich an. "Darf ich dich schmecken?"

"Bitte", stöhnte ich.

Meine Hände verhedderten sich in ihren langen blonden

Haaren, als sie meinen Schwanz in ihren Mund nahm. Sie konnte wie ein Profi lutschen. Hoch und runter lecken, saugen, ja sogar knabbern.

Ihre Nägel kratzten leicht an der Unterseite meiner Eier, verlockend langsam. Immer schneller bewegte sie ihren Kopf hoch und runter, genauso wie ich es brauchte. Vor und zurück sah ich ihren schönen Kopf gehen.

Mein Magen wurde flau und mein Körper verspannte sich. Ich stöhnte, als ich ihr das Sperma in ihren Rachen spritzte.

Sie schluckte alles gierig und wischte sich dann die Lippen ab, während sie mich ansah. "Lecker!"

Ich kam zurück in die Realität und merkte, dass ich meine Hand an meinem jetzt wieder weichen Schwanz hatte, mein Kopf ruhte auf der gefliesten Duschwand, meine Fantasie war vorbei. Mein Körper tat nicht mehr weh.

Wenn es mir jetzt schon so viel besser ging, was würde dann der Sex mit diesem Mädchen wohl bewirken?

Nachdem ich Luft geholt hatte, wusch ich meine Haare und meinen Körper, bevor ich aus der Dusche stieg. Nackt kletterte ich in mein Bett und versuchte, nicht an Lila zu denken.

Als ich vorhin im Unterricht neben ihr saß, hatte ich festgestellt, dass sie ihre Seife und ihr Shampoo gewechselt hatte. Ein schöner Kirschenduft umgab sie heute. Ich hatte kein Wort darüber verloren.

Der Kurs über sexuelle Belästigung hatte uns erklärt, dass man nicht darüber reden sollte, wie eine Person roch, ob gut oder schlecht. Aber sie roch so verdammt gut. Ich hatte diese Wette mit mir selbst, dass Lila Banks mit jedem Duft gut riechen würde. Verdammt, sie konnte wahrscheinlich sogar Dreck unglaublich gut riechen lassen. Nur dieses Mädchen konnte das schaffen.

Ich hatte sie nur in schönen Kleidern gesehen, aber ich

wette, sie sah in allem gut aus. Aber am besten würde sie nackt in meinem Bett liegend aussehen.

Als ich mich auf meiner Seite umdrehte, sprach ich laut zu mir selbst: "Hör auf! Du kannst sie sowieso nicht haben."

Warum quälte ich mich selbst?

Unser Job hielt uns voneinander ab. Und wenn ich den Morgenjob bekäme, wusste ich nicht, wie sie reagieren würde, obwohl sie sagte, dass sie ein guter Verlierer war.

Sie war es nicht gewohnt, solche Spielchen zu spielen. Sie hatte keine Ahnung, wie schlecht sich das Verlieren anfühlen konnte. Besonders bei etwas zu verlieren, das dein ganzes Leben verändern konnte. Mit dem zusätzlichen Einkommen der morgendlichen Nachrichtensprecherposition würde sie das Dreifache des Geldes verdienen, das sie jetzt verdiente - definitiv genug, um Ihr Leben in einer neuen Stadt zu beginnen.

Ich wusste, dass ich es ohne den zweiten Moderatorenjob schaffen würde. Ich hatte mein Geld mit Football gemacht. Obwohl ich sie nicht nach ihrem finanziellen Status gefragt hatte, war ich mir ziemlich sicher, dass sie genauso pleite war wie jeder andere Absolvent.

Sie zog sich nett an, aber ihre Kleider waren nicht so teuer. Sie hat auch nicht mit teurem Schmuck angegeben. Sie stammte wahrscheinlich aus einer bürgerlichen Familie, die ihr bereits mit allem geholfen hatte, damit sie für das Interview nach New York kommen konnte.

Ich könnte aus dem Rennen aussteigen, dachte ich. Aber vielleicht auch nicht. Vielleicht würde Artimus mich nicht lassen. Aber selbst wenn ich könnte, sollte ich?

Wäre es das Richtige für Lila?

Ich war sicher, dass einige Männer ihren rechten Arm für sie geben würden, wenn nötig, aber würde mein Rückzug und die Aufgabe auf die Aussicht auf den Job ihr wirklich nützen?

Die Antwort war nein. Eine gestreckte Hand hatte die

Tendenz, einer Person langfristig nicht zu helfen. Und sie hatte es verdient, diese Position auf eigene Faust zu gewinnen, und nicht, als irgendein Geschenk.

Und warum sollte ich mich überhaupt um sie kümmern?

Es war nicht so, dass sie mich brauchte.

Aber da war es - es war nicht zu leugnen - ich wollte etwas für sie tun. Ich wollte sie in meinen Armen halten. In meinem Bett haben. Genauso wie sie sich einen Platz in meinem Kopf geschaffen hatte.

Aber egal, was ich für sie empfand, ich hatte immer noch keine Ahnung, was sie von mir hielt. Klar, sie sagte, sie wollte, dass wir Freunde wurden.

Könnte ich nur mit ihr befreundet sein?

Hatte ich überhaupt eine Wahl?

Und was würde passieren, wenn wir uns treffen würden? Würden wir beide unsere Jobs verlieren?

Das wäre gar nicht gut.

Ich wusste, wie sehr sie diese Stelle wollte, und mein Wunsch nach ihr könnte sie in Gefahr bringen, sie nicht zu bekommen. Zudem wusste ich auch, dass sie eine verdammt gute Nachrichtensprecherin sein würde.

Nein, ich konnte sie nicht in diese Lage bringen. Ich würde sie in Ruhe lassen. Ich musste sie an einen anderen Ort in meinem Kopf bekommen. Vielleicht ein eher schwesterlicher Ort.

Wen wollte ich verarschen, ich hatte mir gerade einen runtergeholt!

Bei mir gab es keine schwesterlichen Gefühle für Lila.

Ich rollte auf die andere Seite und bemerkte, dass mir nichts wehtat. Die Nachwirkungen meiner Duschträume über Lila, obwohl sie natürlich nicht echt waren, beeindruckten mich. Zum ersten Mal seit Ewigkeiten. Mein Handy klingelte und riss mich aus meinen Gedanken. Es war mein Vater. "Hey, Dad."

"Du hast mich nicht zurückgerufen. Deine Mutter und ich sitzen hier drüben auf heißen Kohlen. Hast du den Job bekommen?"

"Ich habe einen Job. Das ist okay." Ich rieb mir die Stirn.

"Du hast einen Job?" Er hatte es offensichtlich nicht verstanden.

"Bisher habe ich einen Job als Sportreporter in den Abendnachrichten, aber ich bin auch noch im Rennen für den Moderator in der Morgenshow." Das Mondlicht strömte durch eine Lücke zwischen meinen Vorhängen. Ich stand auf, um sie zu schließen. Manchmal brachte mir sogar helles Mondlicht Kopfschmerzen, aber nun öffnete ich den dicken schwarzen Vorhang.

"Im Rennen?" fragte Papa und klang verwirrt. "Wie viele andere sind noch im Rennen, mein Sohn?"

"Nur noch eine weitere Person. Eine junge Frau, eine Absolventin der UCLA." Das glühende Licht des Mondes erfüllte meine Augen. Es tat überhaupt nicht weh. Ich stellte mir vor, das Lila jetzt auch den Mond angucken würde, während sie aus dem Fenster ihres Hotelzimmers schaute.

"UCLA? Das schaffst du, mein Sohn. Du bist praktisch ein echter New Yorker. Im Vergleich zu ihr sowieso." Er sprach mit viel Zuversicht, als hätte er keinerlei Zweifel.

"Sie ist zäh, Papa. Ein echter Knaller. Und die Kamera liebt sie. Es wird nicht so einfach sein, wie du denkst." Die Sterne hatten meine Aufmerksamkeit erregt. Eine nächtliche Ruderbootfahrt mit Lila, dem Mond und den Sternen über unseren Köpfen wäre genau das Richtige. Dann zurück zu meiner Wohnung, um uns die ganze Nacht zu lieben und dann in den Armen des anderen einzuschlafen.

Verdammt, ich wurde zu einem Schwächling!

"In New York gibt es viele hübsche Gesichter, Duke. Lass sie nicht gewinnen, nur weil sie hübsch ist."

"Tu ich nicht. Ich gebe alles, so wie immer. Ich sage nur, dass sie nicht leicht zu besiegen sein wird." Ich zog den Vorhang zu. Ich musste etwas schlafen und aufhören, an Lila zu denken.

Wenn ich mich nicht in den Griff bekam, würde ich am Ende etwas Dummes tun. Wie den Job zu kündigen, nur um eine Chance bei ihr zu haben.

11
LILA

Der Jet wogte sanft durch den Himmel und brachte die Crew und mich zurück nach New York. Eine erfolgreiche Reise nach New Mexico und ein tolles Interview mit Ted Turner hatten meine Chancen auf den Job in der Morgenshow deutlich erhöht. Ich war mir sicher, dass Artimus Wolfe zufrieden sein würde mit dem, was ich abgeben würde.

"Ich werde das Video bearbeiten und das Interview heute Nachmittag bei Artimus abgeben, Lila", sagte Ashton zu mir.

"Großartig, danke, Ashton." Ich legte meinen Kopf zurück auf die Kopfstütze, um ein kleines Nickerchen zu machen. Wir mussten um drei Uhr morgens aufstehen, um mit dem Firmenjet nach New Mexico zu fliegen. Das Interview war um neun, und es dauerte ein paar Stunden. Meine Eltern trafen mich am Flughafen und gaben mir den Großteil meiner Kleider, um sie nach New York mitzunehmen.

Papa gab mir eine Kreditkarte und sagte mir, ich solle damit eine Unterkunft bezahlen, bis ich bezahlt wurde. Er und Mama unterstützten mich so gut es ging, und beide wünschten mir Glück beim Duell um den Job.

Erst als ich sie sah, wurde mir bewusst, wie sehr ich sie vermisst hatte. Mama sagte mir, ich müsse mir Zeit für einen Besuch nehmen, auch wenn es nur für das Wochenende war. Ich hatte es versprochen, aber ich hatte keine Ahnung, wann die Sachen sich für mich beruhigen würden.

Selbst als ich versuchte, mich auszuruhen, arbeiteten meine Gedanken weiter. Ich dachte darüber nach, bei einem der Krankenhäuser vorbeizuschauen, um zu sehen, ob ich mit jemandem über Freiwilligenarbeit sprechen könnte. Ich wollte Artimus und Frau Baker alles zeigen, was ich konnte. Ich wollte diesen Job mehr als alles andere.

Die Aussicht, mein Geld mit etwas zu verdienen, das ich absolut liebte, war einfach so wunderschön. Der kleine Job beim Wetter, würde zu nicht viel mehr reichen, als meine Rechnungen zu bezahlen. Natürlich wollte ich mehr als nur das. Und ich war bereit, so hart zu arbeiten, wie ich musste, damit das passierte.

Irgendwie schlief ich doch ein und wachte auf, als Nina mich anstupste. "Wir sind zu Hause, Dornröschen. Zeit zum Aufwachen."

Gähnend streckte ich meine Arme aus und stand dann auf, um aus dem Flugzeug zu steigen. Der Pilot hatte meine Taschen schon rausgeholt, und sie waren für mich auf einen Wagen gelegt worden. Ich schenkte dem älteren Mann ein breites Lächeln. "Danke, Jeffery. Das war nett von Ihnen."

"Kein Problem, Lila. Viel Glück mit allem. Ich hoffe, die Dinge gehen ihren Weg." Er hob kurz seinen Hut in meine Richtung und ging dann in eine andere davon.

Nina und ich gingen zusammen zum Flughafengebäude. Sie sah auch müde aus. "Ich gehe nach Hause und mache ein langes Nickerchen", informierte sie mich.

"Ich schaue im Hotel vorbei, hole den Rest meiner Sachen

und ziehe in eine günstigere Unterkunft. WOLF hat für die ersten beiden Nächte bezahlt, aber mein Vater übernimmt die Rechnung für die anderen Nächte, die ich in der Stadt verbringen muss. Ich denke, seine Kreditkarte hat schon genug mitgemacht." Ich schob den Wagen mit meinem Gepäck durch die Glasschiebetüren, die nach draußen führten, wo Unmengen von Taxis parkten.

"Ich habe schon drei Mitbewohner, sonst würde ich dich fragen, ob du bei mir einziehst." Nina erwies sich als sehr gute Freundin. "Ich kann meine Tante anrufen, um zu fragen, ob sie ein Zimmer frei hat, wenn du möchtest. Sie betreibt ein Bed und Breakfast in Manhattan."

" Würdest du das tun?" fragte ich sie. "Das wäre toll!"

Wir teilten uns ein Taxi und sie rief ihre Tante an um eine bezahlbare Unterkunft für mich zu finden. Es war nicht meine eigene Wohnung, aber es war mein eigenes Zimmer und Badezimmer, komplett mit Frühstück jeden Morgen. Und ihre Tante gab mir auch den Angestelltenrabatt.

Der Fahrer setzte Nina zuerst ab, da ihre Wohnung auf dem Weg zu meinem Hotel war. Ich beeilte mich, meine Sachen zu packen und ging dann aus der schicken Einrichtung. Als ich im Bed und Breakfast ankam, zeigte mir Ninas Tante Lacey mein Zimmer.

"Hier ist es, Lila. Ich hoffe, es gefällt dir." Lacey öffnete die Tür und meine Augen scannten den kleinen Raum.

Es war nicht riesig, aber es war sehr schön. Eine hellblaue Tagesdecke bedeckte das Queen-Size-Bett. Vier flauschige Kissen ließen es bequem und einladend aussehen. Ein Fenster mit Vorhängen, die zur Tagesdecke passen, beleuchtete das Zimmer.

"Das ist so schön." Ich stelle mein Gepäck neben die Tür, um mich umzusehen.

"Du hast einen großen Schrank hier." Sie öffnete die Tür zu einem begehbaren Kleiderschrank, der mehr als genug Platz für meine Kleidung bot.

Ich öffnete die andere Tür und fand ein kleines Badezimmer mit einer Klauenfußbadewanne. "Ich liebe es!"

"Danke. Ich weiß, es ist klein, aber es gibt drei Wohnbereiche im Erdgeschoss, wo man sich ein wenig ausbreiten kann. Alle Schlafzimmer befinden sich im zweiten und dritten Stock. Im vierten Stock gibt es einen Fitnessraum für unsere Gäste. Und das Frühstück wird im Essbereich von fünf Uhr morgens bis zehn Uhr vormittags serviert."

Es fühlte sich mehr wie ein richtiges Zuhause an als wie ein Hotel. "Ich danke dir so sehr. Ich kann dir nicht sagen, wie gut es sich anfühlt zu wissen, dass ich eine Unterkunft habe, und noch dazu eine so schöne." Ich drehte mich um und sah mir noch einmal den ganzen Raum an. Das wäre mein Zuhause für die nächste Zeit. Und ich hätte nicht glücklicher sein können.

Nachdem ich meine Sachen ausgepackt hatte, ging ich zum Lenox Hill Krankenhaus, um zu sehen, ob ich etwas für den nächsten Tag vorbereiten konnte. Als ich an einem der Krankenzimmer vorbeikam, hörte ich eine vertraute Stimme.

Ich sah Duke auf der Bettkante sitzen, in dem ein kleines Mädchen mit allen Arten von Schläuchen lag und ihn anstarrte, während er ihr eine Kindergeschichte vorlas. Ein Kameramann und ein Tonmann standen hinter mir.

Duke hatte einen blaue Kittel und eine chirurgische Maske angezogen, so dass er wie ein verdammt heißer Arzt aussah. Ich stand da, eingefroren, als er seine Stimme für jede einzelne Figur in der Geschichte änderte.

Das kleine Mädchen schien von ihm genauso entzückt zu sein wie ich. Als er die letzten Worte der Geschichte las, fing er an seinen Kopf hochzuheben, und ich versuchte mich zu ducken, damit er mich nicht entdeckte. Aber es schien, als hätte er mich doch gesehen, da ich ihn hinter mir her rufen hörte: "Hey, du! Was machst du hier?"

Ich hielt an und drehte mich um. "Ich wollte nur sehen, ob ich hier Freiwilligenarbeit leisten kann. Ich sehe, du hattest die gleiche Idee."

Er holte mich ein, nahm die OP-Maske ab und schob sie in eine seiner Taschen. "Die großen Denker denken gleich. Komm schon, die Cafeteria hier hat ziemlich gutes Essen. Ich lade dich zum Mittagessen ein."

Ich fuhr mit der Hand über meinen leeren Magen. Ich hatte den ganzen Tag nichts gegessen. "Danke, das ist sehr nett."

Nachdem wir Truthahnsandwiches und ein paar Fritten gegessen hatten, setzten wir uns in eine Ecke gegenüber einander. "Na, wie lief das Interview mit Ted Turner?"

Seine Frage überraschte mich. "Wer hat dir davon erzählt?"

"Seine Pressesprecherin." Er sah mich mit einem Lachen in den Augen an. "Ich habe selbst angerufen, um ein Interview zu vereinbaren, aber man sagte mir, dass er bereits ein Interview mit jemand anderem vom Sender hätte - mit einer Lila Banks. Sie fragte mich, ob ich ihn danach noch interviewen wollen würde, aber ich sagte ihr, das wäre nicht nötig. Scheint so, als ob du und ich öfter ähnlich denken."

"Scheint so." Ich nahm einen Bissen von meinem Sandwich und versuchte nicht daran zu denken, wie gut er in diesem Kittel aussah."Ich wünschte, wir hätten diesen Wettstreit nicht." Er fuhr mit seiner Hand durch sein dunkles Haar. "Ich wünschte, wir könnten einfach Co-Moderatoren sein."

"Nun, du weißt, was man sagt, auf der einen Seite Wünsche, auf der anderen Seite Unsinn und dann kann man zusehen, welche zuerst voll wird." Ich legte das Sandwich ab, um etwas Wasser zu trinken.

Duke lachte. "Ja, ich weiß. Aber wenn es nach mir ginge, würden wir beide diesen Job bekommen. Ich denke, wir wären ein tolles Team."

Das dachte ich auch. Und das in vielerlei Hinsicht. Aber nichts was ich von diesem Mann wollte, würde passieren. "Also, hast du dir jemand anderes für ein Interview ausgesucht?"

"Ja, ich werde heute Nachmittag Barbara Walters in ihrem Haus in Manhattan treffen." Er lächelte und schien mit sich selbst zufrieden zu sein.

"Das ist doch super! Die Idee hatte ich auch, aber als ich herausfand, dass Turner eine große Inspiration für Artimus war, hab ich es lieber bei ihm probiert." Es schien, als dachten wir tatsächlich ähnlich. "Übrigens, mir gefällt es, wie du mit dem kleinen Mädchen vorhin umgegangen bist. Das war süß. Ich wusste nicht, dass du süß bist, Duke."

"Ich kann süß sein, wenn ich will." Sein Ausdruck wurde weicher, während er mich ansah. "Lila, denkst du an mich?"

"Die ganze Zeit. Du bist schließlich mein Konkurrent." Ich lachte ein wenig, dann aß ich eine Pommes und fühlte mich ein wenig überfordert von der Frage.

"Ich habe auch viel an dich gedacht, Lila." Er nahm einen Schluck von seinem Wasser und sah mich an, wie nur er es konnte.

Mein Körper wurde wärmer. Etwas in seinen Augen sagte mir, dass er das nicht nur beruflich gemeint hatte. Die Vorstellung, dass er sehr... unprofessionelle... Gedanken über mich hatte, ließ mein Herz höher schlagen.

Ich musste mich selbst daran erinnern, dass dieser Mann für mich tabu war. "Ich nehme an, das musst du auch, um mir immer einen Schritt voraus zu bleiben."

Er war fertig mit seinem Essen und nickte, als er aufstand, um seinen Müll wegzuwerfen. "Ich muss jetzt los. Ich muss mich umziehen, bevor ich nach Manhattan fahre."

"Apropos Manhattan, Nina war sehr lieb und hat mir geholfen, ein neues Zuhause zu finden. Zumindest für eine Weile. Ich habe ein Zimmer in der Frühstückspension, die von ihrer Tante geführt wird." Ich nahm noch einen Bissen von meinem Sandwich, während er seinen Müll in den nächsten Mülleimer warf.

"Gut, also hast du eine Wohnung. Das ist gut zu wissen. Ich habe mich gefragt, ob du etwas finden würdest." Ein Lächeln erfüllte sein hübsches Gesicht. "Fürs Protokoll, wenn du nichts gefunden hättest, hätte ich dir von ein paar freien Zimmern in meinem Haus erzählt. Aber es ist wahrscheinlich viel besser, in einem Bed und Breakfast zu bleiben. Du musst dir mit niemandem ein Badezimmer teilen."

"Und ich habe kostenloses Frühstück", fügte ich hinzu. "Ich bin froh, dass du an mich gedacht hast, Duke. Danke dafür."

"Wir sehen uns", sagte er nickend und ging weg.

Ich beobachtete ihn, als er ging. Meine Augen waren an seinen muskulösen Körper geklebt, während er sich von mir abwandte. Mein Verstand wanderte ab und stellte sich vor, dass wir beide allein in der Cafeteria saßen; er saß direkt neben mir, die Hände lagen auf den Beinen des anderen.

In meiner Vorstellung sagte mir Duke, er müsse gehen, und ich lehnte mich für einen Abschiedskuss vor. Unsere Lippen berührten sich, und ein Funke schoss durch mich hindurch. Der Kuss veränderte sich von weich und lieblich zu intensiv und lustvoll.

Meine Hände bewegten sich über seinen Rücken und zogen ihn näher an mich heran. Seine Hände verhedderten sich in meinen Haaren, als unsere Brust gegeneinander drückte. Mein Inneres pulsierte, als er eine Hand nach unten laufen ließ, um meinen Schritt zu berühren. Nur der Stoff meiner dünnen Hose trennte seine Hand von meinem verlangenden Fleisch.

Plötzlich hörte ich schweres Atmen. Ich öffnete die Augen und erkannte, dass ich es war, die dieses Geräusch machte. Ein paar ältere Damen, die am nächsten Tisch saßen, starrten mich mit offenem Mund an.

Verdammt! Sie hatten das alles mitbekommen.

Ich musste schleunigst von hier weg.

12
DUKE

Ein SMS am Vorabend hatte mich darüber informiert, dass wir alle am nächsten Morgen einen Kurs über Empathie an der NYU besuchen mussten. Es sollte der letzte Kurs sein, zu dem wir gehen mussten, was mich froh machte, da es dann bald vorbei sein würde.

Auf dem Weg in den Hörsaal sah ich wieder Lila und einen leeren Platz neben ihr. Nina war noch nicht aufgetaucht, also war Lila allein, als ich neben ihr Platz nahm. "Hallo, Fremder."

Ihr Gesicht leuchtete, als sie mich ansah. "Hi, Duke. Ich bin froh, dass du neben mir sitzt. Ich wollte dich fragen, wie das Interview mit Barbara Walters gelaufen ist."

"Es war großartig, um ehrlich zu sein. Sie ist eine sehr interessante Person. Ich hätte nie gedacht, dass ich jemals ein Gespräch mit ihr führen würde, aber ich muss zugeben, dass ihre Präsenz etwas ganz Besonderes ist. Sie ist so echt. Ich kann jetzt verstehen, wie sie so viele Leute dazu gebracht hat, ihr genug zu vertrauen, um sich von ihr interviewen zu lassen." Ich legte meinen Stift und meinen Block Papier auf den Tisch vor mir und bemerkte, dass Lilas Fingernägel heute ein helles, funkelndes Pink hatten.

Sie klopfte mit den Nägeln auf den Tisch. "Mann, ich wünschte, ich wäre auch da gewesen. Ich beneide dich so sehr, Duke."

"Beneide mich nicht, du durftest mit Ted Turner reden! Das ist auch toll." Ich schmunzelte, als ich mich zurücklehnte.

Ich wusste, dass Artimus unsere Interviews an diesem Tag sehen würde. Ich fragte mich, ob sie ausreichen würden, damit er seine Entscheidung traf, oder ob er noch mehr von uns brauchte. Wenn ich gewinnen würde, wäre Lila dann immer noch so nett zu mir?

Der Professor begann die Vorlesung und was er zu sagen hatte, war wirklich interessant. Empathie bedeutet, sich in die Lage eines anderen versetzen zu können. Wirklich in ihre Köpfe einzudringen und zu verstehen, warum sie die Dinge tun, die sie tun und sich so fühlen, wie sie es tun.

Wir hatten eine dreißigminütige Mittagspause, in der Lila und ich Ashton und seine Crew trafen. Wir saßen alle an einem Picknicktisch in der Nähe des Hörsaals und aßen Essen, das wir mitgebracht hatten. Unser Gespräch drehte sich um das, was wir im Kurs gelernt hatten.

Ashton sah Nina an und fragte: "So als Frau, Nina, was hältst du davon, dass Männer in vielen Unternehmen mehr verdienen als Frauen, auch wenn sie die gleiche Arbeit tun"?

Sie lachte. "Es macht mich sauer. Wie würdest du dich fühlen, wenn es umgekehrt wäre? Wenn du und ich den gleichen Job hätten und ich mehr Geld bekäme als du?"

"Ich wäre verdammt sauer." Er lächelte sie an. "Gut, dass wir Jobs bei einer Firma bekommen haben, wo das anders ist, oder?"

Lila sah mich an. "Als ehemaliger Footballspieler, Duke, was hältst du davon, dass Frauen kein Profi-Football spielen dürfen?"

"Um ehrlich zu sein, ich glaube nicht, dass dieses Feld etwas ist, auf dem eine Frau überhaupt sein will. Es ist brutal da draußen. Aber wenn eine Frau genauso hart arbeitet wie ein Mann, um dorthin zu kommen, dann verdient sie es, dort zu sein." Zufrieden mit meiner Antwort warf ich ihr eine Frage zu. "Und was hältst du von Unisex-Toiletten?"

Sie runzelte die Stirn. "Okay, ich muss ganz ehrlich sein. Ich mag so was nicht."

Nina klinkte sich ein: "Egal wie unfair oder fair die Dinge sind, wir werden alle Meinungen haben, die mit anderen in Konflikt stehen. Aber andere Menschen zu verstehen ist der Schlüssel, denke ich."

Die dreißig Minuten waren viel zu früh vorbei, und wir gingen alle zurück in den Hörsaal. Während wir auf die Professorin warteten, sagte ich zu Lila: "Mir ist wichtig, dass du weißt, dass mir dieser Wettkampf überhaupt nicht gefällt, Lila. Manchmal denke ich daran, aufzugeben."

Ihre Augen wurden weit. "Wage es nicht, das zu tun, Duke! Ich bin auch nicht verrückt danach wie es ist, aber ich will nicht, dass du aufgibst. Du gibst weiterhin dein Bestes und ich werde es auch tun. Ich will diese Stelle nicht bekommen, nur weil du aus dem Rennen ausgeschieden bist."

Ich bewunderte ihre Art. "Okay. Ich versuche es weiter. Aber ich wollte dich wissen lassen, dass ich darüber nachgedacht habe. Du bist jung und hast noch nicht so viel erreicht wie ich."

"Es ist sehr lieb von dir, darüber nachzudenken, aber ich kann schon auf mich aufpassen, mach dir keine Sorgen um mich. Wenn ich mich mit dem Wetterjob begnügen muss, dann schreibe ich auch noch Artikel oder so, vielleicht noch ein paar andere Berichte für den Sender, wenn Artimus mich lässt." Sie schien von ihren Fähigkeiten überzeugt zu sein und das ließ nur die Bewunderung wachsen, die ich für sie empfand.

Neben ihr zu sitzen erwies sich als schwieriger, als ich gedacht hatte. Ihr Shampoo roch nach Erdbeere und der Geruch schwebte immer wieder an meiner Nase vorbei. Sie trug eine durchsichtige rosa Bluse und da drunter ein Spitzenkorsett.

Ein weißer Rock umschmiegte ihre runden Hüften und zeigte ihren knackigen Arsch. Die Kleidung, die sie trug, sollte nicht sexy sein. Es war Standard-Bürokleidung, aber diese Frau ließ alles sexy aussehen.

Ihr Haar war zu einem engen Zopf gebunden, der auf ihrem langen, schlanken Nacken lag. Ein Zopf! Wie konnte ich mich von etwas so alltäglichem erregen lassen?

Aber irgendwie sah es an ihr sexy aus.

Als der Kurs vorbei war, bekamen wir beide eine SMS mit der Bitte, in Artimus' Büro zu kommen. "Wir können uns ein Taxi teilen", schlug ich vor.

Sie nickte, ich rief uns eins und wir setzten uns auf den Rücksitz. "Was glaubst du, worum es gleich geht?"

"Ich weiß, dass sie heute unsere Interviews gesehen haben. Ich nehme an, es geht darum." Ich konnte sehen, dass sie nervös war. "Ich glaube nicht, dass heute der Tag ist, an dem wir erfahren, wer den Job hat. Kein Grund zur Sorge."

Sie schüttelte den Kopf. "Ja, ich weiß. Und Sorgen haben sowieso noch nie etwas gelöst." Lilas blaue Augen guckten mich an. "Ich habe das Gefühl, dass meine Emotionen verrücktspielen. In der einen Minute fühle ich mich ruhig und vorbereitet, organisiere einen Backup-Plan, und in der nächsten mache ich mir Sorgen darüber, was ich tun werde, wenn ich den Job nicht bekomme."

"Du wärst kein Mensch, wenn du dir keine Sorgen machen würdest." Ich streichelte ihr Bein, um sie zu beruhigen. "Es wird schon klappen. Und ich hoffe, dass wir am Ende Freunde bleiben können, egal was passiert."

"Ich auch." Sie blinzelte ein paar Mal, während sie aus dem Fenster sah. "Es ist schön, dich zu kennen. Ich habe noch nie einen Sportler getroffen. Im College interessierten mich all die Jungs, die Sport trieben, nicht im Geringsten. Du bist nicht annähernd so schlimm, wie ich dachte."

Ich musste lachen. "Ähm, danke?"

Ihre Wangen wurden rot und sie legte ihren Kopf schräg. "Das kam nicht richtig rüber, oder?"

"Nicht wirklich." Ich lehnte mich rüber, um ihr Gesicht wieder nach oben zu ziehen und legte einen Finger auf ihr Kinn. "Aber du musst dich nicht schämen. Du bist auch nicht ganz das, wofür ich dich gehalten habe."

"Ich wette, du dachtest, ich wäre ein unreifes, kleines Gör; ein typisches Millenniumkind." Sie lächelte mich an, zeigte diese perfekten, perlweißen Zähne und rollte ihre Augen ein wenig.

Mit einem Achselzucken gab ich zu: "Du bist viel reifer und besonnener als die meisten Menschen in deinem Alter."

"Danke. Ich bemühe mich darum." Die Art, wie sie mich anguckte, fesselte mich. Ich hatte noch nie jemanden wie sie getroffen. So jung und doch so selbstbewusst.

Ich hatte ihr Kinn nicht losgelassen, und die Art, wie meine Hand kribbelte, ließ mein Herz härter schlagen. "Wenn wir uns nicht mit dieser Verabredungspolitik befassen müssten, würdest du dich auf ein Date mit mir einlassen, wenn ich dich um eines bitten würde?"

Sie sagte kein Wort und blinzelte nicht, aber sie nickte.

Mein Schwanz zuckte, mein Herz hämmerte und mein Mund öffnete sich, "Technisch gesehen haben wir noch nicht angefangen zu arbeiten. Wäre es okay, wenn ich dich küssen würde, Lila?"

Ihre Brust erhob sich und fiel, als sie tief durchatmete, und nickte dann noch einmal.

Meine Augen konnten nicht glauben, was ich sah. Also musste ich fragen: "Kannst du das Wort sagen, Lila?"

"Ja," sagte sie und leckte sich die Lippen. "Ich will, dass du mich küsst, Duke."

Meine Finger striffen an ihrem Kiefer entlang zu ihrem

Hinterkopf und ich zog sie zu mir, während ich mich ihr näherte. Unsere Lippen berührten sich kaum, ihr Atem war süß und warm auf meinem Mund.

Ihre Hände bewegten sich auf meinen Armen und hinterließen ein Gefühl von flüssiger Wärme. Ich drückte meine Lippen fester auf ihre. Sie öffneten ihre Lippen und ihre Zunge glitt hinaus und berührte leicht meine Unterlippe.

Mein Mund öffnete sich und unsere Zungen berührten sich. So etwas hatte ich noch nie in meinem Leben gefühlt. Mein Körper war wie aufgeladen, als ich sie gegen den Sitz drückte, meinen Körper über ihren bewegte und gegen sie drückte.

Sie legte einen ihrer Füße auf meinen hinteren Oberschenkel, während wir uns, so gut wie in der winzigen Kabine möglich, anfassten. Die Art, wie sie stöhnte, ließ unsere Münder vibrieren, was mich sie noch so viel mehr begehren ließ.

Ich packte eine ihrer Brüste und drückte sie durch den dünnen Stoff ihrer Bluse. Ich konnte nicht glauben, dass das passierte. Es musste ein Traum sein. Ich hatte sie endlich genau da, wo ich sie haben wollte. Unter mir.

Sie wölbte ihren Rücken und drückte ihren Körper gegen den meinen, wollte auch mehr. Sie und ich waren uns so ähnlich. Es gab keinen Grund mehr, das zu leugnen, was wir fühlten.

Als sich ihre Hand zwischen uns drängte, damit sie meinen Schwanz anfassen konnte, musste ich mich zurückhalten, um ihn nicht für sie herauszuziehen. Ich nahm ihre Unterlippe zwischen meine Zähne, biss sie und genoss es, wie sie meinen Namen über den leichten Schmerz hinweg wimmerte.

Ich küsste ihren Hals, beißend und saugend und bewegte mich zu ihrem Ohr. "Lila, du schmeckst besser als alles, was ich je geschmeckt habe."

Ich musste noch mehr von ihr kosten. Ich fuhr mit meiner Hand nach unten, zog ihren Rock hoch, um meine Handfläche gegen ihre feuchte Scheide zu drücken. Nur ihr seidiges Höschen war mir im Weg. Ich schob es zur Seite und fuhr mit der Fingerspitze durch ihre nassen Schamlippen. Sie stöhnte und bewegte sich nur leicht, so dass mein Finger in sie eindrang: "Ja!"

Während ich mit meinem Finger in sie eindrang, sehnte ich mich danach, meinen Schwanz in ihr zu spüren. Nicht, dass ich sie in einem Taxi ficken würde. Nein, ich wollte ihren süßen Arsch mit nach Hause nehmen.

Scheiß auf das Treffen mit Artimus. Ich wollte sie nur in mein Bett bekommen.

Aber gerade als dieser Gedanke in meinen Kopf kam, fuhr der Taxifahrer zur Seite und hielt an. "Hier sind wir", seine Stimme riss uns aus der Fantasie, in die wir geraten waren.

"Scheiße", stöhnte ich.

"Das kannst du laut sagen", sagte Lila. Ihre Lippen drückten gegen meine Wange. "Wir müssen reingehen."

Während ich von ihr abließ, zog ich sie hoch. Ihr Zopf war etwas zerzaust, also löste ich ihn komplett und fuhr mit meinen Händen durch ihr seidiges Haar, um es zu glätten. "Okay, das ist besser. Ich lasse dich zuerst rein. Mach dich auf der Toilette frisch, bevor du in sein Büro gehst."

Sie sah mich mit großen Augen an. "Darf ich ehrlich zu dir sein, Duke?"

"Natürlich. Was ist los?" Ich fuhr mit der Hand über ihre Wange und hielt ihr schönes Gesicht.

"Das war der beste Kuss, den ich je hatte." Sie lächelte. "Danke."

"Danke dir!" Ich stieg aus dem Taxi und half ihr hinaus.

Ich wartete draußen und sah zu, wie sie in das Gebäude ging, das bald unser Arbeitsplatz sein würde - unser sehr strikter Arbeitsplatz - und wusste, dass jetzt ein Haufen Schwierigkeiten auf uns zukommen würde.

13

LILA

Als ich mich im Badezimmerspiegel betrachtete, entdeckte ich ein Strahlen auf meinem Gesicht. Meine Wangen waren rosarot, meine Lippen geschwollen von den Küssen und meine Augen schimmerten vor Verlangen.

Ich hatte nicht so viel sexuelle Erfahrung und hatte bisher nur einen richtigen Freund gehabt. Der Sex mit ihm war auch nicht so toll, und kein Kuss hatte bei mir je das bewirkt, wie der mit Duke.

Von dem Moment an, als sich unsere Lippen berührten, fühlte ich mich berauscht. Als ob sein Mund reines Morphium wäre, nahm er mich mit auf eine Reise, von der ich nie gewusst hatte, dass sie existiert. Mein Herz klopfte noch, und es waren schon einige Minuten vergangen, seit wir uns getrennt hatten.

Ich musste mich auch frisch machen, denn er hatte mich so nass gemacht, dass mein Höschen feucht war. Wenn sein Finger schon so viel anrichten konnte, was würde sein Schwanz dann tun?

Obwohl ich wusste, dass wir uns nicht hätten küssen sollen, wollte ich mehr von diesem Mann. Ich wollte ihn überall auf mir spüren, mich von seinem harten Körper ficken lassen. Ich wollte seinen Schweiß spüren, während er über mich gleitet und seinen riesigen harten Schwanz mit einer Gnadenlosigkeit in mich rammt, die nur er haben würde.

Ich wollte sein Sperma schlucken, seine Eier lecken, ihn in den Arsch beißen. Das alles und noch mehr wollte ich tun. Ich wollte mich ihm auf jede erdenkliche Weise hingeben. Und das wollte ich jetzt sofort tun.

Aber wir hatten geschäftlich zu tun, und wir hatten auch diese lästige kleine Regel einzuhalten.

Regeln!

Waren die nicht da, um gebrochen zu werden?

Ich hatte mich nie für eine Rebellin gehalten, aber hier war ich bereit zu rebellieren.

Zur Hölle mit deinen Regeln, Artimus Wolfe. Ich will Duke Cofield und zwar jetzt!

Konnte ich zu meinem neuen Chef gehen und sowas fordern?

Ich wusste die Antwort.

Natürlich nicht! Sowas konnte ich nicht tun!

Aber Duke würde vielleicht so etwas tun. Er hatte gesagt, dass er darüber nachgedacht hatte, aus dem Wettbewerb auszusteigen. Würde er das Handtuch werfen, nur damit er Sex mit mir haben könnte?

Sicher nicht.

Aber andererseits hatte er bereits erwähnt, dass es ihm gut gehen würde, wenn er aussteigen würde. Aber ich konnte ihn das nicht tun lassen.

Ich beeilte mich, zu Artimus' Büro zu kommen und wollte sichergehen, dass Duke sich nicht für so eine Kleinigkeit um Kopf und Kragen brachte. Nicht, dass ich mich als eine Kleinigkeit betrachtete, aber ich musste realistisch sein.

Warum sollte Duke eine vielversprechende Karriere aufgeben, nur weil wir Sex miteinander haben wollten?

Als ich aus dem Aufzug im Empfangsbereich der Penthouse-Büros stieg, stellte ich fest, dass niemand im Zimmer war. Aber ich konnte Stimmen aus Artimus' Büro hören.

Ich ging auf die Geräusche zu, blieb aber stehen, als ich Duke sagen hörte: "Ich habe die Oberhand, Artimus. New York kennt mich. Ich weiß, ich bringe die Zuschauer rein. Ich habe bereits mit vielen Leuten über das neue Netzwerk gesprochen und darüber, wie sehr sich die Dinge von dem unterscheiden werden, was sie gewohnt sind zu sehen. Und ich habe großartiges Feedback von allen bekommen. Außerdem haben mir viele Leute gesagt, dass sie mich jeden Morgen gerne sehen würden."

Mein Herz blieb stehen, als ich erstarrte. Ich wusste, dass wir immer noch konkurrieren, aber das fühlte sich an wie ein Stich in den Rücken. Hatte Duke nicht gerade gesagt, dass er darüber nachgedacht hat, aus der Sache auszusteigen?

War das eine Lüge gewesen?

Es klang so, als ob er unbedingt gewinnen wollte. Für welches ich Respekt fühlte. Aber etwas fühlte sich seltsam an. Da plauderte er mit dem Boss und sammelte Zusatzpunkte.

Artimus sprach und erzählte Duke einige Neuigkeiten, die noch keiner von uns gehört hatte: "Wir haben einige Befragungen durchgeführt, Duke. Fünfhundert, um genau zu sein. Etwas mehr als die Hälfte wurde ausgefüllt, und von diesen Leuten wollen mehr als die Hälfte dich als Morgenmoderator. Natürlich warten wir auf den Rest, und es ist noch nichts entschieden."

"Wow!" antwortete Duke.

Mein Körper sackte mit dem Wissen in sich zusammen. Es war verrückt, wie schnell der Wind aus meinen Segeln entwichen war. In der einen Minute war ich auf Wolke Sieben, in der nächsten stand ich eine Pfütze.

Ich hatte mich nicht wirklich darauf eingestellt, auf den Boden zu fallen und wie ein Kleinkind zu schreien, aber ich war kurz davor.

Ich spitzte meine Ohren, in der Hoffnung, dass Duke Artimus wenigstens etwas über mich sagen könnte. Eine nette Sache war alles, was ich von ihm hören musste, damit ich dachte, er sei kein riesiges Arschloch.

Artimus musste Duke auf den Rücken geklatscht haben, dachte ich, als ich ein paar klatschende Geräusche hörte. "Und was ist mit dem Interview, das du gemacht hast? Es war großartig!"

Bitte, sag etwas Nettes über mich, Duke!

"Schön, dass es dir gefällt. Wie war das, das Lila mit Ted Turner gemacht hat?" fragte er.

Okay, kein Kompliment, aber immerhin etwas über mich.

Artimus antworte nicht direkt und das machte mich etwas nervös. "Lass uns auf Lila warten, bevor wir darüber reden."

Was zum Teufel sollte das denn heißen?

"Oh," war alles, was Duke dazu sagte.

"Und wie kommt ihr beide miteinander aus?" fragte Artimus. "Ich will nicht, dass dieser Job ein Graben zwischen euch beiden verursacht. Es ist nicht meine Absicht, dass ihr euch gegenseitig hasst."

"Hass?" fragte Duke. "Nein, wir hassen uns nicht. Ich denke, sie ist reif genug, um alles zu akzeptieren, was passiert."

Okay, das war nett.

"Da bin ich mir sicher", fügte Artimus hinzu.

"Aber ich muss dich fragen, Artimus, ist sie reif genug, um ein New Yorker Publikum mitzunehmen und zu halten?"

Okay, das tat weh.

Er war wirklich darauf aus, den Job zu bekommen. Und das gab mir das Gefühl, dass es ein schrecklicher Fehler gewesen war, ihn zu küssen.

Ich drehte mich um, stieg wieder in den Aufzug und verließ das Gebäude, ohne Artimus zu treffen. Ich konnte ihm einfach nicht ins Gesicht sehen. Ich fühlte mich aus irgendeinem Grund verraten, obwohl mein rationaler Verstand mir sagte, dass Duke mich nicht wirklich verraten hatte. Er wollte den Job auch, und er hatte jedes Recht, das zu sagen, was er gesagt hatte. Aber das hielt mich nicht davon ab, mich verletzt zu fühlen.

Den ganzen Weg zurück in mein neues Zuhause versuchte ich zu verstehen, warum ich mich so schlecht fühlte. Ich konnte es nicht genau sagen.

Ich kaufte eine Flasche Wein aus dem Laden an der Ecke neben der Frühstückspension. Ich nahm sie mit auf mein Zimmer und goss mir ein Glas ein, bevor ich mich auf mein Bett legte.

Wäre ich wirklich in der Lage, mit Duke befreundet zu bleiben, wenn er den Job bekommen würde, von dem ich mir immer sicherer war, dass er ihn bekommen würde?

Und was war mit dem Kuss? War er ein großer Fehler gewesen? Hatte er nur versucht, mich aus meiner Spur zu bringen? Da ich wusste, wie wetteifrig er war, und nachdem ich gehört hatte, was er zu Artimus gesagt hatte, musste ich mich fragen, ob das Teil seiner Strategie gewesen sein könnte.

Und was war, wenn Artimus von dem Kuss erfahren würde? Würde er uns beide feuern?

Hatte ich schon einen kindischen Fehler gemacht?

Den Sender zu verlassen, ohne mit Artimus zu sprechen, war ein Fehler. Das wusste ich jetzt. Ich rief in seinem Büro an, um zu erklären, warum ich nicht aufgetaucht war.

Er beantwortete meinen Anruf nach nur einem Klingeln. "Lila, wo zum Teufel bist du?"

Er war sauer. Seine Stimme war schärfer, als ich sie je zuvor gehört hatte. "Es tut mir leid. Ich war im Gebäude und wollte gerade in dein Büro, als mein Magen anfing zu schmerzen. Ich musste weg und nach Hause gehen. Ich war nicht in der Verfassung, um ein Gespräch zu führen."

Was ich ihm gesagt hatte, war nicht gerade eine Lüge. Ich hatte Magenschmerzen bekommen, als ich sie reden hörte. Und ich war nicht in der richtigen Stimmung, um mit ihm oder Duke zu reden.

"Duke sagte mir, ihr zwei habt euch ein Taxi geteilt. Er hat nichts davon erwähnt, dass du dich krank fühlst", sagte Artimus zu mir. "Wir haben uns Sorgen um dich gemacht. Du hättest mich viel früher anrufen sollen, Lila."

Ein weiterer dummer Fehler meinerseits. Sie fingen wirklich an, sich zu häufen. "Es tut mir leid. Ich weiß nicht, was ich mir dabei gedacht habe. Können wir uns vielleicht morgen treffen?"

"Ich muss mit Frau Baker darüber reden. Ich weiß nicht, was morgen auf der Tagesordnung steht. Es ist wichtig, dass du dein Bestes gibst, um ein Treffen zu organisieren. Später wird vieles von deiner Fähigkeit abhängen, Besprechungen zu organisieren, Lila. Ich dachte, du würdest das verstehen."

Das verstand ich sehr gut. Aber er verstand nicht, warum ich abgehauen war. "Es tut mir sehr leid. Wirklich. Es wird nicht wieder vorkommen. Das kann ich dir versprechen."

Und ich konnte es auch, weil ich wusste, dass ich mich nicht in die falsche Verfassung bringen lassen würde. Dieser verdammte Kuss - oder dieses Rummachen im Auto, um genauer zu sein - hatte mein Gehirn durcheinander gebracht. Und ich wollte das nicht noch einmal zulassen.

Das Einzige, was ich zweifelsfrei wusste war, dass Duke mich zu nichts mehr drängen würde. Das konnte er nicht. Die Regeln verlangten dies.

Wenn ich sagen würde, dass ich nicht will, dass so etwas zwischen uns passiert, dann würde es nicht passieren. Und ich wusste, mehr zu wollen, würde meinem ultimativen Ziel im

Weg stehen. Mein Ziel war nicht, Dukes Mädchen zu werden. Es ging darum, die Morgennachrichten zu moderieren.

Ich musste stark bleiben, um nicht den Fokus zu verlieren. Und ich musste auch mehr Herzblut in die Sache stecken. Rausgehen und in die New Yorker Szene eintauchen, damit die Leute mich kennen lernen und mich jeden Morgen sehen wollten.

Duke hatte diesen Vorteil gegenüber mir. Aber er dachte nicht daran, dass New York mich noch nicht kannte. Ich würde sie alle für mich gewinnen. Man musste mir nur die Chance geben.

Artimus beendete den Anruf: "Lass mich dir was sagen, komm um acht Uhr morgens in mein Büro und ich rede dann mit dir. Ich weiß, dass ich um diese Uhrzeit nichts auf dem Plan stehen habe."

"Ich werde da sein. Danke für dein Verständnis. Bis morgen früh dann."

"Auf Wiedersehen, Lila", sagte er und legte auf.

Bevor er aufgelegt hatte, hörte ich Duke fragen: "Geht es ihr gut?"

Die Antwort darauf war nein. Ich war nicht okay. Aber ich würde es sein. Ich musste einfach nur Duke loswerden.

Die kleine Fantasie, die ich über ihn hatte, in Verbindung dazu, dass wir den uns jeden Tag sahen, hatte mich verführt. Er war wunderschön, gebaut wie ein römischer Gott und charmant. Wer hätte ihn nicht auf das Angebot eines Kusses angesprochen?

Ich war nur ein Mensch. Aber ich musste ihn nicht mehr sehen, jetzt wo die Kurse vorbei waren. Wir hätten keinen Grund mehr, zur selben Zeit am selben Ort zu landen.

Und ich wusste, es war das Beste, das Geschehene aus meinem Kopf verschwinden zu lassen. Meine Lippen kribbelten noch, als ich den Gedanken an das, was wir getan hatten, durch meinen Kopf flattern ließ.

Ist doch egal, wenn der Kuss nicht von dieser Welt ist? Die Karriere, die ich wollte, wäre auch wie nicht von dieser Welt. Oder?

Duke war schon toll und so vieles mehr, aber ich wollte meinen Job nicht aufgeben. Duke Cofield war es nicht wert, alles zu verlieren.

Aber selbst als ich mir das sagte, verdrehte sich mein Inneres. Mein Körper sehnte sich danach, seinen ganzen Körper zu spüren. Nun, mein Körper bekam nicht immer das, was er wollte, aber ich würde dafür sorgen, dass mein Kopf es tat.

14

DUKE

Ich wusste nicht, ob Lila tatsächlich krank geworden war oder nicht. Am nächsten Morgen sorgte ich dafür, dass ich etwa zur gleichen Zeit, zu der ihr Treffen mit Artimus war, am Sender auftauchte.

Unsere gemeinsame Taxifahrt ging mir noch durch den Kopf. Das war alles, woran ich denken konnte. Nun, das und wie es weitergehen würde. Die Art, wie sie reagiert hatte, sagte mir, dass sie es auch wollte. Aber dann war sie krank geworden, und ich wunderte mich über den Zeitpunkt.

War sie krank, weil sie diese Dinge mit mir gemacht hat, oder war sie wirklich krank? So oder so, ich wollte, dass sie wusste, dass ich besorgt war, ob sie krank war oder nicht. Lila musste wissen, dass ich mich um sie sorgte. Ich war nicht nur darauf aus, sie flach zu legen.

Als ich aus dem Aufzug im Empfangsbereich vor Artimus' Büro trat, konnte ich die beiden reden hören. Zuerst versuchte ich, nicht zuzuhören und nahm im Wartebereich Platz. Aber dann hörte ich sie sagen: "Ich bin sicher, dass Duke dir gesagt hat, dass er die Zuschauer in der Tasche hat."

"Und das tut er, Lila. Unterschätze ihn nicht", sagte Artimus ihr.

Ich musste aufstehen und auf den Stuhl neben der offenen Tür gehen. Meine Neugierde hatte mich ergriffen.

Lila fuhr fort: "Das mag stimmen, aber ich habe etwas, das er nicht hat."

"Und das ist?" fragte er.

"Meine Jugend."

Denkt sie ich bin alt mit meinen 32 Jahren?

"Er ist nicht alt, Lila," sprang Artimus für mich ein.

Ja, Lila, ich bin nicht alt!

"Er kommt aus einer anderen Generation, Artimus. Dieser ganze Sender ist auf die jüngere Generation ausgerichtet - und das bin ich, nicht er", sagte sie.

"Ich denke, du willst damit sagen, dass Duke keine lange Haltbarkeit hat und du schon. Ist das richtig?" fragte Artimus sie.

"Ich würde ihm ein paar Jahre geben, höchstens, bevor er den Kontakt zu den Zuschauern verliert", sagte sie mit einem sachlichen Ton.

Ich fühlte einen Stich in meinem Herzen.

Dachte sie wirklich so über mich?

Ich hatte noch mehr als ein paar verdammte gute Jahre in meinem Leben. Wovon zum Teufel hatte sie gesprochen?

Mit dem Schmerz kam Wut. Ich stand auf und verließ den Bereich, in dem ich sie nur noch mehr Dinge sagen hörte, die mich wütend auf sie machen würden. Ich wollte nicht wütend auf Lila sein. Ich wollte, dass wir wieder dorthin zurückkehren, wo wir gestern waren, aber sie schien wie ein Pitbull zu kämpfen, um den Job zu bekommen.

Als ich ins Badezimmer im Erdgeschoss ging, spritzte ich mir etwas Wasser ins Gesicht, um meine Wut unter Kontrolle zu bringen. Als ich in den Spiegel sah, sah ich den Mann, den ich immer gesehen hatte. Keine Falten, keine Altersflecken, nichts, was jemanden glauben lässt, ich wäre ein alter Mann. Also, was zum Teufel machte Lila da?

War es nur eine Taktik, den Job zu gewinnen?

Das muss es gewesen sein.

Sie kann nicht vorgetäuscht haben, was sie am Tag zuvor für mich empfunden hat. Das muss ein Trick gewesen sein.

Ich wollte wieder nach oben gehen und sie dazu bringen, mit mir zu reden, aber als ich aus dem Badezimmer kam, sah ich sie das Gebäude verlassen. Also beeilte ich mich, sie zu erwischen, bevor sie gehen konnte.

Als ich rauskam, sah ich sie ein Taxi heranwinken und rief: "Lila, warte!"

Sie nahm ihre Hand runter und drehte sich um, um mich anzusehen. Ihr Haar hing nach unten, sie hatte es gelockt, und die blonden Locken funkelten im Sonnenlicht. Ihre Lippen waren kirschrot, passend zu der Seidenbluse, die sie trug und die ordentlich in einen blauen A-Linienrock gesteckt war. Rote High Heels vollendeten ihr fantastisches Outfit. Es fiel mir für einen Moment schwer zu atmen, sie war so umwerfend schön.

"Duke, wo kommst du her?" fragte sie, während sie dort stand und mich anguckte.

Ich schaffte es zu ihr, meine Hand nahm eine weiche Locke. "Dein Haar sieht so hübsch aus."

Sie stieß sanft meine Hand weg. "Danke, aber du solltest nicht damit spielen."

"Wir sollten reden." Ich ballte meine Hand in eine Faust an meiner Seite, obwohl sie sich verzweifelt durch ihre weichen Locken bewegen und eine Weile mit ihnen spielen wollte.

Sie schaute hinter mich auf das Gebäude vom Sender und begann, sich davon abzuwenden. "Wir sollten hier nicht reden. Lass uns spazieren gehen."

Ich trat neben sie, ohne zu wissen, wohin wir wollten. Aber

sie hatte Recht, wir konnten nicht genau dort stehen, wo uns Artimus oder jemand anderes vom Sender sehen konnte.

"Warst du gestern wirklich krank oder nicht?", fragte ich sie.

Sie blickte mich seitwärts an. "In gewisser Weise."

"Darf ich fragen, was los war?" Ich strich über ihre Hand und hielt sie dann fest.

Sie blieb stehen und schaute auf unsere umklammerten Hände. "Bitte lass meine Hand los, Duke."

Ich ließ sie schnell frei, aber ich konnte den Schmerz nicht leugnen, den ich bei ihren Worten verspürte. "Lila, bereust du, was wir gestern getan haben?"

"Sehr sogar", antwortete sie schnell.

Jetzt tat mein Herz wirklich weh. Sie hätte genauso gut ein Messer hineinstechen können. "Es tut mir leid, das zu hören, Lila. Wirklich."

"Ich muss ehrlich zu dir sein, Duke." Sie begann wieder zu gehen, und ich ging mit ihr mit. "Du und ich konkurrieren gerade. Was wir getan haben, war eine schlechte Idee, besonders bei diesem Job zwischen uns. Ganz zu schweigen davon, dass wir beide gefeuert werden könnten, wenn wir erwischt werden würden. Ich brauche den Job, den Artimus mir bereits gegeben hat, ob ich nun auch die Moderatorenposition bekomme oder nicht. Ich brauche den Job als Wettermoderatorin. Und ich wage zu sagen, dass du auch den Job als Sportmoderator brauchst."

Sie hatte Recht. Wir brauchten beide unsere Jobs. Finanziell würde es mir gut gehen, aber ich brauchte ihn für meinen Verstand. Und erwischt zu werden, könnte ein Grund sein, uns beide zu feuern. Wenn Lila gefeuert würde, müsste sie New York verlassen. Das würde bedeuten, mich zu verlassen.

"Vielleicht hast du Recht. Vielleicht sollte ich es auch bereuen", sagte ich und bemerkte den Schmerz in ihren schönen blauen Augen.

Sie kaute auf ihrer Unterlippe und sah verwirrt aus, als ob sie etwas im Inneren bekämpfen würde, das gegen die Art und Weise rebellierte, wie die Dinge sein mussten. "Ich denke, es ist das Beste, es zu bereuen."

"Mein größtes Bedauern ist, dass ich dich jetzt, wo ich dich gekostet habe, nur noch mehr will." Ich nahm ihre Hand und zog sie in einen kleinen Laden, damit wir von der Straße runter konnten.

Die Art, wie sie mich ansah, sagte mir mehr, als jedes Wort hätte sagen können. Sie wollte mich auch. "Duke, ich habe dich gestern mit Artimus reden hören, und das hat mich krank gemacht."

Ich musste lachen, als ich sie durch die Gänge einer alten Buchhandlung zog. Ich zog sie weiter, bis ich zwei hoch aufragende Bücherregale fand, die uns vor neugierigen Blicken versteckten.

Ich drückte sie gegen einen der Bücherschränke und fuhr mit meiner Hand durch ihre Haare, während ich ihren Geruch einatmete. Ihre Anwesenheit gab mir das Gefühl, high zu sein.

Ihre Augen starrten auf meine Lippen, und ich wusste, sie wollte, dass ich sie wieder küsste. Nach und nach ließ ich nach. "Niemand muss es wissen, Lila."

"Tu es nicht, Duke", sagt sie. Sie erlaubte mir nicht, sie zu küssen.

So schwer es auch war, ihre Ablehnung zu ertragen, ich wusste, dass sie gute Gründe hatte, mich zu stoppen. "Wenn wir nicht zusammen arbeiten würden, wäre das in Ordnung?"

"Es spielt keine Rolle. Wir arbeiten zusammen, so ist das nun Mal." Sie guckte auf den Boden.

"Weißt du, ich habe dich heute Morgen auch mit Artimus reden hören. Ich hörte, wie du ihm sagtest, ich sei zu alt, um als Moderator zu überleben." Ich sah zu, wie sich ihre Augen bewegten und unsere Blicke sich trafen.

"Hast du das gehört?" Sie sah etwas gekränkt aus, als ich nickte. "Ich weiß, das mag wie ein Tiefschlag erscheinen, aber was du gestern zu ihm gesagt hast, war auch ein Tiefschlag. Ich habe dir schon mal gesagt, dass ich noch nie mit jemandem um etwas konkurriert habe. Ich folge nur deinem Beispiel, Duke. Du schlägst mich, ich schlage zurück."

"Ich hasse das wirklich so sehr." Ich wandte mich von ihr ab. Sie hatte nicht ganz Unrecht. Sie beobachtete mich, hörte mir zu und lernte, wie man schmutzig kämpft.

Zu sagen, dass ich nicht stolz auf mich war, wäre eine Untertreibung gewesen. Es war mir peinlich, was ich zu Artimus gesagt hatte, um die Oberhand zu gewinnen.

"Ich auch", stimmte sie zu. "Aber was sollen wir dagegen tun?"

Ich hatte keine Ahnung. Aber ich wusste, ich musste mir etwas einfallen lassen. Das hier hat uns schon durcheinander gebracht, und wir hatten noch nicht mal wirklich angefangen. "Lass uns etwas essen und darüber reden."

"Ich weiß nicht", flüsterte sie.

"Vertraust du dir nicht was mich angeht?" Ich streckte die Hand aus und streifte die Rückseite ihrer Hand mit meinen Fingerspitzen.

"Wenn ich ehrlich bin, dann nein, dann vertraue ich mir selbst nicht. Du hast eine Wirkung auf mich, die meinen Verstand aus der Fassung bringt." Sie lächelte schüchtern, während sie sich auf den Bücherschrank lehnte.

"Das geht mir genauso. Das ist mir noch nie passiert. Ist dir das schon mal passiert?" Ich bewegte meine Finger ihren Arm hinauf und wickelte eine Strähne ihres Haares um meinen Finger.

Sie schüttelte langsam den Kopf und sah mir in die Augen. "Es ist eine Schande, dass Artimus diese Regel hat. Wenn die

Dinge anders wären, würde ich diese Anziehungskraft gerne erforschen."

Also, da war es. Da war diese Spannung, und das Einzige, was uns davon abhielt, war die Arbeit. Ich musste einen Weg finden, dies zu umgehen. Aber wenn ich aufgab und kündigte, war ich mir sicher, dass Lila nicht zufrieden mit mir sein würde.

"Das geheim zu halten geht nicht für dich, oder?" Ich musste fragen, nur für den Fall, dass sie es in Betracht ziehen würde. Wenn wir uns geheim halten würden, dann würden die Dinge ins Laufen kommen und wenn wir es wirklich ernst hatten, dachte ich, dass Artimus vielleicht keine andere Wahl hätte, als uns eine Beziehung haben zu lassen.

"Ich bin keine Lügnerin. Es ist nicht unmöglich für mich zu lügen, aber es ist schwer. Und es ist nicht etwas, was ich generell an anderen mag, also versuche ich das selbst nicht zu tun." Sie sah weg, als wäre das, was sie gesagt hatte, nicht so engelhaft, wie ich dachte. Jede neue Sache, die ich über sie lernte, brachte mich noch mehr ins Schwitzen.

"Du bist besser als die meisten Menschen, weißt du. Noch eine Sache, die dich so besonders macht." Ich nahm ihre Hand, zog sie zu meinen Lippen und küsste sie mit einem sanften Kuss. "Gibt es etwas an dir, das nicht attraktiv ist?"

"Tausende von Dingen, aber ich halte sie verborgen", sagte sie mit leichtem Lachen in ihrer süßen Stimme.

Die Zuschauer würden sie lieben, und das wusste ich. Aber ich würde mich nicht aus dem Rennen zurückziehen. Ich würde für sie drin bleiben, damit sie fair und ehrlich gewinnen konnte. Aber ich wollte von nun an ein besseres Vorbild für sie sein, da sie grade lernte wie man mit anderen konkurriert.

Ihr Magen knurrte und signalisierte mir, dass sie hungrig war. "Komm schon, lass uns was essen gehen. Ich bezahle und du isst." Ich hielt ihre Hand und zog sie mit mir mit.

"Ich habe wohl keine Wahl, oder?" fragte sie, als wir den Buchladen verließen.

"Nein, hast du nicht. Ich habe das Frühstück ausgelassen, also verhungere ich so ziemlich. Und ich hasse es, allein zu essen." Ich ließ ihre Hand los, als wir wieder auf der Straße waren. Kein Grund, das Schicksal herauszufordern und uns in etwas zu verstricken, das uns gefeuert werden lassen konnte.

Aber wie lange könnte ich eigentlich gehen, ohne sie in meinen Armen zu haben?

15

LILA

Die Pfannkuchen, die wir in einem nahegelegenen Café bestellt hatten, waren perfekt und mein knurrender Magen verstummte. Ich hatte nicht geplant, den ganzen Morgen mit Duke zu plaudern. Auf dem Weg ins Büro war mein Plan noch genau das Gegenteil - ich wollte ihn um jeden Preis vermeiden.

Als er meinen Namen rief, schlug mein Herz höher und übernahm wieder das Kommando. Mein Gehirn trat in den Hintergrund, und ich vergaß all meine guten Absichten, ihn und diese Sache zwischen uns zu vergessen.

Aber ich konnte Duke nicht vergessen, das war mir jetzt klar. Das Schicksal hatte das anders geplant. Jede seiner kleinen Berührungen schickte Funken durch mich hindurch, und als wir dort am kleinen Tisch saßen und zusammen Pfannkuchen aßen, wusste ich, dass ich ihn oder das Feuer zwischen uns beiden, nicht ignorieren konnte.

"Darf ich dich fragen, warum du diesen Job überhaupt wolltest?" Ich fragte ihn, weil ich mehr über diesen Mann wissen wollte, den mein Herz nicht loslassen konnte.

Er legte seine Gabel mit Sirup auf den Teller und nickte. "Ich will diesen Job, weil ich nicht glaube, dass er viele Möglichkeiten für einen wie mich gibt. Ich habe mein ganzes Leben lang Football gespielt. Ich hatte nie einen anderen Job als Football. Ich habe diesen Agenten, der versucht hat, mir Arbeit zu verschaffen, und die Jobs, die er sich ausgedacht hat, sind, gelinde gesagt, traurig."

"Für einen Mann wie dich gibt es also nicht so viele Möglichkeiten?" Der Gedanke machte mich traurig für ihn.

Ich hatte die Welt zur Hand. Mit einer Familie, die mich unterstützt, könnte ich überall hingehen und alles tun. Aber Duke war nicht wie ich. Seine Möglichkeiten waren begrenzt - oder das dachte er zumindest.

"Viele Jobs wären für mich einfach nicht nachhaltig. Sieh mal, ich lebe jeden Tag mit Schmerzen von den Operationen, die ich hatte, als ich noch gespielt habe." Duke fuhr sich mit der Hand über die Schulter. "Diese Schulter war meine erste Operation, und ich hatte gehofft, dass es die letzte sein würde, aber ich hatte nicht so viel Glück."

Sympathie erfüllte mich für den armen Kerl. "Du hast also viele Narben?"

"Ich habe einige." Er sah mich mit einem Lächeln auf seinem hübschen Gesicht an. "Viele Leute haben es schlimmer als ich. Das weiß ich. Aber Tatsache ist, der chronische Schmerz macht es schwierig, viele Dinge zu tun."

"Du solltest mir erlauben dich zu interviewen, Duke." Ich konnte nicht umhin, den Gedanken zu wiederholen, den ich hatte, als wir uns das erste Mal trafen. Er hatte eine interessante Karriere und er hatte eine Fangemeinde da draußen. "Kein Video-Interview, nur ein schriftliches. Ich könnte es an eine Zeitung oder eine Zeitschrift verkaufen. Es würde wieder Interesse an dir wecken, und es würde mir helfen, auch meinen Namen bekannt zu machen. Was denkst du denn?"

Als er ein paar Zwanzig-Dollar-Scheine auf den Tisch legte,

stand er auf und streckte seine Hand aus. "Ich mag diese Idee sehr. Wie wäre es, wenn du mit mir nach Hause kommst und wir das Interview dort machen? Ich habe einen Laptop, mit dem du den Artikel schreiben kannst."

Ich nahm seine Hand und stimmte zu. Ich wusste, dass es schwierig sein könnte, die Dinge nicht außer Kontrolle geraten zu lassen, aber etwas führte mich in diese Richtung, und mein Kopf hinderte mich auch nicht wirklich daran.

Von dem Moment an, als ich in seine Wohnung trat, spürte ich eine Veränderung in der Energie um uns herum. Wir waren endlich ganz allein, und niemand würde etwas sehen oder hören, von dem, was wir taten. Die Spannung im Raum ließ mich wissen, dass wir beide ein wenig Angst davor hatten.

Ich setzte mich auf ein schönes dunkles Ledersofa auf das er zeigte. "Setz dich."

"Ich würde gerne deine Narben sehen, wenn das okay ist." Ich wusste, dass das, was ich verlangte, nur das Feuer entflammen würde, das sich in mir während der ganzen Fahrt zu seiner Wohnung gebildet hatte.

"Dann lass mich was anderes anziehen. Ich bin gleich wieder da. Der Laptop ist auf dem Schreibtisch da drüben, mach ihn ruhig schon mal an." Er verließ das Wohnzimmer und ich stand auf, um den Computer zu holen.

Als ich ihn öffnete, sah ich, dass sein Hintergrundbild ein Bild seiner Footballmannschaft war. Da stand er in der letzten Reihe und fiel selbst in einem Meer voller muskelbepackter Männer auf. Er sah bei weitem am besten aus. Und das hieß schon etwas, denn es gab viele gut aussehende Männer in diesem Team.

Ich stellte den Computer ab und er kam in einem weißen Gewand zurück. "Ich dachte, das würde am besten funktionieren. Ist das für dich in Ordnung?"

"Vollkommen." Es war mehr als in Ordnung. Ich wollte Duke Cofield wirklich kennen lernen.

Er zog das Gewand herunter, um seine Schulter freizulegen. Eine tiefe Narbe durchzog die gebräunte Haut dort. "Hier hatte ich die erste Operation."

"Darf ich sie anfassen?" fragte ich, als er sich setzte.

Er nickte und ich stand auf und ging zu ihm. Vor ihm stehend, bewegte ich meine Hand über die raue Oberfläche. "Das muss echt wehgetan haben."

"Das tut es immer noch." Er bewegte das Gewand ein wenig und zeigte mir eine Narbe an seiner Seite. "Hier gingen sie rein, um eine durchstochene Lunge zu behandeln. Meine Rippen waren gebrochen, und eine hat mich dort verletzt."

Ich sah in seine Augen, als ich meine Hand bewegte, um über die Narbe zu streichen. Meine Hand begann zu zittern, als ich darüber nachdachte, wie nahe ich ihm war und wie nahe er dem Tod gekommen war. Mein Körper fühlte sich heiß an; ich glaube, ich begann sogar ein wenig zu schwitzen.

Als sich seine Hand um meine schloss und sie gegen seine Haut hielt, verfiel ich ihm hilflos. "Duke, darf ich dich küssen?"

Er nickte und ich kam näher. Unsere Lippen berührten sich, seine Hände bewegten sich zu meiner Taille, als er mich auf seinen Schoß zog und mich anguckte. Das Gewand bedeckte ihn immer noch, aber ich spürte, wie sein Schwanz unter mir anschwoll.

Ich hatte keine Ahnung, wie wir es schaffen würden, diese Anziehung zwischen uns zu verstecken, aber ich konnte es sicher nicht verhindern. Das wollte ich auch nicht.

Seine Hand rutschte meinen Oberschenkel hoch, als unsere Münder die Jagd nach der Ekstase begannen, die unsere Körper nun forderten. Die Art und Weise, wie schon seine Hand sich auf meiner Haut anfühlte, verriet mir, dass es phänomenal sein würde, wenn wir weiter gingen.

Mein Rock war innerhalb von Sekunden bis zur Taille hochgeschoben. Seine Lippen verließen meine, um meinen Hals hinauf zu küssen, dann fühlte ich seinen Atem warm an meinem Ohr, als er fragte: "Wenn wir noch weiter gehen, muss ich wissen, ob du die Pille nimmst oder nicht, weil ich gerade keine Kondome habe."

Still dankte ich Gott, dass ich die Pille nahm, seitdem ich achtzehn war. "Keine Sorge, ich nehme die Pille."

"Gott sei Dank." Sein heißer Mund bewegte sich zurück in meinen Nacken, bis in die Mulde direkt unter meiner Kehle. "Möchtest du ins Schlafzimmer gehen?"

"Sehr gerne."

Seine starken Hände bewegten sich zu meiner Taille hinab, und er hob mich auf, während er aufstand. Duke mochte Schmerzen haben, aber er war immer noch so stark wie fünf Männer. "Wickel deine Beine um mich und halt dich fest."

Ich tat, was er sagte, legte meinen Kopf auf seine Schulter und knabberte an seinem Hals, als er mich zu seinem Bett brachte. Er setzte mich auf den Rand des großen Bettes und stand vor mir. Mein Körper ging beinahe in Flammen auf, als er das Gewand auszog und sich nackt vor mich stellte.

Es ging nicht anders, ich musste mit meinen Händen über seine steinernen Brustmuskeln streichen, über die Leiter, die seine Bauchmuskeln bildeten, bis zu seinem aufrechten Schwanz, der stolz hervorragte und auf mich wartete.

Er hatte eine Tätowierung auf seiner breiten Brust, nur über seinem linken Brustmuskel. Der Helm der New Yorker Jets war dort tätowiert, um ihn an seine glorreiche Zeit als Profi-Fußballspieler zu erinnern. "Schön."

Er erwischte mich wie ich das Tattoo betrachtete und fuhr mit der Hand darüber. "Gefällt es dir?"

Ich nickte, während er sich zu mir herunter beugte. Er knöpfte meine Bluse auf und schob sie mir von den Schultern.

Er öffnete meinen BH. "Oh Gott, sind die perfekt. Ich wusste, dass sie es sein würden." Er packte meine Brüste und drückte mich dann wieder gegen die Matratze und kroch zu mir auf das Bett. Er küsste zärtlich den einen Nippel, seine Hand massierte die andere Brust. Seine Zähne knabberten daran und er neckte mich für ein paar Minuten, bevor er begann an meiner Brust zu saugen und mir die Luft abschnürte. Ein Stöhnen entglitt mir, ich konnte mich nicht zurückhalten. "Duke."

Seine Hände waren wieder an meiner Taille, und er nahm seinen Mund von meiner Brust weg, um mich dort zu küssen, wo mein Rock anfing. Er fand den Reißverschluss an der Seite und zog ihn nach unten und zog den Rock über meine Beine. Nur mein Höschen blieb übrig, und er schaute mir in die Augen, als er es mit den Zähnen auszog.

Mein Herz schlug, als ich ihn beobachtete, und mich in seinen blauen Augen verlor, während er das Höschen wegwarf und meinen inneren Oberschenkel küsste, als er sich wieder nach oben bewegte. Sein Mund bewegte sich, um meine Muschi mit seiner heißen, feuchten Zunge zu küssen und meine erhitzten Schamlippen zu erforschen. Ich stöhnte und packte die Decke unter mir, als seine Zunge in mich eindrang. Er leckte mich mit langen, feuchten Bewegungen, bis meine Beine zitterten. Erst dann bewegte er seine Zunge aus mir heraus, um an meiner geschwollenen Klit zu lecken und zu saugen. Das brachte mich zum kommen und ich schrie mit der Intensität des ersten Höhepunkts, den er mir gegeben hatte.

Während meine Muschi pulsierte, bewegte er seinen Körper an mir entlang nach oben und dann stieß er seinen dicken Schwanz in mich hinein. "Ja!" Er stöhnte. "Lass mich spüren, wie du kommst, Baby."

Ich kratzte mit meinen Nägeln über seinen Rücken, als er sich zu bewegen begann, meine bereits erregte Muschi streichelte und den Orgasmus stärker und länger gehen ließ, als ich es mir vorstellen konnte.

Sein Körper war stark und schön, fiel mir wieder auf, als ich seinen Oberkörper anguckte. Ich wollte sein Gewicht auf mir spüren. Ich zog ihn runter, um mich zu küssen, meine Brüste wurden unter seiner Brust flach gedrückt.

Ich fuhr mit den Füßen an der Rückseite seiner Oberschenkel auf und ab, während er immer wieder in mich eindrang. Rein und raus, stieß er immer und immer wieder zu und änderte zwischendurch immer wieder die Geschwindigkeit. Er lehnte sich über mich, sein Beckenknochen rieb mit jedem tiefen Stoß an meiner Klit. Im Handumdrehen war ich wieder kurz vor einem Orgasmus. "Duke!"

Ich konnte kaum atmen, mein Körper war überwältigt von Verlangen. Ich hatte keine Ahnung, dass Sex so gut sein konnte. Ich musste mich fragen, ob die Jungs, mit denen ich zusammen war, etwas falsch gemacht hatten oder so. So viel hatte noch nie jemand aus mir herausbekommen. Und Duke war noch nicht mal fertig.

"Ja, Baby." Er küsste meinen Hals, dann biss er in mein Ohrläppchen. "Bereit, es ein wenig härter werden zu lassen?"

Das hatte ich noch nie gemacht, aber ich hatte das Gefühl, dass ich es sehr genießen würde. Keuchend wie ein Tier, das von einem Wolf durch den Wald gejagt wurde, antwortete ich: "Bitte."

Das Lachen, das aus ihm herauskam, war tief, heiser und höllisch sexy. Er zog sich aus mir heraus, dann drehte er mich um und zog mich zurück, damit ich auf Händen und Knien hockte. Er schob den oberen Teil meines Körpers zum Bett hinunter. Ein lauter Schlag ließ meinen Hintern pulsieren, und er gab mir einen anderen, bevor er seinen Schwanz wieder in mich schob.

Er stieß härter zu und schlug mir immer wieder auf den

Hintern, während seine Stöße weitergingen. Ich konnte nicht glauben, wie sehr ich es liebte. Mein Körper tat Dinge, von denen ich nicht wusste, dass er dazu in der Lage war. Und als er mir durch einen zusammengekniffenen Kiefer befahl, für ihn zu kommen, explodierte es in mir um seinen massiven Schwanz und ich schrie seinen Namen.

Ich gehörte ihm. Ich wusste in diesem Moment, dass ich für jeden anderen Mann ruiniert war - und ich wusste es ohne Zweifel.

16

DUKE

Als ich mich auf die Seite drehte, und langsam meine Augen öffnete, dachte ich, dass ich neben einer nackten Lila in meinem Bett aufwachen würde, was meinen Schwanz schon hart machte. Es schien, dass es nicht genug war, die ganze Nacht lang Sex zu haben. Ich wollte mehr.

Aber als ich mich umdrehte und nach der Frau griff, die mich gestern Abend fast ausgelaugt hatte, fand ich mich allein in meinem Bett wieder.

Ich fuhr mit der Hand über die leere Stelle, an der ich Lila erwartet hatte. Auf dem Rücken liegend, rieb ich mir die Schläfen und fragte mich, warum sie gegangen war, ohne mir ein Wort zu sagen.

Wenn sie dachte, das wäre eine einmalige Sache, irrte sie sich gewaltig. Ich wollte mich selbst verprügeln, weil ich ihre Handynummer nicht hatte. Dann erinnerte ich mich, dass die Proben noch am selben Tag begannen.

Als ich aus dem Bett kam, bemerkte ich etwas Ungewöhnliches. Nichts an meinem Körper schmerzte, meine Muskeln fühlten sich locker und entspannt an. Mein Schwanz war ein bisschen wund von der ganzen Reibung, die er letzte Nacht durchgemacht hatte, aber das war ein kleiner Preis für die Nacht, die ich hatte. Ich genoss die Schmerzen dort - sie erinnerten mich an Lila.

Nach einer Dusche und einer Rasur zog ich mich an, um einen Happen zu essen, bevor ich zum Sender ging. Es war eine Kostümprobe, also hatte ich einen meiner schönsten Anzüge an, dunkelblau mit einem weißen Hemd darunter. Ich bemerkte ein paar Blicke, die mir hinterherschauten, als ich aus dem Taxi stieg, um zum Sender zu gehen. Auf dem Weg nach drinnen sah ich, wie die Rezeptionistin, Gretchen, mich ansah. Anscheinend hatte sie dem Belästigungskurs nicht viel Aufmerksamkeit geschenkt. Ihre Augen waren an mich geklebt, und sie versuchte nicht einmal, es zu verbergen. "Hey, Duke."

"Hallo, Gretchen." Ich ging zum Fahrstuhl. "Schönen Tag noch."

"Dir auch." Sie leckte ihre roten Lippen. "Wir sehen uns, wenn du gehst."

Ich nickte nur, bevor ich in den Aufzug stieg. Als ich ins Studio kam, sah ich dort schon alle aus dem Abendnachrichtenteam. Die Probe verlief reibungslos, wenn man bedenkt, dass es das erste Mal war das wir einen echten Durchlauf machten.

Ashton, der Produzent, bat uns zu bleiben und der nächsten Gruppe zuzusehen, dem Team das die Abendnachrichten macht - die letzte Nachrichtensendung des Tages. Lila war in diesem Programm und ich konnte es kaum erwarten, sie wiederzusehen.

Lila schien es eilig zu haben und ging direkt an uns vorbei. Sie hatte mich nicht einmal von der Seite gesehen. Ich vermutete, dass sie versuchte, Abstand zwischen uns zu halten, damit niemand ahnte, dass wir eine Affäre hatten. Ich fand, sie übertrieb etwas. Wir konnten Freunde sein - niemand verbot uns das.

Sie hatten eine gute Probe, Lila beeindruckte mich wieder

einmal mit der Art und Weise, wie sie so professionell und gleichzeitig so sympathisch sein konnte. Sie schaffte es so mühelos, als wäre sie für diesen Job geboren worden.

Als sie fertig waren, ging sie los, aber ich folgte ihr und holte sie ein, bevor sie mich bemerkte. "Hey, du."

Sie blieb stehen und drehte sich um, um mich anzusehen. "Hi, Duke."

Ich nickte zu einem leeren Bereich, wo wir uns unter vier Augen unterhalten konnten. "Können wir kurz miteinander reden?"

Sie nickte und folgte mir in eine abgelegene Ecke, wo wir nicht belauscht wurden. Ich sah ihr in die Augen und sie wirkte etwas ermüdet. "Ich weiß, du fragst dich, warum ich heute Morgen gegangen bin, ohne dir etwas zu sagen."

"Das tue ich", sagte ich, als ich meine Hände in meine Taschen steckte. "Ich habe dich heute Morgen vermisst."

Sie schaute hinter sich, um sicherzugehen, dass niemand in ihrer Nähe war. "Ich musste gehen, Duke. Ich wollte die Dinge nicht unangenehm machen."

"Zu spät." Ich lächelte sie an. "Du musst nicht so tun, als ob du mich nicht mal kennst, Lila. Ich denke, das ist etwas übertrieben, oder?"

Sie lächelte schüchtern. "Ich weiß wirklich nicht, wie ich mich verhalten soll. Ich schätze, so zu tun, als würde ich dich nicht kennen, ist ziemlich dumm."

"Ja, das ist es." Ich sah, dass Artimus auf uns zukam. "Da kommt der Boss."

"Oh, Scheiße! Soll ich gehen?" Sie sah so nervös aus wie eine Maus, die gerade die Aufmerksamkeit einer Katze erregt hat.

"Nein. Verhalte dich einfach normal." Ich versuchte ihr zu zeigen, wie sie sich verhalten sollte, aber sie konnte es nicht, ihre Hände zappelten ununterbrochen. "Etwas normaler als so, Baby."

Sie riss ihre Augen auf. "Nenn mich hier nicht so."

Ich nickte. Da hatte sie Recht. Dann trat Artimus neben sie. "Habt ihr zwei hier drüben ganz allein ein kleines Gespräch?"

Ich ließ mir spontan etwas einfallen: "Wir sprachen gerade darüber, wie die Proben verliefen. Ich fand, sie liefen gut. Was denkst du, Artimus?"

"Das fand ich auch. Ehrlich gesagt habe ich erwartet, dass sie ein wenig schlechter sind, da alle neu sind. Aber ihr habt mich alle überrascht - eine sehr angenehme Überraschung." Er steckte seine Hände in seine Taschen und schwankte hin und her. "Wir haben die Interviews, die ihr beide gemacht habt, an ein paar hundert Leute geschickt." Lila blickte nach unten und schien sich unwohl zu fühlen. "Stimmt was nicht, Lila?"

Der Ausdruck, den sie hatte, machte mich etwas unruhig. Sie sah definitiv so aus, als würde sie etwas verbergen, und es sah fast so aus, als würde sie es einfach so ausplappern. Und das wäre für uns beide furchtbar gewesen.

"Etwas stimmt nicht, Artimus." Ihr Gesicht ging von nervös zu resolut und mein Magen verknotete sich bei dem, was ich dachte, dass sie sagen würde.

"Was ist los?" fragte Artimus.

Ich dachte, ich würde ohnmächtig werden und musste meine Fäuste in den Taschen ein paar Mal zusammendrücken, um mein Blut richtig fließen zu lassen.

Lila verlagerte ihr Gewicht, als sie sagte: "Wir proben für alle Nachrichtensendungen außer der Morgensendung. Ich finde das ungerecht."

Gott sei Dank!

Ich stieß die Luft aus, die ich angehalten hatte. Artimus sah aus, als hätte er gar nicht daran gedacht. "Ich nehme an, das ist etwas unfair, nicht wahr?"

Jetzt schien es ein guter Zeitpunkt zu sein, um eine Idee anzusprechen, mit der ich herumgespielt hatte, die ich aber noch nicht wirklich ausgesprochen hatte. "Artimus, ich habe nachgedacht. Sieh mal, Lila und ich denken sehr ähnlich. Ich denke, wir wären ein gutes Team. Ich weiß, dass es nicht genug Geld im Budget gibt, um zwei Anker zu bezahlen, aber was ist, wenn wir das Gehalt genau in der Mitte aufteilen? Wenn wir das täten, könnten wir dann nicht die Morgennachrichten moderieren?"

Lila sah mich mit großen Augen an. "Das würdest du tun, Duke? Du würdest den halben Lohn nehmen?"

Mit einem Achselzucken antwortete ich ihr. "Wenn du es tun würdest, dann würde ich es auch tun. Ich denke, wir würden diese Show zusammen besser machen, als wir es alleine könnten."

Artimus klopfte an sein Kinn, während er einen Moment darüber nachdachte. "Weißt du, das habe ich vorher nicht bedacht. Ich hatte für jede Show auf einen Moderator gesetzt. Aber die Morgenshows sind anders, nicht wahr?"

"Die meisten von ihnen sind es." Lila lächelte mich an. "Für mich wäre das auch ok, Artimus. Wenn du das machst, könnten wir viel früher mit den Proben für diese Show beginnen."

"Ich muss mit ein paar Leuten reden, bevor ich euch meine Antwort gebe." Er klopfte mir auf den Rücken und lächelte mich an. "Ich möchte, dass du weißt, dass ich das sehr großzügig von dir halte, Duke."

"Nicht wirklich. Ich denke nur, dass wir auf diese Weise bessere Einschaltquoten bekommen würden. Seit ich Lila kenne, habe ich herausgefunden, wie ähnlich wir uns sind, und ich denke, wir könnten das für uns und für den Sender nutzen." Die Art, wie Artimus nickte und seine Augen vor Respekt vor mir glitzerten, gab mir das Gefühl, dass mir etwas Gutes eingefallen war.

Keine Konkurrenz mehr bedeutete eine Sache weniger zwischen Lila und mir, und ich war entschlossen, alle Hindernisse zu beseitigen, die uns im Weg standen. Was das Problem mit der Regel von Artimus anging, so wusste ich, dass wir etwas mehr Zeit brauchen würden, bevor wir dieses Thema überhaupt mit ihm ansprechen konnten - wenn überhaupt.

"Ich werde mich sofort darum kümmern, Leute. Ich schicke euch beiden eine Nachricht, wenn wir eine Entscheidung getroffen haben. Ich sehe euch beide später." Er ging von uns weg und Lila und ich hatten ein Lächeln im Gesicht.

"Du raffinierter Mann. Du hattest diese Idee schon eine Weile, nicht wahr?" Sie ging auf den Aufzug zu.

"Ich habe eine Weile damit gespielt. Ich war mir nicht sicher mit der Sache mit dem geteilten Gehalt, aber ich dachte, das wäre der einzige Weg, ihn dazu zu bringen, es in Betracht zu ziehen. Für mich würde das klar gehen. Für dich auch?" Ich drückte den Knopf, um uns den Aufzug zu rufen.

"Machst du Witze?" Sie lachte. "Dieses eine Gehalt ist dreimal so hoch wie das, was wir für unsere anderen Positionen verdienen. Die Hälfte ist mehr als genug. Aber ich muss zugeben, dass ich nie daran gedacht habe, es aufzuteilen. Artimus hat Recht, weißt du? Du bist großzügig."

Ich schaute über meine Schulter, um sicherzugehen, dass niemand da war, bevor ich sagte: "In mehrfacher Hinsicht, richtig?"

Die Röte, die schnell ihre Wangen bedeckte, ließ meinen Schwanz klopfen. Ich wusste, dass dies nicht der richtige Ort dafür war, aber ich konnte es nicht lassen.

"Ja, da hast du Recht." Die Fahrstuhltüren öffneten sich und wir traten ein. Niemand sonst stieg ein, und ich sah sie an, als wir da standen, Seite an Seite.

"Es würde mir nichts ausmachen, wenn dieser Aufzug jetzt stecken bliebe." Ich stieß sie mit meiner Schulter. "Ich war bereit, heute Morgen mit dir aufzuwachen und dich dazu zu bringen, meinen Namen zu schreien."

"Jetzt, da ich weiß, dass das dein Plan war, tut es mir leid, dass ich gegangen bin." Sie streckte ihre Hand auf meine Brust aus. "Aber ich dachte, du willst mich vielleicht nicht dort sehen, wenn du aufwachst. Ich dachte, du willst vielleicht nicht mehr rummachen."

"Ich will nicht nur spielen. Du etwa?" Ich musste sie fragen, weil ich keine Ahnung hatte, ob das, was wir taten, irgendwo hinführen würde oder nicht. Aber ich wusste, dass ich nicht alles aufs Spiel setze, nur um sie zu verarschen.

"Ist das nicht alles, was wir tun können? Wir können nicht Händchen halten, auf Dates gehen oder so was. Also ist das was wir gemacht haben doch eigentlich nur eine Affäre, oder?" Sie zog ihre Hand über meine Jacke, genau da, wo mein Tattoo war.

"Ich will nicht nur mit dir rumspielen. Und ich werde einen Weg finden, das auch möglich zu machen. Ich habe herausgefunden, wie man etwas gegen den Konkurrenzkampf tun kann. Ich werde einen Weg finden, unseren Boss dazu zu bringen, dass wir miteinander ausgehen können." Die Türen öffneten sich und wir gingen hinaus. Ich war froh zu sehen, dass es schon so spät war, dass Gretchen gegangen war. "Wir könnten zu mir gehen, wenn du willst."

Aber dann piepten unsere beiden Handys, und wir sahen, dass Artimus in ein paar Stunden ein Dinner-Meeting anberaumt hatte.

"Mist", murmelte sie.

"Das war's dann wohl, was?" Ich schaute mich um, um nur ein paar Leute zu finden, die durch die Lobby liefen.

Eine weitere Idee kam mir in den Sinn. "Weißt du, ich glaube, ich gehe zurück in den vierten Stock. Niemand wird um diese Zeit in diesen Büros sein. Und da oben ist dieses wirklich schöne private Badezimmer."

Ihre Augen wurden weit. "Willst du mir sagen, dass du mal

groß musst? Denn ich denke, es ist ein wenig zu früh, um so etwas zu sagen."

Ich musste lachen. "Nein. Und du musst dir keine Sorgen machen, ich bin normalerweise nicht der Typ, der jeden Stuhlgang ankündigt. Ich dachte eher daran, ein bisschen Spaß in diesem privaten Badezimmer zu haben. Mit dir. Also, was sagst du dazu?"

Sie blinzelte ein paar Mal, bevor sie sagte: "Ich glaube, du hast mich allein mit der Idee schon feucht gemacht, und ich würde mich gerne da mit dir treffen. Sagen wir in zehn Minuten?"

Sie war an Bord und ich war schon wieder Feuer und Flamme für sie.

17

LILA

Ich konnte es mir selbst nicht erklären, aber die Art, wie Duke mich mitriss, war anders als alles, was ich je erlebt hatte. Ein Blick von ihm konnte mich erregen. Und ein paar ausgewählte Worte konnten eine kleine Pfütze in meinem Höschen bilden.

War das Lust? Reine, sexuelle Anziehung? Oder war es mehr als das?

Was immer es war, ich mochte es.

Nachdem ich zehn Minuten gewartet hatte, ging ich zu unserem Treffpunkt mit Herzklopfen, einer pulsierenden Muschi und leichtem Schwindel. Das war überhaupt nicht ich.

Ich war noch nie eine, die hinter den bösen Jungs her war. Ein paar hatten in der Vergangenheit ihre Tricks an mir ausprobiert, und ich hatte sie einfach abgeblockt. Um ehrlich zu sein, hatte ich immer einen Typ - ruhige Kerle mit einer weniger dominanten Persönlichkeit. Oder ich hatte zumindest gedacht, dass das mein Typ wäre.

Aber Duke war überhaupt nicht so. Er war sehr dominant, aber er wusste auch, wann er zurückstecken musste. Und er ließ mich Dinge tun, die ich sonst nie getan hätte. Wie Sex am

Arbeitsplatz. Ein Arbeitsplatz, der nicht einmal wollte, dass wir überhaupt miteinander schliefen.

Diese rebellische Seite von mir hatte noch nie das Licht der Welt erblickt. Nun, da sie es jetzt gesehen hatte, sehnte sie sich danach, frei zu sein. Und ich war nicht im Begriff, es bald wieder zu verstecken - nicht, solang es mir erlaubte, den besten Sex meines Lebens zu haben.

Nach einem kurzen Klopfen gegen die Tür öffnete Duke sie und zog mich hinein. "Da bist du ja."

Sein heißer Mund stürzte auf meinen und nahm mir den Atem. Sein harter Körper drückte meinen an die Tür, sein Schwanz pulsierte schon gegen mir.

Er hatte bereits seine Jacke und Krawatte ausgezogen, und sein Hemd war halb aufgeknöpft. Ich öffnete die restlichen Knöpfe und ließ dann meine Hände über seinen muskulösen Rücken fahren, bevor ich sein Hemd komplett auszog.

Seine Hände bewegten sich unter meinen Rock, und befreiten mich mit einem Ruck von meinem Höschen, rissen es von mir. Es schien, als würde ich das Dinner-Meeting ohne Unterwäsche machen müssen.

Das war mir völlig egal. Mir ging es nur darum, Duke näher zu kommen. Er zog meinen Rock hoch bis zur Taille und ließ dann seine Hose zu seinen Knöcheln fallen. Er hob mich hoch und brachte mich mit einer schnellen Bewegung auf seinen harten Schwanz. Wir stöhnen beide, wie gut es sich anfühlt, wieder verbunden zu sein.

Er benutzte die Tür, um mich oben zu halten, und fickte mich hart und unerbittlich. Er bewegte seinen Mund von meinem, um meinen Hals zu küssen und machte mich verrückt. "Duke!"

"Lila", murmelte er neben meinem Ohr. "Du fühlst dich so verdammt gut."

"Du auch", keuchte ich, während er noch härter zustieß. "Oh!"

Jeder Teil meines Körpers war von irgendeinem Gefühl überwältigt. Er brachte so viel in mir zum Vorschein, dass es meinen Verstand durcheinander brachte. Wie konnte mir das noch nie passiert sein?

Er klemmte mein Ohrläppchen zwischen seine Zähne und zerrte daran. "Ich könnte dich auffressen."

"Es fühlt sich an, als würdest du mich gerade verschlingen." Der Mann verschlang mich, nahm mich mit an Orte, an denen ich noch nie gewesen war, brachte mich in unbekanntes Gebiet.

Eine Welle bewegte sich durch mich und brachte meinen Körper in einen zitternden Zustand, als ich durch seinen Schwanz kam. Ich wimmerte, als mein Körper von Kopf bis Fuß durchströmt wurde.

Es platze aus ihm heraus, als auch er wie befreit in mir kam. "Gott! Was du mir antust, ist unglaublich!"

Ich hatte keine Ahnung, was ich ihm antat. Ich wusste nur, dass das, was er mir angetan hatte, auch unglaublich war.

Unsere Körper kamen zur Ruhe, langsam aber sicher, während wir durchatmen. Er ließ mich los und ich stellte meine Füße wieder auf den Boden. Mein Kopf war befreiter als in dem Moment in dem ich das Bad betreten hatte, aber mein Körper glühte, und mein Herz klopfte immer noch.

"Duke, ich wusste nicht mal, was Sex ist, bis du es mir gezeigt hast. Danke." Ich schob meinen Rock wieder nach unten und steckte mein Hemd wieder hinein.

"Du kannst mir nicht alle Lorbeeren einbringen, Lila. Du bist fantastisch." Er bückte sich, um seine Hose wieder hochzuziehen.

Ich schaute in den Spiegel und fuhr mir mit den Händen durch meine Haare. "Ich kann nicht glauben, dass du das sagst. Alles, was ich tue, ist, dich deine Magie wirken zu lassen."

Er kicherte. "Denkst du wirklich, dass du nichts tust?"

"Ich tue nichts." Ich drehte mich um, und er nahm mich in seine Arme und küsste meine Wange.

"Oh, aber hallo. Du bewegst deinen Körper so, dass ich jedes Mal im Paradies bin. Willst du heute Nacht bei mir übernachten?" Er küsste meine Lippen sanft.

"Hmm. Ich bin mir nicht sicher", ärgerte ich ihn. Ich wollte unbedingt bei ihm übernachten.

Seine Finger striffen meine beiden Arme entlang und seine Lippen über meinen Hals. "Bitte."

Etwas in meinem Bauch flatterte. "Nun, da du bitte gesagt hast, wäre es unhöflich von mir, abzulehnen. Aber ich muss bei mir zu Hause vorbeischauen, bevor wir zum Dinner gehen. Es scheint, ich hatte ein kleines Missgeschick mit meinem Höschen. Und ich würde gerne ein schnelles Bad nehmen, um mich zu erfrischen."

"Ein Bad klingt gut. Bekomme ich eine Einladung dazu?" Er knabberte wieder an meinem Hals und erregte mich erneut.

"Wie machst du das mit mir?", stöhnte ich.

"Ich weiß nicht, wahrscheinlich auf die gleiche Weise wie du mir das antust", zog er seinen Mund von mir. Seine Hände fuhren meine Arme hoch und runter. "Wir sollten gehen. Du gehst zuerst, aber verschwinde nicht ohne mich. Wir nehmen ein Taxi zu dir und machen uns dort frisch, bevor wir uns auf den Weg zu Artimus machen."

Mit einem Nicken verließ ich ihn und ging in die Lobby, in der Hoffnung, niemandem auf dem Weg zu begegnen. Frisch gefickt wusste ich nicht, ob ich lügen kann, wenn ich jemanden sehe.

Ich wartete draußen auf Duke, bevor ich ein Taxi rief, und schlüpfte auf den Rücksitz, bevor er mir folgt. Er streckte seinen Arm auf der Rückseite des Sitzes aus und wickelte ihn um mich.

Ich legte meinen Kopf auf seine Schulter. "Das fühlt sich gut an."

Er küsste meinen Kopf. "Das stimmt, Baby."

"Du hast einen schlechten Einfluss auf mich, Duke. Ich war noch nie ein Rebell. Du hast mich alle möglichen Regeln brechen lassen, du böser Kerl." Ich seufzte schwer, als ich mich fragte, wohin das führen würde. Ich würde wahrscheinlich ohne Arbeit enden und gezwungen sein, wieder bei meinen Eltern in New Mexico zu leben, wenn wir das weiterführen würden.

"Böser Kerl? Ich habe mich nie als einen dieser Typen betrachtet." Er spielte mit einer meiner Haarlocken. "Wie kommst du darauf?"

Ich zog meinen Kopf von seiner Schulter und sah ihm in die Augen. "Wirklich? Denkst du nicht, dass es rebellisch ist, eine Firmenregel während unserer ersten Arbeitswoche zu brechen? Denkst du nicht, dass es gegen die Regeln verstößt, in einem Badezimmer in dieser Firma zu vögeln?"

"Wenn du es so ausdrückst, dann klingt es, als wäre ich einer dieser Typen. Aber ich war immer nur so mit dir. Andererseits wurde mir auch nie gesagt, dass ich nicht mit dem zusammen sein kann, mit dem ich zusammen sein will." Er drückte mich sanft, um meinen Kopf wieder auf seine Schulter zu legen.

Als ich dort lag, dachte ich darüber nach, was er gesagt hatte. Man hatte ihm noch nie gesagt, er solle niemanden sehen. Mir auch nicht. War es nur so heiß zwischen uns, weil wir nicht durften?

Ich dachte, es wäre nur er. Aber vielleicht gab es so viele Funken, weil es verboten war, nicht wegen einer übertriebenen Chemie.

Wenn das der Fall wäre, könnte das alles einfach verschwinden. Zur Hölle, jeder von uns könnte den Drang bekommen, etwas mit jemand anderem am Sender anzufangen, auf der Suche nach der gleichen Extase, die wir miteinander hatten.

Plötzlich fühlte sich alles schäbig und schmutzig an. Nichts weiter als Sex, der nur wegen der Regel, die es verboten hat, aufregend war. Aber selbst während ich das dachte, fühlte ich, wie sich seine Hand über meine Schulter hin und her bewegte und sie sanft-süß rieb.

Ich schloss meine Augen und spürte, wie eine Ruhe in mir entstand. Wenn das alles heißer verbotener Sex wäre, würde ich es trotzdem nehmen. Ich hatte noch nie so intensive Orgasmen gehabt und ich würde sie mir so lange nehmen, wie er sie mir gab.

Aber ich musste beten, dass es eines Tages entweder zu was Festem wurde oder ganz ausbrennen würde. So oder so, ich wusste, dass ich am Ende etwas verlieren würde - sei es mein Job, oder diesen Mann, der es schaffte, mich an genau den richtigen Stellen zu berühren - ich würde etwas verlieren.

"Glaubst du, es fühlt sich so an, nur weil wir es nicht tun dürfen?" Ich musste ihn das fragen. Es fühlte sich nicht richtig an, das für mich zu behalten.

"Ich weiß nicht." Wenigstens war er ehrlich.

"Wenn ich aufhöre und woanders arbeite, würden wir dann immer noch dasselbe in uns sehen?" Ich musste wissen, was er darüber dachte. Weil die Tatsache war, dass, wenn er und ich in eine echte Beziehung kommen würden, einer von uns wahrscheinlich einen anderen Job finden müsste, und ich wusste, dass ich eine bessere Chance hätte, einen zu finden als er.

Er zog mich hoch, um ihn anzusehen. "Lila, denk nicht mal daran, WOLF zu verlassen." Seine blauen Augen sahen mich tief an, als ob er versuchte, meine Gedanken zu lesen, um zu sehen, ob das wirklich das war, was ich dachte.

Ich war es nicht, es war nur eine Frage. "Daran denke ich nicht. Ich frage mich nur, ob du und ich immer noch diese Anziehung zwischen uns haben würden, wenn wir diese Regel nicht im Kopf hätten."

"Das ist doch komplett egal." Er runzelte seine Augenbraue. "Versuch nicht das zu analysieren. Lebe es einfach. Nimm es einfach so, wie es jetzt ist. Nicht das, was es werden könnte, oder wozu es übergehen könnte. Sei jetzt einfach hier, bei mir, so."

Ich nickte mit dem Kopf und legte ihn wieder auf seine Schulter. Er hatte Recht. Ich musste aufhören, so viel zu analysieren. Es war, was es war, nicht mehr oder weniger als das.

Wir kamen bei meiner Frühstückspension, die ich jetzt zu Hause nannte, an, stiegen wir aus und machten uns auf den Weg in mein Zimmer. Wir hörten Stimmen aus einem der Wohnbereiche und sahen eine Gruppe von Menschen dort fernsehen. Ein paar von ihnen winkten uns im Vorbeigehen zu.

"Also hängt ihr alle zusammen rum?" fragte Duke.

"Ich habe noch mit niemandem hier rumgehangen. Aber es sieht so aus, als ob einige der Langzeitbewohner zusammen rumhängen. Ich denke, es wird mir hier gefallen, sobald ich mich eingelebt habe." Wir gingen die Treppe hinauf und ich führte ihn in mein Zimmer.

Es war kaum zu vergleichen mit seiner geräumigen Wohnung, und es fühlte sich eng an mit uns beiden in dem kleinen Zimmer. "Gemütlich", sagte er, als er sich umsah.

"Ja, das ist es." Ich holte ein paar saubere Kleider aus dem Schrank und legte sie auf das Bett. "Also, ich schätze, ich gehe zuerst."

Er lachte, als er den Kopf schüttelte. "Wir gehen zusammen."

Ich öffnete die Tür und zeigte ihm die Wanne mit den Klauenfüßen. "Denkst du, wir passen beide da rein?"

Er wackelte mit den Augenbrauen. "Wenn du auf mich kommst, schaffen wir das."

"In der Wanne?" fragte ich. So etwas hatte ich noch nie gemacht. Ich war mir nicht sicher, wie es funktionieren würde.

Aber Duke war bereit, mir zu zeigen, wie es ging, und in

kürzester Zeit waren wir wieder mittendrin. Es war genauso umwerfend wie die anderen Male.

Ich hatte keine Ahnung, wie lange das dauern würde, aber ich beherzigte, was Duke gesagt hatte. Nicht analysieren, nur im Moment leben. Weil die Momente mit ihm besser waren als alle Momente ohne ihn.

18

DUKE

Bei dem Treffen mit Artimus und Frau Baker ging es darum, herauszufinden, ob Lila und ich zusammen arbeiten könnten und am nächsten Tag wurden wir zu unserem ersten Probelauf geschickt. Wir sollten die Eröffnung einer Station für Verbrennungen in einem der örtlichen Krankenhäuser begleiten.

Das Personal der neuen Einheit war auf der Schwesternstation versammelt, wo Lila und ich abwechselnd Fragen stellten. "Und wie viele Patienten können Sie in dieser neuen Einrichtung versorgen, Doktor Stevens?" fragte Lila den Chefchirurgen.

"Fünfzehn. Die Zimmer sind alle auf dem neuesten Stand der Technik. Wir wollten es klein genug halten, um jedem Patienten unsere Aufmerksamkeit zu schenken. Es gibt zwei Krankenschwestern für jeden Patienten, um sicherzustellen, dass sie immer versorgt sind", sagte er ihr.

Lila sah mich an und ließ mich wissen, dass ich an der Reihe war, eine Frage zu stellen. Ihr süßer Gesichtsausdruck brachte mich dazu, sie küssen zu wollen, aber das konnte ich natürlich nicht. Ich hatte eine Menge Willenskraft; ich hatte alles, was ich brauchte, um bei der Arbeit mit ihr professionell zu bleiben.

Aber ich konnte meinen Verstand nicht davon abhalten, zu den Ereignissen der letzten Nacht zurückzukehren, wie ihre Brüste gewackelt hatten, während sie meinen Schwanz ritt. Ich musste in die Realität zurückkehren und die letzte Nacht hinter mir lassen.

"Doktor Stevens, gibt es besondere Voraussetzungen für die Aufnahme?" fragte ich ihn.

"Natürlich", sagte er, als er nickte. "Sie müssen in einem kritischen Zustand sein, um hier eingewiesen zu werden. Sobald das Schlimmste überstanden ist und der Patient sich erholt hat, wird er für den Rest seines Aufenthalts ins Hauptkrankenhaus verlegt."

Wir beendeten den Bericht, und die Crew ging zurück zum Sender, um das Video zu bearbeiten, während Lila und ich zum Mittagessen gingen. In der Öffentlichkeit mussten wir uns auch professionell verhalten, was für mich eine große Herausforderung war.

Sie nahm den Platz gegenüber von mir am Tisch für zwei Personen in dem kleinen Café ein, das wir ausprobiert hatten. Ich wollte über den Tisch greifen und ihre Hand halten, tat es aber nicht. "Mit dir zusammen zu sein und dich nicht zu berühren, erweist sich als schwieriger, als ich dachte."

Sie nickte. "Ja, für mich auch."

Die Kellnerin kam, um unsere Bestellungen aufzunehmen. "Hey Leute, ich bin Tracy, und ich bin heute eure Kellnerin. Was darf es für euch sein?"

"Ich hätte gern eine Pepsi", sagte Lila. "Und ich habe das Tagesmenü gesehen, als wir reinkamen, und das würde ich nehmen. Truthahn und das Dressing klingen echt gut."

"Ich nehme das, was sie nimmt." Da waren wir, und wieder dachten wir dasselbe.

Nachdem die Kellnerin uns verlassen hatte, fragte Lila: "Glaubst du, Artimus wird gefallen, was wir ihm schicken?"

Ich nickte. "Das glaube ich. Ich denke, wir haben das gut abgedeckt und gezeigt, dass wir gut als Team arbeiten. Ich setze große Hoffnungen in diese Sache."

"Wenn wir es schaffen, müssen wir den Sex eingrenzen. Nicht, dass es mir nicht gefällt, aber es könnte die Zusammenarbeit erschweren." Sie trommelte mit ihren roten Fingernägeln auf den Tisch. "Das ist kein Wortspiel", sagte sie mit einem kleinen Lächeln, obwohl es traurig war.

Ich beobachtete ihre Nägel, als sie gegen die Formica-Tischplatte tickten und fragte mich, wie zum Teufel sie dachte, wir könnten das, was wir taten, eingrenzen? "Denkst du, das wird einfacher?"

"Nicht, wenn wir uns nicht in den Griff bekommen. Weißt du, dass ich beinahe deine Hand genommen hätte, als wir das Haus verließen? Wir können nicht zulassen, dass so etwas passiert. Der ganze Sex, den wir haben, macht es mir zu gewohnt, dich zu berühren. Ich kann das nicht auf der Arbeit oder in der Öffentlichkeit tun, wie wir es auf dem Weg hierher besprochen haben. Wir sind dabei zu Gesichtern zu werden die jeder erkennen wird. Wenn wir zusammen auf eine romantische Weise gesehen werden, dann wird das alles für uns explodieren, und das würde nicht gut für uns enden."

Obwohl das, was sie sagte, wahr war, wollte ich es wohl nicht hören. "Also was, willst du damit sagen, dass wir uns nicht mehr sehen sollten?"

"Wir sehen uns nicht wirklich, erinnerst du dich? Ich weiß, dass es mehr ist, als nur herumzuspielen, das haben wir schon mal besprochen. Aber komm schon, es ist nur Sex. Es kann nie mehr als das sein." Sie zuckte mit den Achseln als wäre es keine große Sache für sie. "Es ist erst ein paar Tage her seitdem wir damit angefangen haben. Es sollte nicht so schwer sein aufzuhören und wieder das zu sein, was wir wirklich füreinander sind."

Ich wollte es nicht einfach so sein lassen. "Und das ist was genau?"

"Arbeitskollegen." Sie sah mich an mit diesen wunderschönen blauen Augen, dicken dunklen Wimpern, die mich langsam anblinzeln.

Die Kellnerin brachte unsere Bestellungen und stellte sie vor uns auf den Tisch. "Hier, bitte schön. Gibt es sonst noch etwas?"

Ich schüttelte den Kopf, als Lila sagte: "Nein, danke."

Wir aßen in Stille - eine unangenehme Stille, die sich überhaupt nicht gut anfühlte. Könnten wir einfach so aufhören Sex zu haben? War das alles was wir hatten?

Ich musste mir eingestehen, dass es im Moment nicht viel mehr als Sex zwischen uns geben konnte - sie hatte Recht - egal, was wir wollten. Und wie fair war das für Lila, eine junge Frau die es verdient hatte bei einem Spaziergang durch den Park an der Hand gehalten und in der Öffentlichkeit geküsst zu werden?

Und ich verkaufte mich auch unter Wert. Ich wollte ihre Hand halten, meinen Arm um sie legen oder sie küssen können, wann immer ich wollte, ohne Angst zu haben meinen verdammten Job zu verlieren.

Bedeutete das, dass ich wahre Gefühle für sie hatte?

"Was, wenn wir zu Artimus gehen und reinen Tisch machen?" fragte ich sie.

Sie sah mich an, während sie einen Schluck von ihrer Pepsi nahm, bevor sie sagte: "Hier ist, was ich denke, was passieren würde, wenn wir das tun würden. Wir würden beide unsere Jobs verlieren, bevor sie überhaupt angefangen haben. Ich müsste bei meinen Eltern wohnen, und das zwischen uns würde sowieso enden."

"Nun, das ist ziemlich niederschmetternd und trocken, nicht wahr?" Ich fing wieder an zu essen, schmeckte allerdings kaum etwas. Ich war nicht die Person die etwas verschwendete, also aß ich auf.

Ich bemerkte, dass sie bei all den harten Worten die aus ihrem Mund gekommen waren, das Essen auf ihrem Teller herumschob ohne viel zu essen. "Das schmeckt nicht so gut wie ich dachte."

"Vielleicht hat das Gesprächsthema mehr damit zu tun als das eigentliche Essen." Ich wischte mir den Mund mit der Serviette ab, bevor ich sie auf meinen leeren Teller legte.

"Du scheinst kein Problem damit zu haben dein Essen aufzuessen." Sie legte ihre Gabel hin.

"Ich habe eine strenge Regel nichts zu verschwenden. Meine Mutter hat mir das von klein auf beigebracht." Ich lehnte mich zurück und sah sie an.

Würde ich dieses Gesicht fast jeden Tag ansehen können und sie nicht wollen?

Wenn es nur Sex wäre, dann würde dieses Verlangen nach ihr vielleicht bald verblassen. Es waren ja nur ein paar Tage vergangen. Nicht genug Zeit um von ihr abhängig zu werden.

Stimmt's?

Lila schaute auf den Boden. "Ich schätze, wir hätten nicht so schnell handeln sollen. Wir haben das nicht durchdacht. Wir waren wie ein paar geile Teenager, die auf die Anziehung reagierten und nicht darüber nachdachten was passieren würde wenn wir tatsächlich täglich zusammen arbeiten müssten. Nicht darüber nachzudenken wie wir das was wir tun, vor allen verbergen können."

Ich wusste nicht was ich dazu sagen sollte. Ich wollte nicht aufhören mit ihr zu schlafen, aber mir war klar, dass dies den Weg weiterhin nur schwieriger machen würde, die Hände voneinander zu lassen.

Aber was ist, wenn wir das schaffen konnten?

Es brauchte nur Entschlossenheit und ich hatte jede Menge davon. "Ich will nicht, dass das endet, und ich glaube du auch nicht. Nicht wirklich. Wir wussten, dass wir es verstecken müssen. Wir wussten, dass wir etwas Selbstbeherrschung brauchen."

Ihre Augen bewegten sich langsam vom Boden zu mir. "Aber es ist so viel schwieriger als ich dachte. Ich weiß nicht wie ich mich sonst unter Kontrolle kriegen soll, außer das hier zu stoppen. Selbst jetzt will ich nur in deinen Schoß kriechen und dich mich halten lassen. Wie eine Art Süchtiger sehne ich mich nach deiner Berührung. Das ist nicht gesund, weißt du?"

"Das wäre es, wenn wir das nicht verstecken müssten." Meine Finger bewegten sich über den Tisch und berührten ganz leicht ihre Hand die auf dem Tisch lag. "Lass mich mit Artimus reden."

"Nein. Ich will nicht, dass wir beide unseren Job verlieren." Sie schüttelte unerbittlich den Kopf.

"Ich will dich nicht verlieren." Ich schaute ihr in die Augen und hoffte einen Weg für uns zu finden. "Ich kann eigentlich meine Hände für mich behalten. Das habe ich bereits bewiesen. Verdammt, ich wollte dich sofort anfassen, als ich dich traf, und ich konnte mich zurückhalten, obwohl ich musste. Ich kann alles zurückhalten, während wir arbeiten und in der Öffentlichkeit sind. Ich kann das."

"Aber kann ich?" Sie sah weg.

"Du hast es selbst gesagt - wir haben erst seit ein paar Tagen was. Wir müssen nur ein paar Anpassungen vornehmen, das ist alles. Wir werden uns daran gewöhnen. Es gibt keinen Grund, mit dem aufzuhören, was wir tun." Ich steckte meine Hände in meine Taschen, um zu verhindern, dass sie sich zu ihr verirrten, so wie sie es wollten.

"Ich will nicht aufhören damit, aber es ist nur Sex, Duke. Es ist nur das, und es wird immer nur das sein. Ich habe mich selbst angelogen, weil ich dachte, es könnte zu etwas mehr, zu etwas Wirklichem aufblühen." Sie seufzte lange und sah einsam und traurig aus.

"Ich verstehe nicht, warum du immer wieder sagst, dass es

nur Sex ist. Ich sorge mich um dich, Lila. Interessierst du dich überhaupt für mich?" fragte ich sie.

"Natürlich tue ich das." Sie rieb sich die Stirn, als würde ihr das Gespräch Kopfschmerzen bereiten.

"Dann hör auf so zu reden. Lass die Dinge voranschreiten. Wir können das schaffen. Ich weiß, dass wir das können. Und hör auf zu sagen, dass das hier nur Sex ist, denn wir wissen beide, dass es mehr als das ist." Ich stand auf, um zu gehen, in der Hoffnung, dass sie mir folgen würde. Ich hatte das Gefühl, dass sie für eine Weile gehalten werden musste. "Lass uns zu mir gehen. Und dort keinen Sex haben. Wir gucken gemeinsam einen Film, teilen uns Popcorn und vielleicht trinken wir auch ein paar Bier. Dann bringe ich dich nach Hause, und wir geben uns einen Gute Nacht Kuss, aber nicht mehr. Ich will dir zeigen, dass ich mehr von dir will, als du denkst."

"Ein geheimes Date?" fragte sie, als sie zu mir aufblickte.

Ich hatte ihren Stuhl zurückgezogen. "Können wir es einfach ein Date nennen und das Geheimnis raus lassen?"

"Ich denke schon. Können wir denn wirklich einfach zusammen rumhängen, ohne in die Kiste zu springen?" Sie wirkte skeptisch.

Ich nickte. "Ich werde dir zeigen, dass wir mehr zusammen tun können, als nur versaute Sachen."

Die Taxifahrt zu mir dauerte nicht lange, und ich sah ein Lächeln in ihrem Gesicht, als wir in meine Wohnung kamen und ich sie nicht sofort gegen die Tür drückte. Das schien unsere übliche Routine zu sein, jedes Mal, wenn wir allein an der Wand standen, verschmolzen unsere Münder innerhalb von Sekunden.

Auf das Sofa zeigend sagte ich: "Du machst den Fernseher an und suchst dir einen Film aus. Ich hol uns ein paar Bier. Zieh deine Schuhe aus und entspann dich. Ich bin gleich wieder da."

Als ich in die Küche ging, stand ich für einen Moment da, um mich zu beruhigen.

Kein Sex, hab einfach eine schöne Zeit mit ihr. Zeig ihr, dass du dich für sie interessierst und dass es dies Wert ist, dafür zu kämpfen.

19

LILA

Duke hielt sein Wort. Wir kuschelten auf dem Sofa, sahen uns einen Actionfilm an und schlürften ein paar Bier, während wir Popcorn aßen. Er brachte mich nach Hause und küsste mich vor der Haustür der Frühstückspension. Es fühlte sich wie ein richtiges Date an und gab uns die Chance uns ein wenig besser kennenzulernen.

Ich hatte erfahren, dass er das älteste von drei Kindern war. Er hatte einen jüngeren Bruder namens Jake und die Kleinste der Familie war ein Mädchen namens Jana. Seine Eltern waren seit dem College verheiratet und lebten in einer kleinen Stadt in Louisiana namens Denim Springs. Er war zur LSU gegangen und hatte Journalismus studiert, obwohl Football immer seine oberste Priorität gewesen war.

Duke hatte nur ein Ziel im College und das war in eine professionelle Footballmannschaft zu kommen. Er hatte dieses Ziel erreicht und wurde sofort nach seinem Abschluss Profi.

Er war in New York, seit er in meinem Alter war, 22. Zehn Jahre war er in dieser Stadt, und er hatte nicht die Absicht, sie bald zu verlassen. Obwohl er gesagt hat, dass er eines Tages ein

Haus mit einem Garten in einer netten Gegend kaufen und das Leben in einer Wohnung beenden wollte.

Er würde gerne im Garten grillen und auch einen Hund haben, sagte er. Er hatte einen gehabt, als er aufwuchs. Spike war der einzige Hund, den seine Familie je besessen hatte und er war fünfzehn Jahre alt geworden, sagte Duke. Der Hund war ein großer Beschützer gewesen, und Duke vermisste ihn manchmal sehr.

Ich hatte Duke auch etwas von meinem Leben erzählt. Ich erzählte ihm von meiner Familie und wie meine Eltern jung geheiratet hatten. Mein Vater ging aufs College, während meine Mutter als Sekretärin für die Firma ihres Vaters arbeitete. Als sie 25 waren, bekamen sie Lonnie, meinen Bruder. Ein paar Jahre später bekamen sie Zwillinge, mich und meine Schwester Lilly.

Duke hatte mich gefragt, ob wir eineiige Zwillinge seien, und als ich ihm sagte, dass wir es seien, fragte er, ob wir jetzt genau gleich aussehen. Wozu ich auch ja gesagt hatte und er schien viel zu fasziniert davon zu sein. Ich hatte ihm einen eifersüchtigen kleinen Schmollmund zugeworfen und er hatte mich ausgelacht, weil ich mir darüber Sorgen gemacht hatte.

Obwohl die Nacht großartig war hat sie nichts verändert. Wir mussten immer noch Dinge vor allen verbergen.

Nina und ich trafen uns am Tag nach unserem 'ersten Date', wie Duke es nannte, zum Mittagessen. Ich fragte sie ein paar Dinge um herauszufinden was sie so dachte. "Wenn du an einem Ort arbeitest, an dem es nicht diese strenge Dating-Politik gibt, denkst du, dass es okay wäre, eine Beziehung mit jemandem zu haben, mit dem du arbeitest?" fragte ich sie.

Sie kaute auf ihrem Stück Peperoni-Pizza und dachte über die Frage nach, bevor sie antwortete: "Darüber habe ich in letzter Zeit nachgedacht, und nein, ich denke nicht, dass es okay ist mit jemandem auszugehen mit dem du arbeitest. Nicht aus moralischen oder ethischen Gründen, sondern weil die eventuelle Trennung die Dinge am Ende schwierig machen könnte. Und dazu kommen auch noch die alltäglichen Auseinandersetzungen, die Paare nun Mal haben - die gehören definitiv nicht auf die Arbeit."

Ich hatte nicht wirklich über diese Dinge nachgedacht. Wenn Duke und ich in einer Beziehung wären und uns über etwas streiten würden, wären wir wahrscheinlich nicht in der Lage sein einen sehr guten Job als Co-Moderatoren zu machen. Und was wäre wenn wir uns trennen sollten? Das würde es unglaublich schwer machen jeden Tag neben ihm zu sitzen.

"Ja, du hast Recht", stimmte ich zu als ich eine meiner Pommes in etwas Ketchup tauchte.

Ninas Augen gingen in einen verträumten Zustand über. "Aber es ist schwer, seinen Kollegen keine Komplimente zu machen. Wie attraktiv sie sind. Wie zuvorkommend sie sind. Wie perfekt sie für dich wären, wenn ihr nicht am selben Ort arbeiten würdet."

"Hmm, klingt, als ob du aus Erfahrung sprichst. Tust du das?" fragte ich sie.

Sie nickte. "Ich hatte einen Job, als ich in der High School war. Ein Schnellimbiss mit einem heißen Manager, der auch auf mich stand. Es war eine Weile cool. Ich machte meinen Job und er seinen. Und ab und zu, nach Feierabend, waren wir natürlich in seinem Büro, nackt und versaut, auf seinem kleinen Schreibtisch."

"War er viel älter als du, Nina?" Ich musste das fragen, weil er schließlich ihr Manager war und sie sagte, sie sei auf der Highschool gewesen.

"Nur etwa ein Jahr. Fast-Food-Restaurant haben fast immer junge Leute in den Führungspositionen, die frisch von der High School kommen. Der Lohn ist scheiße und nicht viele Erwachsene können damit ihren Lebensunterhalt verdienen." Sie seufzte, und ich hatte das Gefühl, dass sie sich den Kerl in ihrem

Kopf vorgestellte. "Ich dachte, wir wären verliebt, Paul und ich. Aber eines Tages heuerte Paul Martha Stone an. Martha hatte größere Titten als ich, und sie hatte eine etwas nuttige Seite, die Paul mochte. Eines Tages erwischte ich die beiden im Kühlraum beim Rummachen."

"Oh Mann." Ich dachte darüber nach, wie ich jetzt reagieren würde, wenn ich Duke eine andere Frau küssen sehen würde. Ich würde vermutlich komplett ausrasten.

Dieser Gedanke sagte mir, dass ich tiefer darin stecke, als ich eigentlich vorhatte. Du kannst nicht eifersüchtig sein, wenn du keine Gefühle für jemanden hast.

"Nachdem ich sie erwischt hatte, rannte er mir hinterher und versuchte, die Dinge zu erklären. Ich hielt an, um zu sehen, was er mir zu sagen hatte, aber alles, was er sagte, war, dass ich darüber stehen musste. Und dass das mit uns vorbei war und er mit Martha sein würde." Sie schüttelte den Kopf, als ob sie die schreckliche Erinnerung weggeschüttelt hätte.

"Und so wurde die Arbeit unangenehm, was?" Ich tauchte eine weitere Pommes in meinen Ketchup und aß sie.

"Unangenehm, ätzend, was auch immer. Paul hat darauf geachtet, dass Martha und ich nicht dieselbe Schicht hatten. Und ich wurde zu einer kriechenden kleinen Idiotin, die ständig zu ihm ging und ihn bat, mich zurückzunehmen und sie loszuwerden. Ich hab mich lächerlich gemacht, gelinde gesagt." Sie nahm einen großen Bissen von ihrer Pizza.

Kriechend? Scheiße!

Würde ich mich dazu herablassen, wenn Duke mit jemand anderem ausgehen würde?

Ich hoffte ich würde es nicht tun, aber wer kann die Dinge vorhersagen, die man tun wird?

Mein einziger bisheriger, ernsthafter Freund und ich hatten unsere Beziehung einvernehmlich beendet. Es gab überhaupt keinen Streit. Als er mir sagte, dass er dachte, wir würden bessere Freunde als Liebhaber sein, war ich überrascht, dass es nicht wehtat. Ich hatte ihm zugestimmt, und das war's. Nichts für ungut. Aber das war, weil es sowieso keine echten Gefühle gab.

Ich wusste, ich hatte Gefühle für Duke. Das war einer der Gründe, warum ich dachte, wir sollten die Dinge beenden, bevor sie ernster werden könnten. Aber nachdem ich einen sehr romantischen Abend mit ihm verbracht und mehr über ihn gelernt hatte, als nur wie schnell er seinen Schwanz in mich rammen konnte, fand ich heraus, dass ich nicht einfach aufhören konnte an ihn zu denken.

Das Café war in der Nähe des Senders und Artimus kam herein, gefolgt von Ashton und Duke. Alle drei winkten uns zu und setzten sich dann auf die andere Seite des Raumes. Dann kam die Rezeptionistin, Gretchen, herein. Sie ging zu den Männern.

Nina und ich sahen zu, wie sie ihren Arsch schüttelte, als sie sich hinsetzte und rechts von Duke Platz nahm. Ihre Augen musterten ihn und verschlangen ihn, während er dort in einem dunkelbraunen Anzug saß, der ihn ein wenig zu gut aussehen ließ.

"Was zum Teufel ist da los?" fragte Nina. "Warum sollten die drei Gretchen bei sich haben? Warum zum Teufel?"

Mein Kiefer war fest zusammengedrückt, und meine Zähne quietschten, als ich sie zusammenzog. Da war wieder diese Eifersucht.

Duke sah mich nicht an. Er sah Gretchen auch nicht an, aber warum ging er mir aus dem Weg?

Würde es jetzt so zwischen uns sein? Im selben Raum, so zu tun, als ob der andere überhaupt keine Rolle spielt?

Und warum aß er mit anderen Frauen zu Mittag? War das bei dem was wir taten erlaubt?

Ich meine, ich wusste, dass wir uns nicht verpflichtet hatten.

Nichts war jemals darüber gesagt worden niemanden zu daten. Nicht, dass Duke ein Date mit der Tussi hatte, aber was tat er da mit einer anderen Frau am Tisch?

Und warum war mir das so wichtig? Eifersucht war kein Gefühl, das ich gewohnt war, aber ich konnte mich nicht davon abhalten, wütend zu werden - egal wie irrational ich wusste, dass ich eifersüchtig war. Männer und Frauen konnten zusammen essen, ohne dass es eine große Sache war.

Aber zur gleichen Zeit fragte ich mich, wie es ihm gefallen würde, wenn er mich mit einem Typen beim Essen erwischen würde.

Er würde es hassen. Das wusste ich mit Sicherheit. Warum tat er es dann?

Ich beschloss, dem Mann eine Chance zu geben, mir die Dinge zu erklären und entschuldigte mich, auf die Toilette zu gehen. Meine Augen waren die ganze Zeit auf ihn gerichtet, als ich zu ihrem Tisch ging. Aber er sah mich nicht an.

Ich wusste, dass er fühlte wie ich ein Loch in ihn starrte, also was zum Teufel tat er?

Meine Absätze klickten über den Boden, als ich am Tisch vorbeikam, und schließlich sah er mich an. "Hi, Miss Banks."

Mein Kiefer war immer noch verkrampft, ich hielt eine Hand hoch, um ihm und den anderen Männern zu winken. Ich schaute zum Badezimmer und hoffte er würde verstehen, dass ich wollte, dass er mitkam damit wir reden könnten.

Die Badezimmer befanden sich hinter einer Wand, und das würde uns etwas Privatsphäre geben. Ich wartete einige Minuten im Flur, aber er kam nicht. Als ich um die Ecke schaute, um zu sehen, was zum Teufel er tat, fand ich heraus, dass er immer noch da saß.

Meine Hände ballten sich zu Fäusten an meinen Seiten als ich zu meinem Tisch zurückkehrte. Auf dem Rückweg ignorierte Duke mich wieder. Als ich mich hinsetzte sah Nina auch etwas angepisst aus.

Sie starrte auf Gretchens Hinterkopf. "Ich mag die Frau nicht, seit ich sie das erste Mal gesehen hab."

"Ich hatte sie nicht einmal bemerkt, um ehrlich zu sein. Aber jetzt, wo sie mit diesen drei Männern da sitzt, ist sie furchtbar lebendig, nicht wahr?" Ich beobachtete, wie sie sich lehnte, um ihre Handtasche auf den Boden zu legen, in einer übertriebenen Bewegung, die ihr Dekolleté für jeden, der daran interessiert war, einen Blick darauf zu werfen, voll zur Schau stellte.

Meine Augen waren auf Duke gerichtet, um zu sehen, ob er den Köder schlucken würde. Glücklicherweise nicht, seine Augen blieben auf Ashton gerichtet, während die beiden über etwas sprachen. Aber Artimus beobachtete sie. Und er sah überhaupt nicht glücklich über ihr Verhalten aus.

Ich begann mich zu fragen ob sie eine Verwandte von ihm war, denn sie war die einzige Mitarbeiterin, die den Kurs der sexuellen Belästigung nicht ernst zu nehmen schien. Dachte sie, sie könnte alles tun, was sie wollte, weil sie die Nichte des Chefs war oder so?

Wenn sie eine Verwandte von ihm war, dann würde ich verstehen, warum Artimus sie zum Mittagessen einlud. Wenn nicht, dann hatte ich keine Ahnung was los war. Ich hätte nicht gedacht, dass sie bisher eine Chance gehabt hätte, sich mit einem von ihnen anzufreunden.

Ninas Augen verengten sich, als sie Ashton ansah. "Ich muss gehen. Ich habe einen Termin beim Arzt."

"Bist du okay?" Ich fragte sie, weil sie gesund zu sein schien.

"Ja, ich gehe nur zur jährlichen Vorsorge." Sie richtete ihre Augen auf mich. "Hey, hast du schon einen Gynäkologen in der Stadt gefunden?"

Ich schüttelte den Kopf und antwortete: "Nein, noch nicht."

"Wenn du nichts zu tun hast, solltest du mit mir kommen.

Meine Ärztin ist die Beste und ich glaube, sie nimmt gerade neue Patienten auf. Sie akzeptiert auch die Versicherung die wir haben. Die Zuzahlung ist billig."

Ich beschloss, die Einladung anzunehmen. Mein Rezept für die Pille lief in einem Monat ab, also brauchte ich eine neue Ärztin. Ich könnte einen Termin vereinbaren und die neuen Patientenunterlagen ausfüllen während ich auf sie wartete.

Nina erwies sich immer wieder als gute Freundin.

Aber als was erwies sich Duke? Das war die eigentliche Frage.

20

DUKE

Lila war nach dem Mittagessen einfach verschwunden. Wir hatten aus irgendeinem Grund immer noch nicht die Handynummern ausgetauscht, und das bereute ich erneut. Ich mochte die Tatsache nicht, dass ich, vor den Leuten, mit denen ich zu Mittag gegessen hatte, so tun musste, als wäre sie für mich nichts anderes als eine Kollegin. Aber wir hatten ein klares Ziel und ich konnte mich von nichts ablenken lassen.

Am selben Tag hatte Artimus Gretchen dabei erwischt, sich auf eine Weise zu Verhalten, die er nicht wünschte. Sie hat nicht nur mich angemacht, sondern auch Ashton. Also hatte Artimus eine kleine Falle aufgestellt, mit Zeugen, um sie auf frischer Tat zu erwischen.

Er hatte zuerst eine Gruppe aus der Personalabteilung geschickt, bevor wir zum Mittagessen ins Café gingen. Er hatte Gretchen eingeladen, sich uns anzuschließen, als wir das Gebäude verließen. Natürlich beeilte sie sich, mit uns zu kommen.

Beim Mittagessen hatte sie jeden Trick ausprobiert, um wenigstens einen von uns dazu zu bringen sie anzusehen. Da wir zu dritt waren, wusste sie nicht genau, wen sie mit ihren

Annäherungsversuchen ins Visier nehmen sollte, also hatten wir beschlossen, dass zwei von uns einen für kurze Zeit mit ihr allein lassen würden. Wie wir erwartet hatten, begann der Flirt, sobald die anderen weg waren.

Artimus und Ashton hatten sich entschuldigt und mich und Gretchen allein am Tisch gelassen. Ich benahm mich distanziert, denn ich wollte nicht dass jemand denken würde, dass ich an ihr interessiert wäre.

Gretchen saß rechts von mir, und sie lehnte sich zu mir, um mir ins Ohr zu flüstern. "Vielleicht können wir beide später essen gehen, Duke. Ich mag es, Zeit mit dir zu verbringen, vielleicht sollten wir das Ganze vertiefen. Was sagst du dazu?"

Ich wollte ihr sagen, dass sie das etwas lauter sagen sollte. Aber das konnte ich nicht tun. Also wiederholte ich, was sie gesagt hatte, damit jeder es hören konnte: "Gretchen, fragst du mich nach einem Date?"

Sie nickte. "Ja. Niemand muss es wissen, Duke. Ich kann es geheim halten." Sie kicherte sexy. "Aber ich kann auch laut sein, wenn du willst. Wenn du weißt, was ich meine."

Ich wusste, was sie meinte, und auch der Tisch der Menschen neben uns, die alle Stirnrunzeln hatten. Ich musste das mit ihr klarstellen: "Gretchen, das ist sehr unangebracht. Ist dir das klar?"

Sie lachte und griff nach meiner Hand, die auf dem Tisch lag, nur um zu sehen, ob sie so weit gehen würde. Ich bewegte sie so, dass sie sie nicht berühren konnte, und sie lächelte. "Oh, ich verstehe. Du willst nicht, dass es jemand sieht. Ich verstehe schon. Also, wie wäre es wenn wir uns einfach irgendwo treffen, vielleicht in einem dunklen Nachtclub oder bei mir? Meine Mitbewohner sprechen kein Wort darüber was ich mit jemandem mache. Mach dir darüber keine Sorgen, Duke."

"Ich werde nichts davon tun, Gretchen. Und du solltest dich wirklich mehr um deinen Job kümmern. Du weißt, dass Artimus keine Verabredungen zulässt." Ich lehnte mich in meinem Stuhl zurück, als ich Ashton zurückkommen sah. "Ich denke, ich muss mich für einen Moment entschuldigen."

Als ich aufstand, machte sie noch einen weiteren Kommentar: "Warum, habe ich dich angemacht und ins Schwitzen gebracht? Hast du einen Ständer und musst dir jetzt einen runterholen?"

Sie war eine echte Spielerin, das war sicher. Und der Umgang mit ihren ungewollten Annäherungsversuchen und unzüchtigen Kommentaren ließ mich sehr viel Empathie für das empfinden, womit viele Frauen schon viel zu lange zu tun hatten.

Scheiße, wenn ich einen Mann so etwas zu meiner kleinen Schwester sagen gehört hätte, hätte ich ihm direkt den Kiefer gebrochen.

Am Ende unserer kleinen Mission hatte Gretchen zu jedem von uns unangebrachte Dinge gesagt - sogar zum Chef, die verdammte Idiotin!

Artimus war kein Arschloch, also wartete er bis wir zurück beim Sender waren um sie zu feuern. Die Gruppe der Personalverantwortlichen kam direkt hinter uns herein und ließ sie wissen, dass man sie sofort in ihrem Büro sehen wollte!

Ich wollte Lila alles darüber erzählen, konnte es aber nicht, da ich sie nirgendwo finden konnte. Ich hatte erwartet, dass sie später am Abend in meiner Wohnung auftaucht, aber sie tat es nicht. Und da sie das nicht tat, dachte ich, ich sollte auch nicht bei ihr auftauchen.

Am nächsten Morgen erwachte ich zu einer Nachricht auf meinem Handy. Sie war von Frau Baker, die mir sagte, ich müsse um neun Uhr morgens in Artimus' Büro sein. Ich zog einen Anzug an, ging zum Chef und hoffte, gute Neuigkeiten zu hören.

Als ich aus dem Fahrstuhl stieg, sah ich Lila warten. Sie saß auf einem Stuhl, ihre langen Beine kreuzten sich, während sie durch ein Magazin blätterte. Sie hatte ein rotes Kleid, dass mit großen, schwarzen Blumen verziert war an, das direkt unter ihren Knien endete. Wie immer passten Lippenstift und Nägel perfekt zusammen.

Ich hatte keine Ahnung, wie viele Farbtöne von Lippenstift, Rouge und Nagellack das Mädchen hatte, aber ich vermutete, dass es eine ganze Menge war. Sie blickte zu mir auf, nur um kurz Hallo zu sagen, dann wand sie sich gleich wieder ihrer Zeitschrift zu, ihr Bein schwang jetzt hin und her, und ich konnte erkennen, dass sie ein wenig verärgert war.

Ich setzte mich neben sie. "Hey, was ist los?" Ich flüsterte: "Ich habe dich gestern vermisst."

Ohne auch nur nach oben zu schauen, sagte sie: "Verstehe ich nicht. Du schienst genug mit diesem Flittchen beschäftigt zu sein."

Ah, Eifersucht!

"Sprichst du von der Empfangsdame?" Ich wartete auf ihre Antwort, während sie noch stärker mit ihrem Bein wackelte. Ihre Eifersucht war süß, und sie ließ mich damit wissen, dass sie sich in mich verliebte.

"Natürlich tue ich das." Sie sah mich endlich an. "Ich hatte keine Ahnung, dass sie sich den Männern hier gegenüber so verhielt. Was hast du dir dabei gedacht, mit so einer Frau zu Mittag zu essen? Dachtest du wirklich, ich würde mich nicht aufregen wenn du das tust?"

Ihr Haar war zu einem Pferdeschwanz gebunden, und es schwang um ihren Hals, um dann über ihre Schulter zu fallen, während sie ihren Kopf vor Wut bewegte. "Ich wollte mit dir reden nachdem das Essen vorbei war, aber du bist verschwunden."

"Oh, ja? Nachdem es vorbei war? Hmm." Sie klopfte sich ans Kinn. "War das, weil sie sich einen der anderen Männer ausgesucht hat und nicht dich?"

Ich musste lachen und wusste, ich musste mich beeilen und sie über alles informieren. Also tat ich genau das und erzählte ihr die ganze Sache so schnell ich konnte, bevor wir in das Büro unseres Chefs gerufen wurden.

Die Wut in ihren Augen ließ nach, und sie sah tatsächlich verständnisvoll aus. "Oh, es tut mir so leid, dass du das durchmachen musstest, Duke. Das tut es wirklich. Und es tut mir leid, dass ich so eifersüchtig war." Sie seufzte und schüttelte den Kopf. "Nicht in einer Million Jahren dachte ich, dass eine Frau die erste sein würde, die die "Kein-Dating"-Regel bricht und jemanden sexuell belästigt."

Obwohl sie erleichtert aussah, sah sie auch etwas besorgt aus. "Was denkst du darüber? Sagt das etwas darüber aus, was mit uns passieren würde, wenn jemand es erfahren würde?"

Sie nickte. "Ich denke ja."

"Nun, das tue ich nicht. Das war sexuelle Belästigung, schlicht und einfach. Jeder von uns hatte ihr gesagt, dass wir nicht auf sie stehen, und sie machte trotzdem weiter. Das ist Belästigung. Zwischen uns gibt es keine Belästigung." Ich klopfte ihr auf die Schulter. "Mach dir keine Sorgen, bitte. Ich werde die Dinge in Ordnung bringen. Ich verspreche dir, das werde ich."

"Du gibst aber nicht auf", warnte sie mich. "Ich werde wirklich sauer auf dich sein, wenn du das tust, nur um mich weiterhin zu sehen. Ich würde höchstwahrscheinlich gefeuert werden, selbst wenn du aufhören würdest. Artimus würde wissen, dass wir etwas hatten, als du noch Angestellter warst."

Sie hatte Recht. Aber ich wollte nicht aufgeben, nicht, wenn ich nicht musste. Ich hatte andere Ideen im Kopf. Aber all diese Ideen mussten noch warten. Artimus würde sich noch nicht auf diese Ideen einlassen und das wusste ich.

Die Tür zu seinem Büro öffnete sich und Frau Baker winkte uns herein. "Er hat jetzt Zeit für euch beide."

"Uns beide?" fragte ich, in der Hoffnung, dass das eine gute Nachricht sei.

Sie nickte. "Ja, kommt schon."

Lila ging direkt vor mir ins Büro. Zwei Stühle standen vor Artimus' Schreibtisch, und wir nahmen Platz. "Guten Morgen, ihr zwei", begrüßte er uns. "Ich habe die Ergebnisse unserer Umfragen und möchte sie euch mitteilen."

Aus dem Augenwinkel sah ich, dass Lila ihren Atem angehalten haben musste, ihre Brust bewegte sich überhaupt nicht. Ich war mir ziemlich sicher, dass es schon alles klappen würde, war aber trotzdem etwas nervös.

Frau Baker nahm zwei Ordner aus einer Schreibtischschublade. "Hier sind die Ordner mit den Verträgen für den Job den ihr beide bekommen habt." Sie schob einen zu mir und einen zu Lila, ein großes Lächeln auf ihrem Gesicht. "Glückwunsch, ihr seid unsere neue Co-Moderatoren der WOLF Morgennachrichten."

Lila und ich sahen uns an, und dann sprangen wir beide auf und umarmten uns, während wir lachten. "Wir haben es geschafft!" rief Lila.

"Niemand musste verlieren!" rief ich.

Dann hörte man ein Husten und wir hörten auf uns zu freuen. Artimus und Frau Baker runzelten beide die Stirn. Er zeigte mit dem Finger auf uns. "Kein Körperkontakt, Leute."

"Oh, ja." Ich schaute Lila an. "Tut mir leid, Lila. Ich schätze, die Aufregung hat mich gepackt. Ich bin nur froh, dass niemand verlieren musste. Und ich bin gespannt, mit dir zu arbeiten."

Sie nickte. "Ich auch, Duke. Und es tut mir auch leid." Sie sah unseren Boss an. "Und für euch auch. Das tut mir leid."

Ich nickte unseren Chefs zu. "Ja, mir auch."

Diese Scheiße ging meiner Meinung nach zu weit, aber ich war nicht der Boss.

"Kommt, ich zeige euch beiden eure Büros", sagte Frau Baker, während sie uns hinausführte.

Wir gingen den langen Flur entlang, bis zum Ende. Die Tür auf der linken Seite hatte meinen Namen auf einem goldenen Namensschild eingraviert, und auf der anderen Seite des Flurs war Lilas Name eingraviert. "Oh mein Gott", murmelte Lila, "es wird wahr!"

Frau Baker gab uns jeweils eine Karte mit einem Bild von uns drauf. "Ihr werdet diese Karten brauchen, um das Verriegelungssystem zu öffnen und in eure Büros zu gelangen. Also, behaltet sie immer bei euch. Die Türen verriegeln sich von selbst, sobald sie geschlossen wurden."

Wir waren in der Nähe meiner Tür, also öffnete ich sie, und wir drei gingen alle hinein. "Das ist überirdisch", murmelte ich, als ich mich in dem großen Eckbüro umschaute. Ich zeigte auf die zwei Türen, die in der Wand waren. "Und was ist das?"

Frau Baker lächelte. "Ein begehbarer Kleiderschrank und ein privates Badezimmer, komplett mit Dusche. Ihr müsst beide jeden Morgen um vier Uhr hier sein. Ihr müsst bis sechs Uhr fertig sein, um die Nachrichtensendungen zu starten, die dann bis acht Uhr laufen. Und natürlich habt ihr auch eure Abend- und Nachtzeiten. Wir brauchen euch komplett fertig zwei Stunden vor Beginn der Nachrichtensendungen. Ihr werdet viel zu tun haben."

Das konnte ich sehen. "Lila, lass uns in dein Büro gehen."

Sie war aufgeregt und wir machten uns auf den Weg, um das Büro auf der anderen Seite des Flurs anzugucken. Sie zog ihre Karte durch das Schloss und öffnete dann die Tür, um ein weiteres Eckbüro zu finden, genauso wie meines. "Ich kann es nicht glauben!"

"Glaubt es, alle beide." Frau Baker ging zur Tür hinaus und ließ uns alleine. "Ich muss mich heute Morgen noch um ein paar

Dinge kümmern. Es ist stressig, weil der Sender in ein paar Tagen live geht."

Die Tür schloss sich hinter ihr, als sie uns verließ. Lila sah mich mit schimmernden Augen an. "Wir haben es geschafft, Duke. Wir haben bekommen, was wir wollten."

"Haben wir." Ich musste all meine Willenskraft einsetzen, um sie nicht zu packen und umarmen. "Wie wäre es, wenn wir mit einem Abendessen bei mir feiern?"

Sie nickte. "Das würde ich sehr gerne. Bei dir. Die Proben beginnen morgen, also gehen wir besser früh ins Bett."

"Das stimmt." Ich warf ihr ein sexy Lächeln zu. "Es wird schon klappen, du wirst sehen."

Ich betete, dass ich Recht hatte.

21

LILA

Auf dem Tisch standen Lasagna Teller, die Salate vertrockneten, die Rotweingläser waren fast unberührt. Ich konnte mich nicht zurückhalten, nachdem ich Duke beim Kochen zugesehen hatte. Er hatte eine schwarze Schürze an, um seine Klamotten sauber zu halten. So männlich und doch so familiär. Es erwies sich als zu viel für mich, und ich fiel über den Mann her, nachdem er das Essen serviert hatte und jeden Teller einzeln auf den Tisch gestellt hatte.

Als ich ihn ansah, flüsterte ich: "Du hast ein ausgezeichnetes Essen gemacht das köstlich aussieht, aber du hast mich so durcheinander gebracht. Ich kann kaum stillsitzen, ich will dich so sehr."

Er sah mich einen langen Moment lang an, ich vermute, er versuchte zu erkennen, ob es mir ernst war oder nicht. Das Feuer in meinen Augen, als ich meine Hände über seinen muskulösen Rücken fuhr, muss ihm Bescheid gegeben haben, dass ich das ernst meinte. "Sieh dich an, Baby." Seine Hand rutschte meinen Arm hinunter und verband seine Hand mit meiner, bevor er mich vom Essbereich in sein Schlafzimmer führte.

Mein Körper zitterte, während er mich langsam auszog. Ich weiß nicht wie er es gemacht hatte, aber ich war feucht nur weil ich ihm beim Kochen zugesehen hatte. Er fasste meine Fotze an und spürte wie feucht und heiß ich war. "Hmm. Wie konnte das so schnell passieren?"

"Es ging nicht schnell. Es brauchte die ganze Stunde in der du unser Essen zubereitet hast. Und ich wünschte, ich hätte darüber nachdenken können diese Mahlzeit zu essen, aber alles woran ich wirklich denken konnte ist deinen Schwanz zu lutschen und dein Sperma meinen Magen füllen zu lassen."

"Scheiße!" Seine Augen schossen hin und her. "Wer bist du? Und wo ist meine kleine Lila hin?"

Ich war mir nicht sicher was mich genau zu dieser tobenden Raubkatze, die ihren Mann komplett verführen wollte, gemacht hatte, aber ein Schalter war umgelegt worden. Vielleicht war es die großartige Nachricht, die wir heute erhalten hatten, oder vielleicht war es die Tatsache, dass Duke kochen konnte - ich wusste es nicht und es kümmerte mich auch nicht wirklich. Ich wollte nur seinen Schwanz in meinem Mund.

Jetzt war ich dran, ihn auszuziehen, was ich etwas hastiger tat als er. Aber es schien ihn nicht zu stören. Und als ich gegen seine breiten Schultern stieß, damit er sich auf den Rand des Bettes setzte und dann vor ihm auf die Knie ging, schien es ihm wirklich nichts auszumachen.

Ich lutschte seinen ganzen, langen, harten Schwanz. Der Umfang war immer eine Herausforderung, aber es war eine, die ich sehr genoss. Ich bewegte meinen Mund über die Spitze und streckte meinen Kiefer so weit wie möglich, bevor ich seinen Schwanz ganz in mich führte.

Sein Stöhnen erregte mich. Ich liebte die Wirkung die ich auf ihn hatte und genoss es, die Geräusche zu hören die er machte, was mir mehr sagte als Worte es je konnten.

Die Weichheit seiner Haut, die Härte direkt darunter und

der Geschmack von ihm machten diesen Akt zu einem Erlebnis, welches wir gemeinsam genossen. Was den Sex anging konnte man uns nicht aufhalten. Wir konnten uns gegenseitig dazu bringen Dinge zu tun, die niemand von uns zuvor getan hatte.

Und ich hatte auch eine tolle Zeit mit Duke. Die Tatsache, dass die Dinge so gut vorankamen, trug nur dazu bei, dass ich mich bei der Arbeit mies fühlte. Ich hatte meinen Traumjob bekommen und könnte ihn verlieren, weil ich Gefühle für meinen Kollegen entwickelt hatte.

Aber im Moment wollte ich mir darüber keine Sorgen machen. Denn jetzt wollte ich mich in dem Mann verlieren, der meine Gedanken erfüllte, meine Aufmerksamkeit fesselte und mein Herz in seinen Händen hielt. Obwohl ich ihm noch nicht gesagt hatte, wie viel von mir er hatte. Ich wollte ihn nicht mit diesem Wissen belasten, nur für den Fall, dass wir das beenden mussten um unsere Jobs zu behalten.

Der Geschmack von ihm in meinem Mund änderte sich ein wenig, als ich fühlte, wie ein kleiner Lusttropfen aus der Spitze seines Schwanzes kam. Als ich die Spitze immer wieder leckte und meine Hände auf und ab bewegte, spritzte er mir in den Mund. Ich dachte nicht, dass es möglich wäre, noch erregter zu sein, aber das fantastische Knurren das seinen Orgasmus begleitete, tat genau das. "Baby, oh Gott! Ah!!!!"

Genau das wollte ich hören!

Ich zog meinen Kopf hoch, ließ seinen Schwanz aus meinem Mund und wischte mir mit einer Hand die Lippen ab. "Lecker."

Er keuchte, aber der Blick in seinen Augen sagte mir, dass er noch nicht mit mir fertig war. "Auf den Rücken. Sofort."

Ich beeilte mich, das zu tun, was er sagte, und kletterte auf das Bett und ging in die Position, die er verlangt hatte. Er vergrub sein Gesicht in meine Muschi und benutzte den flachen Teil seiner Zunge, um mich zu lecken. "Duke!"

Ich lief mit meinen Händen durch sein Haar, genoß die

Seidigkeit und die Art, wie es sich zwischen meinen Fingern bewegte. Er richtete seine Aufmerksamkeit auf meine Klit und tippte sie mit der scharfen Spitze seiner Zunge an.

Seine Hände kneten meine äußeren Schenkel, während er mich leckte. Ich begann mich zu winden, als mein Körper in mehrere Orgasmen ausbrach, die mich seinen Namen schreien ließen: "Duke! Ja!"

Er zog seinen Mund von mir und warf mich auf den Bauch, legte sich auf mich und packte meine Hände, streckte sie über meinen Kopf, während er in meine pulsierende Muschi eindrang. Sein Atem war heiß in meinem Ohr, als er sich zu bewegen begann - sein Körper rieb sich über meinen Arsch und fühlte sich unglaublich an. Mit jedem Stoß, den er machte, bewegte sich mein Körper über das Bett und rieb meinen geschwollenen Kitzler daran. Ich fühlte mich von meinem Sinnen übermannt, und ich konnte kaum mehr tun, als dort zu liegen und zu genießen. Er knabberte an meinem Ohr, während er mich fickte, und brachte mich sehr schnell zu einem weiteren Orgasmus.

Aber er war noch nicht fertig, er zog seinen Schwanz aus mir und drehte mich um, bevor er mich aufsetzte. Er drehte sich um, stellte sich hin und hob mich hoch um mich auf seinem Schwanz zu setzen. Er schaukelte uns hin und her und machte die Verbindung so noch intensiver, dadurch, dass wir uns gegenseitig ansahen.

"Du bist so schön, Lila." Er küsste meinen Hals und ich bekam Gänsehaut.

Alles, was ich tun konnte, war zu stöhnen, mein Kopf war nicht im Stande, überhaupt ein Wort zu formulieren. Mein Körper stand in Flammen, mein Inneres war wie geschmolzene Lava, und mein Gehirn war davon eingenommen.

Er bewegte uns auf und ab, bis ich erneut kam und er kam

gleichzeitig. Unser gleichzeitiges Stöhnen erfüllte die Luft mit dem Klang des Keuchens.

Es war wunderschön!

Und als er mich dann auf die Seite legte und auf mich herabblickte, während er seinen wunderschönen Kopf auf die Handfläche legte, war ich fasziniert.

Seine Augen funkelten, sein Grinsen war schief, sein Gesicht glühte noch immer vom Orgasmus. Er zog einen Finger an meinem Schlüsselbein entlang. "Ich liebe es, dich so in meinem Bett zu sehen, Baby."

"Ich liebe es auch in diesem Bett so zu sein, Babe." Ich nahm seinen Finger und küsste die Spitze davon. "Was du tust, erstaunt mich immer wieder."

"Du bist es, die erstaunlich ist." Er beugte sich rüber und ließ seine Lippen gerade noch meine streifen. "Du schmeckst wie der Himmel. Ich kann mich nicht an dir satt sehen, Baby."

"Ist das gut oder schlecht?"

Sein Lächeln schickte seinen warmen Atem über mein Gesicht. Er lehnte sich zurück, um mich besser anschauen zu können. "Ich hoffe, es ist eine gute Sache. Es bedeutet, dass ich dich eine Weile hier behalten möchte. Siehst du das anders?"

"Sollte ich das?" Ich schloss meine Augen. "Wenn diese Regel nicht über unseren Köpfen schweben würde, würde es sich viel besser anfühlen."

"Still, kein Wort darüber. Ich genieße noch den Orgasmus, den du mir gegeben hast. Lass uns eine Weile nicht darüber nachdenken." Er küsste mich wieder, diesmal richtig.

Ich dachte ich wäre erschöpft, aber als unsere Münder sich berührten spürte ich die Kraft zurückkehren. Er löste sich von mir und ich fragte mich was er vorhatte.

Er blinzelte ein paar Mal bevor er sagte: "Ich will, dass du ab jetzt bei mir übernachtest. Mein Platz ist gut dreißig Minuten näher am Sender als deiner. Du könntest hier übernachten und dir jeden Morgen ein bisschen mehr Schlaf gönnen. Unsere Morgen werden ziemlich hart werden, zumindest am Anfang."

Er hatte Recht. Ich wusste, dass so früh aufzustehen mühsam sein wäre. Aber könnte ich wirklich jede Nacht bei Duke bleiben bevor ich zur Arbeit gehe, wo ich so tun müsste, als wäre er nichts für mich?

Das wären fünf Nächte pro Woche. Das sind mehr Nächte, als ich bei mir zu Hause verbringen würde - wir würden praktisch zusammenleben. "Ich weiß nicht, Duke. Ich meine, das ist nett von dir, aber das ist etwas zu schnell für mich."

"Ich bitte dich nicht mich zu heiraten, Lila." Er rollte mit den Augen. "Es ist nur eine Einladung damit du mehr Schlaf bekommst, als wenn du bei dir zu Hause schlafen würdest. Das ist alles, mehr nicht."

"Ich nehme an, du denkst ich bin verrückt. Die offensichtliche Antwort wäre ja, aber wir müssen auch andere Dinge bedenken. Wie die Tatsache, dass wir jeden Morgen zusammen auftauchen würden. Was würden die Leute dazu sagen?" Ich dachte, ich hätte ihn verwirrt.

Aber er schüttelte nur den Kopf. "Hier in New York teilen sich die Leute ständig Taxis. Das spielt also keine Rolle. Niemandem würde das auffallen, das verspreche ich dir. Es wird eigentlich als das Verantwortungsvollste angesehen."

"Glaubst du nicht, dass jemand eins und eins zusammenzählen würde?" Ich dachte darüber nach, als er den Kopf schüttelte.

Der zusätzliche Schlaf wäre schön. Die Nacht in seinen Armen zu schlafen, könnte sich auch als erfrischend erweisen. Aber ich hatte immer noch ein wenig Angst man könnte uns erwischen.

"Wenn du Angst hast, dass ich dich die ganze Nacht wach halte... das werde ich nicht." Er zwinkerte mir zu und lächelte unartig. "Ich denke, wenn wir nachts nach Hause kommen, gebe ich dir nur einen Orgasmus, damit wir erholsam schlafen können. Und an den Wochenenden werden wir die anderen Orgasmen nachholen, die wir verpasst haben." Er lachte und ich musste auch lachen.

"Wow, schön, dass du das alles für uns geplant hast. Und es klingt schön. Aber es klingt auch ein wenig zu sehr, als würden wir zusammenleben. Es ist einfach zu früh dafür." Ich klopfte mit dem Kinn, während ich über einen Kompromiss nachdachte.

"Also, sag mir, wenn dir was Besseres einfällt. Ich denke, meine Idee ist die beste, nur damit du es weißt." Er küsste den weichen Fleck direkt hinter meinem Ohr, um seinen Satz zu unterstreichen.

"Ich weiß, dass du das tust, Duke. Aber ich muss meine Unabhängigkeit bewahren." Ich kam zu dem Schluss und hoffte, dass er nicht enttäuscht sein würde. "Wie wär's mit drei Abenden die Woche? "Sonntagabend, Mittwochabend und Donnerstagabend?"

"Akzeptiert!" Er küsste mich noch einmal, um den Deal zu besiegeln.

Jetzt musste ich nur noch hoffen, dass wir es schaffen, ohne erwischt zu werden.

22

DUKE

Lila die ganze Nacht in meinem Bett zu haben, aufzustehen, um ihr hübsches Gesicht zu sehen, und eine gemütliche Dusche zu teilen, hatte mich am nächsten Morgen auf Wolke sieben gebracht, noch bevor wir zur Arbeit gingen.

Auf dem Rücksitz des Taxis konnte ich meine Hände und Lippen nicht von ihr lassen. "Die Dusche heute Morgen war die beste, die ich je hatte."

Sie lächelte schüchtern, was ich bezaubernd fand. Besonders, wenn man bedenkt, wie wenig schüchtern sie nur eine Stunde zuvor gewesen war. "Duke, sei still. Der Fahrer kann dich hören." Ihre Wangen wurden rosa und ich musste eine von ihnen küssen.

Ich flüsterte ihr ins Ohr und knabberte an ihrem Ohrläppchen: "Ich bezweifle, dass er genau genug aufpasst, um etwas zu hören, oder es zu erzählen. Und ich wollte dir auch sagen, dass der Duft meines Shampoos an deinen Haaren mich heute Morgen verrückt macht."

Lilas blaue Augen wurden riesig und ihr Mund klaffte offen.

"Oh, nein! Denkst du, jemand anders wird merken, dass wir gleich riechen?"

"Das Shampoo ist in den meisten Geschäften der Vereinigten Staaten erhältlich, Schatz. Ich glaube nicht, dass jemand denken wird, dass du und ich gleich riechen, weil wir heute Morgen zusammen geduscht haben, nachdem wir gestern Abend unvorstellbar guten Sex hatten." Ihre Phantasie war verblüffend.

"Ich hoffe du hast Recht." Sie schüttelte den Kopf und verteilte den Geruch durch das Taxi und ließ es um einiges besser riechen. "Wenn jemand einen Kommentar dazu abgibt weiß ich nicht was ich tun soll."

Ihre Ehrlichkeit könnte zum Problem werden.

"Ich habe eine Idee, um den Geruch zu verbergen. Darf ich dein Haar flechten?" schlug ich vor. "Das könnte den Geruch unter Verschluss halten." Ich kicherte über meinen Witz. "Zusammenbinden? Verstanden?"

Sie zog ein Gummiband aus ihrer Tasche. "Tu es. Ich will nicht, dass jemand denkt, dass wir gleich riechen."

Ich mochte die Tatsache, dass wir gleich rochen. Es bedeutete, dass sie die ganze Nacht bei mir gewesen war. Und was für eine Nacht voll von heißem Sex es doch gewesen war, der sich fortgesetzt hatte als wir aufwachten. Ich verstand aber auch ihren Standpunkt. Ihr blondes Haar fühlte sich an wie Seide, als ich es zwischen meinen Fingern bewegte, um es zusammenzuflechten. Das Gefühl ließ mich mehr von ihr fühlen wollen. Nachdem ich das Ende des Zopfes zusammengebunden hatte, lief ich mit den Händen über ihre Schultern und flüsterte in ihr Ohr. "So, fühlst du dich jetzt besser, Baby?" Ich küsste ihren langen, jetzt freigelegten Hals, der mich nur darum bat daran zu knabbern und zu saugen.

Sie stöhnte, während sie ihre Hand um meinen Hinterkopf legte. "Baby...."

Ich küsste die andere Seite ihres Halses, damit diese sich nicht vernachlässigt fühlte, knabberte und küsste mir den Weg hinauf und hinunter. "Ich kann nicht genug von dir bekommen."

Und das meinte ich auch so. Ich konnte einfach nicht genug von Lila bekommen um den Hunger zu stillen den ich tief in mir hatte. Die Art, wie sich ihre glatte weiche Haut anfühlte wenn ich mit meinen Händen ihre schlanken Arme hoch und runter lief, fühlte sich so verdammt gut an.

Wie konnte sich die Haut dieser Frau unter meinen Fingern so unterschiedlich anfühlen als die der anderen?

Es war ein Rätsel, aber keins, das ich je zu lösen versuchen würde. Mir gefiel der magische Aspekt unserer Verbindung. Es war belebend, anregend und einfach großartig.

Ich hatte wohl etwas zu hart gesaugt, denn sie stoppte mich: "Hinterlasse keine Spuren an Orten die man sehen kann. Ich habe schon einen Knutschfleck auf meiner Arschbacke, den du mir gestern Abend verpasst hast."

"Du hast auch einen unter deiner linken Brust", sagte ich ihr. "Ich habe ihn heute Morgen gemacht, als wir unter der Dusche waren."

Sie rollte die Augen zusammen. "Großartig", ätzte der Sarkasmus in ihrer Stimme.

"Ich find es großartig", ich klopfte mir auf die Schulter.

"Wie genau funktioniert das, Babe?" Sie sah wirklich verwirrt aus.

Ich erzählte ihr von der Kunst der Knutschflecke und warum sie entstanden sind. "Knutschflecke sind eine Visitenkarte für andere Kerle. Wenn man mit einem Mädchen zusammen ist und sie sogar einen Knutschfleck hat, besonders in einem intimen Bereich, dann weiß der andere, dass sie einen Freund hat. Das macht sie weniger attraktiv. Nun, meistens zumindest. Es gibt immer noch Arschlöcher, die anderen Männern die Frauen klauen."

"Ach komm schon, was ist, wenn eine Frau nur eine kleine wilde Phase durchmacht? Wer hätte gedacht, dass du bei One-Night-Stands so prüde bist." Sie schaute mich streng an, bevor sie sich auf das Wesentliche konzentrierte. "Und du sagst, dass du mich absichtlich markiert hast?" Ihre Augen füllten sich mit etwas, das nach Sorgen aussah.

"Nicht gerade absichtlich", stammelte ich, als ich versuchte, einen Streit zu vermeiden. "Siehst du, es ist, als könnte ich mich nicht kontrollieren."

Sie verdrehte wieder ihre babyblauen Augen. "Oh, wirklich? Du, Duke Cofield, kannst dich nicht beherrschen?"

"Nicht mit dir, da kann ich das nicht." Ich glättete ihr Seidenhemd und sorgte dafür, dass sie wie unversehrt aus dem Taxi aussteigen konnte. Mit ihren Haaren in einem engen Geflecht konnte ich den Duft meines Shampoos an ihr nicht riechen, aber ihre Kleidung war etwas zerzaust von meiner Zuneigung.

"Nun, das wird ein Problem sein, nicht wahr?" Sie sah irgendwie verärgert aus.

Ich musste sie wissen lassen, was ich wirklich meinte und zwar schnell. "Wenn wir allein sind, Baby. Nicht, wenn wir in der Öffentlichkeit oder auf der Arbeit sind. Habe ich dir das nicht schon gezeigt?"

Mit einem Seufzer gab sie nach. "Ja, du hast mir gezeigt, dass du dich beherrschen kannst, wenn es sein muss. Aber sei vorsichtig, dass du mir keine sichtbaren Spuren hinterlässt. Ich will keine Lüge erfinden, warum ich sie habe, oder versuchen, jemanden zu erfinden, der sie mir gegeben hat."

Ein Grinsen lief mir über die Lippen. "Nun, wenn jemand Spuren an dir sehen würde, dann wüsste er, dass du vergeben bist. Das wäre meiner Meinung nach nicht so schlimm."

Sie blinzelte ein paar Mal. "Vergeben?" Ihr Ausdruck war weich und süß. Es war, als hätte sie kaum gemerkt, dass sie tatsächlich vergeben war. "Bin ich vergeben, Duke?"

Ich wollte sie mit niemandem teilen. Aber ich schätze, das hatte ich ihr noch nicht klar gemacht. Aber anders als die paar Male die sie offensichtlich eifersüchtig war, hatte sie es mir auch nicht klar gemacht. "Bin ich das?" Ich drehte die Frage um.

Lila spannte ihren Kopf nach rechts als ob sie darüber nachdenken müsste. Ein Lächeln krümmte schließlich ihre rosa Lippen. "Es würde mir gefallen das zu sagen."

"Und ich würde gerne dasselbe über dich denken, Lila Banks." Ich lehnte mich für einen Kuss vor.

Ihr Mund war geschmeidig, ihre Lippen trennten sich, um mich reinzulassen. Und mit diesem Kuss hatten wir es offiziell gemacht. Wir waren jetzt zusammen. Keine andere Person könnte sich zwischen uns stehen. Das einzige tatsächliche Hindernis waren unsere Jobs.

Diese verdammte Regel!

Regeln oder nicht, das Versprechen füreinander - obwohl klein - schien sie schon wieder ganz heiß auf mich gemacht zu haben. Ihre Hände bewegten sich unter meiner Anzugjacke auf und ab. Sie veränderte den Kuss sehr schnell von süß zu gierig.

Ich zog sie so nah wie möglich an mich heran und ich spürte, wie ihre Brüste gegen meine Brust schlugen. Das erweckte meinen Schwanz. Jetzt hatte ich einen Ständer und dankte Gott für die Jacke, die ihn bedecken würde.

Ich wusste, dass ich sie nicht dazu bringen konnte, mir in einem Taxi einen zu blasen. Sie war ein zu gutes Mädchen, als das ich das von ihr verlangen konnte - aber der Junge in mir durfte träumen.

Sie ließ von meinem Mund ab um meinen Hals zu küssen. Ihr heißer Atem bewegte die feinen Haare und ließ mich nach mehr verlangen.

„Duke, du hast keine Ahnung, wie viel Bock ich gerade auf dich habe."

Mit einer Hand unter ihrem Hemd packte ich ihre Brust.

"Ich auch, Baby. Ich auch. Verdammt, ich wünschte, wir wären jetzt zu Hause. Ich würde dich ausziehen und dich nehmen, wo wir auch wären. Ich hätte diese Unterhaltung viel früher anfangen sollen. Ich hatte keine Ahnung, wie du reagieren würdest."

"Ich wusste nicht, dass ich so reagieren würde." Sie biss mir in den Hals und leckte die Stelle. "Gott, du schmeckst so verdammt gut."

Ich hatte eine Runde heißen Sex verpasst und ich wusste es. Wenn Lila schon anfing zu fluchen, hätte sie alles getan. Sie wurde wilder als jede Frau mit der ich je zusammen war. Wenn wir allein gewesen wären, hätte ich meine Belohnung bekommen.

Ich hoffte wir könnten einfach eine Pause einlegen und gleich wieder an diesen Ort zurückkehren sobald wir wieder zu Hause wären. Die Arbeit war ein notwendiges Übel das mehr zwischen uns zu kommen schien, als ich je gedacht hätte.

Lila hatte mich nur kurz vorher gewarnt, dass ich keine Spuren hinterlassen sollte, wo Leute sie sehen konnten, aber nun saugte sie an meinem Hals. "Lila, Baby, du musst aufhören." Ich wollte es nicht, aber ich durfte auch keine Spuren auf mir haben.

Nicht, dass ich nicht mit einer Lüge über sie aufwarten könnte. Ich wollte nur nicht, dass jemand denkt, ich sei eine Art Spieler, der mit Tonnen von Frauen rummacht. Ich wollte, dass die Leute mich auch als vertrauenswürdig ansehen. Und wenn die Zeit gekommen sein sollte, wollte ich, dass die Leute dachten, Lila hätte einen guten Mann.

Sie entspannte sich beim Saugen und küsste sich zurück zu meinem Mund. Ein letzter Kuss bevor unser Tag begann. Das war alles was wir noch hatten. Wir waren fast da.

Ich wünschte mir, wir hätten bei ihr übernachtet statt bei mir. Wir hätten mehr Zeit im Taxi gehabt, wenn wir das getan hätten. Aber wie alle guten Dinge musste auch dies ein Ende haben.

Obwohl es ein vorzeitiges Ende ohne Höhepunkte war, war es das, was es sein musste.

Lila schaffte es, sich von mir wegzuziehen und schnaufte. "Verdammt, ich wünschte wir wären in einer unserer Wohnungen und nicht in einem Taxi auf dem Weg zur Arbeit." Sie knöpfte die oberen Knöpfe ihrer Bluse zu, die ich irgendwie aufgeknöpft hatte, ohne es zu merken.

"Wenigstens habe ich deine Haare nicht durcheinander gebracht. Gott sei Dank für den Zopf." Ich steckte mein Hemd ein, da sie es rausgezogen hatte, um mir mit den Händen über den Rücken zu streicheln, was sie sehr gerne tat.

Als ich mich wieder frisch machte, sah ich sie die Stirn runzeln. "Ich hasse das irgendwie."

"Dann lass es", riet ich ihr. "In der Realität des Lebens muss man zur Arbeit gehen, um ein Dach über dem Kopf zu haben. Niemand kann mit seinem Geliebten im Bett liegen und die ganze Zeit Sex haben. Wie war das noch, die ganze Arbeit und kein Spiel macht Jack zu einem stumpfen Jungen?"

Sie lachte. "Ähm, ich glaube nicht, dass du das den ganzen Weg über gedacht hast. Aber was ergibt die ganze Arbeit und kein Spiel?"

"Oh, ja. Ich sehe, ich habe es vermasselt." Ich musste über mich selbst lachen. "Und die Antwort auf deine Frage ist, alles Spiel und keine Arbeit macht Jack zu einem obdachlosen Jungen. Was wir wohl auch nicht sein wollen."

"Ja, ich schätze, das wollen wir nicht. Also, an die Arbeit. Das heißt, keine sexy Blicke, kein Händchenhalten, keine geflüsterten Versprechungen von dem, was passiert, wenn wir allein sind. Nichts. Nichts. Wir sind Profis und werden uns auch so verhalten." Lila sah mich mit einem strengen Gesichtsausdruck an und lächelte dann. "Und irgendwie müssen wir so tun, als wären wir nur ein paar Freunde, die die Morgennachrichten machen, ohne Intimität in unsere Nachrichtensendung zu bringen. Das sollte ein Kinderspiel sein." Ihr Stirnrunzeln kehrte zurück. "Nicht!"

Sie hatte wahrscheinlich Recht, aber was sollten wir sonst tun?

23

LILA

Die männlichen Moderatoren hatten alle eine Anprobe für die Jacken, die Artimus sie bei jeder Nachrichtensendung tragen sehen wollte. Wir Frauen hatten keine bestimmte Kleidung, die wir tragen sollten, also konnten wir alle nach den Proben gehen.

Nina und ich gingen zusammen. Sie wollte ihre Tante sehen, also fuhren sie und ich zusammen zur Frühstückspension. Nachdem der Besuch bei ihrer Tante zu Ende war, kam sie in mein Zimmer, um mich zu besuchen.

Alle waren begeistert, jetzt, da die Premiere nur noch ein paar Tage entfernt war. Ich war auch nervös. "Nina, ich kann nicht glauben, dass es bald losgeht. Ich habe fast die ganze Zeit Gänsehaut." Duke war auch ein Teil davon, aber das konnte ich ihr nicht sagen.

"Das glaube ich. Du wirst vor der Kamera stehen - dein ganzes Leben wird sich wahrscheinlich ändern. Ich bin nicht so nervös, da ich hinter den Kulissen sein werde. Es nimmt mir etwas von dem Druck ab." Sie nahm einen Schluck von dem Wein, den ich uns eingeschenkt hatte. "Ich muss deine Toilette benutzen, Lila. Dieser Wein ist durch mich hindurchgeflossen, wie es scheint."

Ich zuckte mit meinem Kopf in Richtung Badezimmertür und sagte: "Du weißt, wo sie ist."

Gerade als sie die Tür hinter sich schloss, klopfte es an meine Tür. Ich stand auf und ging, um zu sehen, wer es sein könnte. Als ich aus dem kleinen Guckloch schaute, fand ich Duke dort stehen.

Ich öffnete die Tür schnell, zischend, "Nina ist hier. Was machst du hier, Duke?"

Er lächelte mich an, als wäre es kein Problem. "Du und ich haben vergessen, die Telefonnummern auszutauschen, Lila. Und als Co-Moderatoren sollten wir sie haben. Beruhige dich, Baby. Ich krieg das schon hin."

Ich stand da und wusste nicht, was ich tun sollte. Aber als sich die Badezimmertür öffnete und Nina herauskam, wurde mir die Entscheidung aus den Händen gerissen, als sie fragte: "Wer ist da?" Sie sah Duke, der da stand und ihr zuwinkte. "Oh, du bist es, Duke. Was führt dich hierher?" Sie sah mich an, bevor sie ihn ansah.

"Lila und ich haben noch keine Telefonnummern ausgetauscht. Artimus sagte, wir sollten das tun, nur für den Fall, dass wir eine Vorbereitung für die Premiere außerhalb der Arbeitszeiten machen müssten. Ich kam vorbei, um ihre Nummer zu kriegen. Wie geht's, Nina?" Duke kam rein, während ich zurücktrat, um ihn reinzulassen. Er hatte da ja schon seinen kleinen Plan.

Aber ich fühlte mich überhaupt nicht gut. Ich wollte nicht so kurz vor unserer ersten Nachrichtensendung erwischt werden. Ich wollte wenigstens einmal auf Sendung gehen, bevor ich gefeuert wurde.

"Es geht mir gut, Duke." Sie setzte sich auf den kleinen Stuhl am Tisch für zwei Personen neben dem Bett. Der einzige andere Platz zum Sitzen war ein kleines Sofa, und ich nahm darauf Platz.

Duke saß direkt neben mir. Er streckte seine Hand aus. "Gib mir dein Handy und ich schreibe meinen Namen und meine Nummer in deine Kontakte."

Ich musste aufstehen um mein Handy vom Nachttisch neben meinem Bett zu holen. Als ich zu ihm zurückging, fragte Nina: "Und woher wusstest du, wo Lila wohnt, Duke?"

Nur Duke konnte mich sehen, und ich wusste, dass meine Augen bei ihrer Frage auf die Größe von Untertassen angewachsen waren. Er spielte es herunter und antwortete: "Ich war schon mal hier."

Bevor er irgendetwas ausplaudern konnte, übernahm mein Gehirn und ich setzte mich, übergab ihm mein Telefon und übernahm die Geschichte: "Wir teilten uns ein Taxi, und ich bin ohne meine Tasche aus dem Auto gestiegen. Duke hat es bemerkt, bevor er zu weit weg war. Er hat mich beim Treppensteigen eingeholt. Er sagte, er hatte nach mir gerufen, aber ich habs nichts gehört. Ich wusste nicht, dass ich meine Handtasche vergessen hatte, bis ich zur Tür kam und den Schlüssel brauchte, und als ich mich umdrehte, um dem Taxi hinterherzulaufen, sah ich Duke und wie er mit meiner Handtasche hinter mir herkam."

Duke hatte seine Nummer in mein Telefon eingegeben, dann rief er sein Telefon von meinem an und speicherte meine Nummer. "Wir können jetzt besser miteinander kommunizieren." Er sah die zwei Gläser Wein an, Ninas leer, meines halb voll. "Und wenn ich mich recht erinnere, hast du mich hereingebeten und mir ein Glas Scotch gegeben. Hast du noch etwas davon übrig?"

Ninas Augenbrauen schossen hoch, und ich wollte Duke ins

Schienbein treten für das, was er gesagt hatte. "Du hast ihn hereingebeten?", stotterte sie. "Und ihr habt getrunken? Ihr zwei habt zusammen Alkohol getrunken? Ganz allein?" Sie schüttelte den Kopf. "Das ist nicht gut."

"Warum?" fragte Duke, während er aufstand und zur Kommode ging, wo der Scotch war, und er goss sich ein Glas ein. Dann kam er mit der offenen Flasche Wein zurück und füllte unsere beiden Gläser. "Welches ist deins, Nina?"

Sie zeigte auf die Gläser. "Das rechte."

Er brachte ihr das Glas. "Nun, warum ist es okay für euch beide, ein paar Drinks zusammen zu nehmen und Lila und ich dürfen das nicht? Wir sind Freunde, weißt du. Wir werden von nun an eng zusammenarbeiten. Warum sollten wir nicht miteinander auskommen?"

Nina nippte an ihrem Glas während ich versuchte nicht auszuflippen und meins zu verschlingen wie ein Verrückter, der kurz davor stand eine Affäre beichten zu müssen, die meine Karriere beenden würde, bevor sie überhaupt begann.

"Nun, ich schätze, du hast Recht. Es ist nur, dass die strengen Regeln der Firma mich nervös machen. Ich weiß nicht was in Ordnung ist und was nicht. Zum Beispiel letztens, als das gesamte Kamerateam neulich zusammen gewesen ist. Die anderen gingen los und Ashton und ich waren allein im Studio. Er fragte mich, ob ich etwas essen gehen wolle, und ich sagte ihm, das sei keine gute Idee mit der Regel und allem." Sie nahm einen Schluck und ich sah, dass sie etwas besorgt war.

Duke fragte: "Hat er dir Unbehagen bereitet, Nina?" Er schaute wirklich besorgt um sie, was mein Herz gegenüber dem Mann noch mehr erweichte.

"Nein", schüttelte Nina den Kopf. "Überhaupt nicht. Ich mag Ashton." Sie blieb abrupt stehen. "Nicht auf unangemessene Weise oder so was in der Art. Bitte sagt niemandem, dass ich das gesagt habe. Ich meine nur, dass ich ihn als Person mag, das ist alles. Wenn es nicht die Regeln bei der Arbeit gäbe, dann wäre ich mit ihm essen gegangen, als wäre es keine große Sache oder so."

Duke und ich wussten beide, wovon sie sprach. Die Dinge waren schwer zu verstehen, und es fühlte sich an, als stünde jeder unter einem Mikroskop. Was durften wir tun und was nicht?

Also bot ich ihr meinen Rat an. "Ich denke, mit einem Kollegen des anderen Geschlechts einen Happen essen zu gehen okay ist. Duke und ich haben einige Male zusammen gegessen, und Artimus ist ins Café gekommen, und er hat sich uns sogar einmal angeschlossen. Er sagte nie ein Wort darüber, dass es für ihn ein Problem wäre. Er sagte uns sogar, dass er hoffte, wir würden uns durch den Moderatorenjob nicht davon abhalten lassen, Freunde zu werden, als das noch in der Luft lag. Er will, dass wir alle gut miteinander auskommen - nur nicht im Bett."

Nina nickte, und Duke schaute mich etwas beunruhigt an. "Nina, lass niemanden damit davonkommen, etwas zu tun oder dich zu fragen, was dir unangenehm ist. Aber wenn dich jemand fragt, ob du einen Happen essen willst und du gehen willst, solltest du nicht zu viel darüber nachdenken. Lass diese Regeln nicht etwas zerstören, das keine Belästigung ist, weißt du, was ich meine?"

"Ich weiß, es sollte nicht so kompliziert sein, aber ich habe das Gefühl, dass Artimus uns alle so genau beobachtet und es ist verwirrend geworden. Ihr solltet eine Show über diese Regeln machen." Sie nippte an ihrem Drink. "Du weißt schon, um anderen zu helfen, den Unterschied zwischen Belästigung und echter Anziehung zu verstehen, und wie eine Person herausfinden kann, ob eine andere Person sich zu dir hingezogen fühlt, ohne dass sie sich dabei merkwürdig fühlt."

"Ich wünschte, ich könnte das erklären", sagte Duke, bevor er sich das Glas an die Lippen legte.

"Ich auch", fügte ich hinzu. "Ich schätze, es ist schwer in Worte zu fassen. Aber das Endergebnis ist, dass wenn jemand dich bittet etwas zu tun, das du nicht willst, dann kannst du nein sagen. Wenn sie dir drohen, dich zu feuern oder zu erpressen, weil du nicht getan hast, was sie verlangt haben, dann ist das inakzeptabel und du solltest das sofort melden. Wenn ein Mann dich um ein Date bittet und du nicht mit ihm ausgehen willst, sagst du ihm 'Nein, danke', und wenn er deine Antwort respektiert, dann ist das okay. Ich denke, es geht hauptsächlich um Respekt, oder?"

Nina nickte. "Ja, das klingt richtig. Aber woher kennst du den Unterschied zwischen einem Date und dem gemeinsamen Essen? Das ist es, was ich wissen will. Würde unser Boss ein Essen zwischen Ashton und mir als Date sehen? Ich meine, ich sehe jetzt, dass es ok gewesen wäre und dass ich zu vorsichtig war. Aber jetzt, wo ich Ashton nein gesagt habe, fühlt er sich vielleicht nie wieder wohl genug, um mich zu fragen, und das mag ich irgendwie nicht."

"Wie wär's, wenn du ihn mal beiläufig zum Essen einlädst?" sagte ich. "Das sollte ihn wissen lassen, dass es dir nichts ausmacht, befreundet zu sein, und gelegentlich zusammen zu essen. Ich verstehe nicht, was daran falsch wäre."

Sie sah ihr Weinglas mit traurigen Augen an. "Und wenn er nein sagt, was dann? Was, wenn er zum Boss geht und ihm sagt, dass ich ihn um ein Date gebeten habe?"

Duke sagte schnell: "Ashton würde so etwas nie tun. Nicht bei einem einfachen Essen. Nun, was Gretchen getan hat war unanständig und er hat sie nicht einmal verraten. Ich auch nicht. Artimus sah, was sie uns beiden antat, und nachdem wir mit Artimus darüber gesprochen hatten, wurde uns klar, dass wir zu ihm hätten gehen und es ihm sagen sollen. Er verstand, dass es sich für uns unmännlich angefühlt hätte. Die Frau konnte uns nicht wirklich etwas antun, was wir nicht wollten, also warum sich die Mühe machen, sie auszuliefern?"

Die Haare auf meinem Nacken standen aufrecht, und ich wurde wieder wütend auf diese Frau. "Ich sage dir, warum. Weil sie nicht in der Lage sein sollte, mit etwas davonzukommen, was ein Mann nicht kann. Nur weil sie eine Frau ist, gibt ihr das nicht das Recht zu einem Mann zu sagen was sie will. Also was, wenn sie anders reagiert hätte, als du sie abgewiesen hast. Du hast keine Ahnung, ob sie sich dazu herabgelassen hätte, euch beide zu erpressen, wenn du ihr nicht gegeben hättest, was sie wollte. Sie hätte euch sagen können, dass sie euch beide wegen sexuellen Fehlverhaltens anzeigen würde und was hättet ihr dann getan? Nachgeben? Oder sie verpetzt?"

Duke schüttelte den Kopf. "Nun, ich hätte ihr definitiv nicht nachgegeben - nicht in einer Million Jahren. Wenn sie so eine Karte gezogen hätte, hätte ich sie definitiv verpetzt. Und ich bin sicher, Ashton hätte es auch getan."

"Ich bin froh, dass es nicht so weit gekommen ist", sagte Nina. "Und ich bin da wie ihr. Wenn mich jemand anmachen würde, würde ich ihn nicht verpfeifen. Wenn er unanständig gewesen wäre, wie du sagst, hätte ich ihn gemeldet. Es wäre einfacher, wenn jeder sich beherrschen könnte und aufhören könnte, jeden zu belästigen, aber ich schätze, es wird keine schnelle Lösung geben."

Duke stand auf, nachdem er das letzte Bisschen seines Scotch getrunken hatte. "Nein, das stimmt. Wir alle haben etwas zu lernen. Für mich ist die Grenze, wenn jemand jemandem ungewollte Annäherungssuche macht und ich werde das auch weiterhin nicht zulassen, das verspreche ich. Ich hoffe, keine Frau, die ich kenne, lässt unwillkommene Annäherungsversuche zu. Und damit lasse ich euch Damen allein. Ich sehe euch beide morgen bei der Arbeit. Einen schönen Abend noch."

Ich wusste nicht, was ich sagen sollte. Ich wollte, dass er bleibt. Oder ich wollte mit ihm gehen. Ich hatte in dieser Nacht große Pläne für uns und jetzt würde ich sie ganz allein verbringen. Was für eine Enttäuschung.

24

DUKE

Ich wartete eine Stunde, bevor ich Lila eine SMS schrieb in der ich sie bat mich anzurufen, sobald sie konnte. Sie rief mich sofort an. "Du bist abgehauen!"

"Hallo, Lila", sagte ich lachend. "Ich dachte, du wolltest, dass ich das tue. Und ich hatte das Gefühl, dass ihr zwei Zeit zum Reden braucht."

"Das war nett von dir." Sie seufzte. "Sie ist vor einer halben Stunde gegangen, und seitdem bin ich total betrübt. Ich hatte große Pläne mit dir. Unsere Autofahrt zur Arbeit heute Morgen war sehr... inspirierend."

"Und deshalb warte ich gerade am Straßenrand bei deiner Pension. Pack deine Sachen, Baby. Du kommst heute Abend mit zu mir nach Hause."

Sie quietschte vor Freude und ich liebte das Geräusch. "Ich bin gleich unten!"

Ich beendete den Anruf und wartete darauf, dass sie zu mir ins Taxi stieg. Ich kurbelte das Fenster herunter und winkte ihr zu, als sie raus kam um zum Taxi zu laufen. Es fühlte sich alles ziemlich geheim an.

Sie küsste mich sofort, ich schmeckte noch den Wein auf ihrer Zunge. "Lecker."

Ihre Augen glänzten, als sie mich ansah. "Du hast den Wein geschmeckt, oder?"

"Ja. Und ich kann es kaum erwarten, jeden Zentimeter von dir zu schmecken, meine Süße." Ich küsste eine Seite ihres Halses. Sie hatte ihre Haare zum Zopf gebunden und ich zog daran.

Ihre Hände packten meinen Bizeps, während sie mich mit reiner Lust ansah. "Oh, heute Abend wird gut. Ich kann es spüren."

Wir fassten uns auf der ganzen Fahrt zu meiner Wohnung an und zogen uns quasi schon aus, bevor wir überhaupt meine Wohnung betraten. Sie hatte ihre Tasche auf den Boden geworfen, und ich drückte sie auf die Knie, direkt auf den Boden des Wohnzimmers.

Ich haute ihr mit der flachen Hand auf den Arsch, kniete mich hinter sie, biss in ihren süßen Hintern, bevor ich ihn küsste und mit meiner Hand anfing mit ihrer Klit zu spielen, die bereits vor Erregung geschwollen war.

Sie stöhnte vor Lust. "Gott, du wirst mich vernichten, oder?"

"Vernichten, nicht, nein. Aber neu erfinden, ja." Ich packte sie an der Taille und stieß meinen verlangenden Schwanz in sie hinein, bewegte mich erst langsam, was sie in Sekundenschnelle zum Quietschen brachte und mich darum bitten ließ schneller zu werden.

In meinen Händen wurde die süße kleine Lila zu einem richtigen Flittchen. Sie würde alles tun, was ich wollte. Aber sie würde es nur für mich tun und das machte mich sehr glücklich.

Ihr Körper begann sich anzuspannen und auf einen Orgasmus vorzubereiten und als ich meinen Schwanz aus ihr herauszog, sah sie mich mit einem frustrierten Blick an. "Was machst du da?"

"Das wirst du sehen." Ich zog sie hoch und brachte sie zum Sofa. "Ich will, dass du mir einen bläst, aber hör auf, bevor ich komme. Ich habe heute etwas gelesen und möchte es ausprobieren."

"Willst du diese Information mit mir teilen?" fragte sie, während sie mir hinterher kam.

"Nein." Auf keinen Fall wollte ich ihr erklären, was ich mit ihr vorhatte. Sie würde es als Folter ansehen, da war ich mir sicher und sie würde protestieren. Aber ich war zuversichtlich, dass sie mir am Ende danken würde.

Auf dem Ledersofa sitzend, sah ich sie vor mir auf die Knie gehen und mit meinen Eiern spielen. "Schwer." Sie zog ihre Augenbrauen hoch. "Voll." Sie blinzelte. "Willst du wirklich, dass ich aufhöre, bevor du sie in meinen Hals entleeren kannst?"

Mein Schwanz zuckte. "Verdammt, Lila! Von den Dingen, die du sagst, würde ich so viel schneller kommen. Ich werde dich stoppen bevor ich komme."

Sie leckte ihre Lippen, drückte sie gegen meinen Schwanz und leckte ihn ein wenig. Sie lächelte frech und lehnte sich dann nach vorne und legte meinen Schwanz zwischen ihre großen Titten. Sie bewegte ihren Körper auf und ab und benutzte ihre Brüste, um meinen Schwanz zu streicheln.

"Wie ist das?" fragte sie mich.

Der Anblick war mehr als schön. Die Spitze meines Schwanzes schaute aus ihrem Dekolleté und verschwand dann in den heißen Tiefen ihrer üppigen Brüste. "Verflucht atemberaubend." Ich musste mich etwas zurücklehnen, um ihr mehr Platz für ihr Vorhaben zu geben.

Das Gefühl war anders, als ich es gewohnt war. Keine Frau hatte das jemals mit mir gemacht. Wahrscheinlich, weil es viel Ausdauer erforderte, da Lila ihren Körper für jede Bewegung auf und ab heben musste. Ich fragte mich, wie lange sie durchhalten konnte. Aber dann erinnerte ich mich daran, dass ich ja nicht kommen durfte und sie es also nicht so lange machen musste.

Und ich hatte Recht. Sie zu beobachten, sie auf diese neue Art zu fühlen, war sehr erregend und bald war ich so weit, dass ich wusste, wenn sie weitermachte, würde ich kommen und auf ihr wunderschönes Gesicht spritzen.

Ich packte sie an den Schultern und hielt sie auf. "Du bist dran."

"Schon?" fragte sie und ließ ihre Brüste von meinem Schwanz fallen.

"Auf den Rücken, Knie beugen, Füße auf den Boden", sagte ich ihr.

Sie legte sich wieder auf den Boden und tat, was ich ihr gesagt hatte. Ich konnte sehen, dass sie dachte, ich würde sie lecken, aber ich hatte etwas anderes vor.

Ich nahm ein Paket vom Tisch neben dem Sofa und sie keuchte: "Wirklich, Duke? Ich habe so etwas noch nie benutzt."

"Du hast noch nie einen Vibrator benutzt?" Ich war fassungslos, das musste ich zugeben. Diese Frau war phänomenal im Bett. Wie konnte sie die Dinge gelernt haben, die sie beherrschte, ohne einen Vibrator benutzt zu haben? Sie hatte gesagt, dass sie erst wenig Sexualpartner hatte und dass keiner gut gewesen war.

"Nein. Was willst du damit machen?" Sie biss sich auf die Unterlippe und das machte mich noch mehr an.

Mein Grinsen wurde unanständig. "Ich will dich damit ficken, was denn sonst?"

Sie riss die Augen weit auf. "Selbstverständlich."

Ich schaltete den Vibrator ein und beschloss, langsam zu beginnen, indem ich ihn an einem ihrer Oberschenkel entlang führte. Sie beobachtete mich dabei. Als ich ihn an ihre Klitoris drückte, sah ich wie sich ihr ganzer Körper straffte. "Das scheint dir zu gefallen, Baby."

"Wenn du es noch ein paar Sekunden dort lässt, werde ich aus allen Nähten platzen", ließ sie es mich wissen.

Ich bewegte ihn ein wenig nach unten, bevor ich ihn wegnahm, um ihn mit etwas aromatisiertem, nach Erdbeeren duftendem Gel einzuschmieren. Ich dachte mir, warum nicht etwas Geschmack hinzufügen?

Ich setzte mich auf den Boden und zog ihren Kopf zu mir um ihn gegen meine Brust zu lehnen. "Ich will dich ansehen."

Der Lavendeldildo war nicht so groß oder so lang wie mein Schwanz, aber die Vibration würde sich in ihr anders anfühlen. Als ich ihn in ihre Muschi einführte, spürte ich, wie sich ihre Herzfrequenz erhöhte, da meine Brust so fest gegen ihren Rücken gedrückt wurde.

Ich bewegte es langsam und gemächlich, denn ich wollte noch ein bisschen Spaß mit dem Vibrator haben. Ich war mir sehr wohl bewusst, dass mein harter Schwanz gegen ihren schmalen Rücken drückte und spürte jede ihrer Zuckungen, während ich mit ihr spielte.

Sie zitterte. "Es fühlt sich so gut an, aber so anders. Hast du schon mal so einen benutzt?"

"In meinem Hintern oder was?" fragte ich mit einem Lachen. "Auf keinen Fall, Lila. Und ich werde das auch niemals machen. Aber ich glaube dein Hintern könnte es mögen."

Sie stöhnte ein wenig. "Ja, das glaube ich auch."

JA!

Ich hatte keine Ahnung wie weit sie mich gehen lassen würde. Es schien, als würde es keine Grenze geben.

Ich bewegte ihn schneller und sah, wie sie intensiver auf das reagierte was ich tat, ihr Atmen wurde schwerer. Als ich spürte, wie sie sich mit ihrer Muschi um das Spielzeug schlang, merkte ich, dass sie sich ihrem Höhepunkt näherte und sie wollte nicht, dass ich den Vibrator herausziehe. Ich tat es trotzdem. "Das reicht jetzt."

" Oh...." stöhnte sie. "Also, was kommt als nächstes?"

"Wir küssen uns." Ich half ihr vom Boden hoch, während ich aufstand, nahm ihre Hand und führte sie ins Schlafzimmer. Sie lag auf dem Bett und ich legte mich neben sie. Ich stützte meine Hand auf ihren Bauch, lehnte mich hinunter und küsste sie, ohne dass sich unsere Körper woanders berührten. Nur meine Hand auf ihrem Bauch und unsere Münder, zu einem intensiven Kuss verschlungen.

Als sie mit ihrer Hand meinen Arm streichelte, wusste ich, dass es an der Zeit war, die großen Kanonen rauszuholen. "Hmm. Ich denke, ich muss etwas benutzen, um deine verirrten Hände zurückzuhalten, Baby."

"Was?" Sie schien verwirrt.

Der verwirrte Ausdruck verschwand, als ich ein paar Handschellen herausnahm. "Ich werde deine Hände zusammenbinden und sie über den Bettpfosten hängen, damit du mich nicht anfassen oder von mir weggehen kannst."

"Oh, Gott!" Sie sah aus, als würde sie mir zum ersten Mal nein sagen wollen. Aber dann änderte sich der Ausdruck zu Aufregung. "Cool. Wir spielen Fifty Shades of Grey, was?"

"Nicht ganz, aber in die Richtung." Ich legte ihr die Handschellen an und zog ihre Arme hoch, bevor ich wieder dorthin zurückkehrte, wo ich aufgehört hatte.

Meine Hand war wieder auf ihrem Bauch, mein Mund wieder auf ihrem, und ich küsste sie hart und gierig. Mein Schwanz verlangte danach, in sie einzudringen. Es war hart, mich zurückzuhalten, aber ich hatte große Hoffnungen, dass ich uns beide an einen Ort bringen würde, an dem wir noch nie zuvor waren. Und die Tatsache, dass ich das zum ersten Mal mit ihr machen durfte, war wie das Sahnehäubchen auf einem leckeren Kuchen.

Lila zog an den Handschellen, während sie stöhnte. "Fick mich. Bitte fick mich, Duke. Ich flehe dich an."

Ich dachte, es wäre an der Zeit, genau das zu tun und bewegte meinen Körper über ihren und schob meinen Schwanz in ihre nasse Muschi. Das Gel vom Vibrator machte die Dinge noch geschmeidiger.

Ich fickte sie hart, unerbittlich, während sie sich unter mich in den Handschellen wand, die sie für mich festhielten, und sah zu, wie unsere Körper sich verbanden und sich zusammen bewegten, um zu kommen.

Mein Schwanz war größer und härter als je zuvor. Meine Eier praller. Es würde großartig sein, in ihr zu kommen.

Ich lehnte mich über sie und hielt das schnelle Tempo bei, während ich meinen Kopf senkte um an einem ihrer Nippel zu saugen. Ihre Brustwarzen waren so hart, dass sie Glas schneiden könnten. Ich lutschte kräftig, denn ich wusste dass mit jedem Saugen ihr ganzer Körper in stärkere Erregung kommen würde.

Sie stöhnte und schrie vor Lust. Dann kam eine Reihe von Schimpfwörtern aus ihrem Mund, als sie sich zu mir wölbte. Ihre Muschi klammerte sich so fest an meinen Schwanz, dass ich dachte, sie würde ihn nie loslassen.

Und dann kam ich in ihr wie nie zuvor. Die Dinge, die ich gelesen hatte, waren korrekt. Das hatte ich noch nie erlebt.

Da war dieses schreckliche Stöhnen, fast so als würde jemand getötet. Ich brauchte eine Minute, um zu erkennen, dass ich es war, der diese Geräusche machte. Tief aus meiner Kehle, wild, quasi urzeitlich sind die einzigen Worte, die es etwa beschreiben können.

Lilas Körper sackte ab, als sie versuchte, Atem zu holen. Ihre Augen geschlossen, ihre Titten hüpfen mit ihren heftigen Atemzügen. "Geht es dir gut?"

Sie nickte schwach. "Dir?"

"Mehr als das." Ich zog mich aus ihr heraus und ihre Augen

öffneten sich. Sie sah mich an, als ich ihre Hände von den Handschellen befreite.

Ich rieb ihr die Schultern, setzte mich auf das Bett und zog sie hoch, damit ich sicher sein konnte, dass es ihr später nicht weh tun würde. Aber ich war mir ziemlich sicher, dass sie morgens sauer sein würde - und auch seltsam laufen würde.

"Mir geht es gut." Sie streichelte meine Hand. "Lass uns kuscheln."

Wir gingen ins Bett und ich deckte uns mit meiner Decke zu, um dann die Seite ihres Kopfes zu küssen, als sie sich an mich schmiegte. "Ich möchte, dass du weißt, dass ich noch nie jemanden so sehr gemocht habe wie dich, Lila. Ich bezweifle, dass ich das jemals tun werde. Du bist die erstaunlichste Frau, die ich je kennen gelernt habe."

"Ich mag dich mehr als alle anderen, die ich je getroffen habe, Duke. Und ich denke, du bist der Erstaunliche. Und fürs Protokoll, ich bin froh, dass du mir nicht gesagt hast, was du geplant hast. Ich hätte mich davor gescheut. Du hast uns beiden ein echtes Vergnügen bereitet, indem du es für dich behalten hast. Aber ich will wissen wo du das gelesen hast?"

"Heute im Internet. Du wärst erstaunt, was man online alles lernen kann."

"Das weiß ich. Es war unglaublich." Damit schlief sie ein und ich folgte ihr kurz darauf in den Schlaf.

Unsere Körper waren noch nie so vollkommen zufrieden und erschöpft, und jetzt wollten sie nur noch ruhen.

25

LILA

Duke und ich wachten beide total erfrischt auf und gingen zum Sender, um zu sehen was der Tag für uns bereithielt. Wir erfuhren, dass Artimus wollte, dass wir uns alle im größten Besprechungsraum trafen, wo er noch eine Last-Minute-Rede halten wollte.

Es war Freitag und das hieß, es waren nur noch zwei Tage bis Montagmorgen, und somit dem ersten Sendetag. Ich nahm an, der Chef wollte uns mit seiner Rede nochmals motivieren, bevor das Wochenende begann. Er gab uns diese zwei Tage frei, um uns auszuruhen und zu erholen, bevor wir auf Sendung gingen. Er wusste, dass unsere Tage bald unglaublich arbeitsreich werden würden.

Duke stellte sicher, dass er irgendwo anders als neben mir saß und entschied sich, neben Ashton zu sitzen. Nina und ich setzten uns zusammen, nicht allzu weit hinter ihnen. Sie stieß mich an und lehnte sich dann fast an das Flüstern: "Ich hoffe, das geht nicht zu lange, ich habe vor, mir eine Maniküre machen zu lassen. Willst du mitkommen?"

"Warum nicht", antwortete ich. "Es wird schön sein, sich ein wenig verwöhnen zu lassen, bevor meine Welt auf den Kopf gestellt wird. Ich bin dabei. Geht sonst noch jemand hin?"

"Gina vom Audio und Terrie von der Garderobe. Terrie kennt diesen tollen Laden, der auch wirklich billig ist. Sie kann uns reinbringen, da der Laden der Schwägerin ihrer Schwester gehört." Nina blinzelte. "Es lohnt sich Leute in New York zu kennen. Das wirst du herausfinden, je länger du hier lebst."

"Danke, dass du mich in deinen kleinen Kreis gelassen hast, Nina. Ich weiß das mehr zu schätzen als du dir vorstellen kannst." Ich lächelte sie an und fühlte mich als hätte ich mein neues Zuhause gefunden.

Artimus ging auf das Podium um seine Rede zu halten. Er trug einen teuren Anzug und eine Krawatte und sah wie immer schick und attraktiv aus. Ich fragte mich warum er noch Single war. Er war reich, hatte einen tollen Körperbau, eine entsprechende Persönlichkeit und ein hübsches Gesicht, also warum war er allein?

Oder war es das etwa nicht?

Vielleicht wollte er uns einfach nicht in sein Liebesleben einweihen. Das könnte auch der Fall sein.

Was auch immer es war, es ging mich nichts an, also drückte ich den Gedanken aus meinem Kopf um mir anzuhören was der Chef zu sagen hatte.

"Sexuelle Belästigung ist kein Witz, Leute." Er hielt inne, als er den Raum durchsuchte und jeden einzelnen von uns ansah. "Ich bin sicher, dass ihr alle wisst was in der Unterhaltungsindustrie gerade passiert und wir haben euch zu diesen Kursen geschickt damit wir euch so gut wie möglich ausbilden. Trotzdem mussten wir bereits jemanden entlassen, weil sie sich geweigert hat, sich an die Regeln hier bei WOLF zu halten. Ich hatte große Hoffnungen, dass wir keine Teammitglieder verlieren würden, aber einige Leute wollen einfach nicht die

Regeln befolgen und sie zahlen einen hohen Preis dafür, dass sie sie brechen."

Nina und ich tauschten einen Blick aus und sie flüsterte: "Gut, dass wir sie losgeworden sind."

Ich nickte zustimmend. Ich hatte keine Ahnung, dass sie auch Duke angemacht hatte. Wenn ich das gewusst hätte, wüsste ich nicht was ich getan hätte. Gott sei Dank sah Artimus Gretchen in Aktion und setzte dem ein Ende bevor ich die Chance hatte etwas Dummes zu tun, wodurch ich auch gefeuert worden wäre.

Aber seine Worte ließen mich erschauern. Wenn Duke und ich jemals entdeckt werden würden wusste ich, dass Artimus keine andere Wahl hätte als uns beide zu feuern. Und das erschreckte mich zu Tode.

Die Dinge fühlten sich so wunderbar an seit wir gesagt hatten, dass wir niemand anderes mehr sehen würden. Und dann war da noch dieser fantastische Sex den wir am Vorabend gehabt hatten.

Es hatte mein Bewusstsein erweitert, das war sicher!

Ich würde nie aufhören wollen, mit diesem Mann zusammen zu sein. Aber ich wollte auch nicht, dass meine Karriere so schnell zum Stillstand käme. Gefeuert zu werden sieht in einem Lebenslauf doch nie gut aus. Schon als Neuling wusste ich dies.

Artimus sah sich wieder im Raum um und nickte wie er. "Gut, es scheint, dass jeder an Bord ist wie wir uns alle verhalten müssen. Kein Rummachen, kein Flirten, überhaupt kein Anfassen, bitte. Ich will keine Umarmungen aus irgendeinem Grund sehen." Seine Augen bewegten sich von Duke zu mir und riefen deutlich in Erinnerung, wie wir aufgestanden waren und uns umarmt hatten als Artimus uns die Nachricht über die Co-Positionen gegeben hatte. Er hatte uns damals zurechtgewiesen und es schien als würde er uns noch einmal daran erinnern wollen.

"Dürfen wir uns High Fives geben?" fragte Ashton. Leichtes Lachen war bei den Mitarbeitern zu hören.

"Ich möchte, dass ihr das nicht tut", sagte Artimus, als seine Augen über den Besprechungsraum wanderten und jeden einzelnen der fünfzig Mitarbeiter aufsuchten.

Keine High Fives?

Das war meiner Meinung nach ein wenig übertrieben. Es schien, als wollte er überhaupt keinen Körperkontakt. Und das ist unmöglich.

Ich musste etwas sagen, also hob ich meine Hand. Er nickte mir zu und ich sagte was ich dachte: "Ich weiß, dass das alles sehr ernst ist, Mr. Wolfe. Aber ich glaube nicht, dass es möglich ist, eine Umgebung zu schaffen, die jeden Körperkontakt vollständig blockiert."

Duke fügte schnell hinzu: "Ich stimme Lila zu. In einer so engen Zusammenarbeit werden wir uns alle von Zeit zu Zeit berühren, auch wenn es nur ein Unfall ist. Gestern sah ich, wie Ashton und Nina in eine zufällige Situation gerieten in der es aussah, als würde er sie von hinten vögeln. Zugegeben, er zeigte ihr nur wie sie sich über einen Tisch beugen musste, um die Cue-Karten im rechten Winkel zu halten damit Lila und ich sie beide sehen können."

Nina's Wangen wurden leuchtend rot nach Duke's kleiner Geschichte, aber sie hob ihre Hand um trotzdem zu sprechen. Mit einem Nicken gab unser Chef ihr das Wort. "Ich weiß, es sah vielleicht schlecht aus, aber Mr. Lange hat mich nicht wirklich berührt. Er achtet sehr darauf, das nicht zu tun denke ich. Wir sind alle sehr nervös wegen all dem. Die Mädchen auch, Sir. Wir haben unter uns gesprochen wir Mädchen und wir alle wissen, dass es nur eine Frage der Zeit ist bis ein anderer Mann mit Belästigungsanklagen gegen eine Frau auftritt. Niemand von uns will diese Frau sein."

Ashton hob die Hand und Artimus erlaubte ihm mit noch

einem weiteren Nicken zu sprechen. "Für's Protokoll, ich würde Nina nie wegen irgendeiner Art von Belästigung anklagen. Sie ist immer sehr professionell."

Nina seufzte schwer und beobachtete Ashton, als er aufstand und sich umblickte, und die Worte sagte, die sie wohl hören wollte. "Danke", sagte sie zu ihm und lächelte dann. Er lächelte zurück zu ihr, bevor er sich wieder auf seinen Platz setzte.

Artimus nickte. "Ich weiß, dass ihr alle ein bisschen Probleme mit diesen Regeln habt, aber ich denke wir werden uns gut darauf einigen können. Benehmt euch einfach anständig und ich denke wir werden das alle unbeschadet überstehen. Es dauert nur ein bisschen bis man sich daran gewöhnt hat. Okay?"

Artimus sah sich um als wir alle in Übereinstimmung mit ihm nickten, dann wandte er sich an Miss Baker die auf einem Stuhl hinter ihm saß. Während er wild gestikulierte, sah ich, dass sie nicht gesund aussah. Sie war blass, und ihre Augen waren niedergeschlagen. Ihre Hände waren schlaff auf dem Schoß. Sie ähnelte nicht der Frau die ich in den letzten Wochen kennengelernt hatte.

Sie hob ihren Kopf langsam an als Artimus sich räusperte um ihre Aufmerksamkeit auf ihn zu lenken. "Mr. Wolfe, ich glaube, ich habe einen Herzinfarkt."

Der Raum wurde für einen Moment still, bevor wir alle in Aktion traten. Artimus riss sein Handy aus der Tasche. "Ich rufe einen Notarzt."

Einige von uns Mitarbeitern eilten zu ihrer Seite. Als ich meine Hand auf ihre Schulter legte, konnte ich spüren, wie kalt sie war. Ich blickte zurück zu Duke, der einen Anzug trug. "Kannst du mir deine Jacke geben, um sie ihr umzuhängen? Sie ist sehr kalt."

Er zog sie hastig aus und gab sie mir. Ich legte sie ihr über die Schultern. "Alles wird gut, Miss Baker."

Ihre Worte waren nur ein Flüstern: "Sorg dafür, dass Mr. Wolfe meinen Mann anruft um es ihm bitte mitzuteilen. Ich will ihn dort haben, sobald er mich erreichen kann. Er ist meine Welt und ich bin seine. Das wird schwer für ihn. Bitte sei für ihn da wenn mir etwas zustößt, Lila. Du bist so gut mit Menschen."

"Das werde ich, Miss Baker. Ich verspreche es." Ich hatte keine Ahnung, dass sie so über mich dachte. "Aber es wird alles gut werden. Sie werden sehen."

Die anderen Frauen und ich wechselten uns ab und sagten ihr tröstende Dinge während wir darauf warteten, dass die Sanitäter herkamen. Sie hielt sich die ganze Zeit an meiner Hand fest.

Als sie ankamen und sie auf eine Trage legten, hielt sie meine Hand noch in ihrer. "Kann sie mit mir kommen?" fragte sie die beiden Männer, die sich um sie kümmerten.

Einer von ihnen sah mich an. "Ich denke das ist in Ordnung."

Artimus rief ihr zu als wir an ihm vorbeieilten: "Ich bin direkt hinter dem Krankenwagen, Miss Baker. Machen Sie sich keine Sorgen."

Aus dem Augenwinkel sah ich Duke etwas zu Artimus sagen und dann sah er mich an und nickte mir zu. Ich hatte keine Ahnung was das bedeutet; mein Verstand war in diesem Moment etwas zerstreut.

Ich musste auf die Rettungssanitäter warten, um Miss Baker in den hinteren Teil des Krankenwagens zu bringen bevor ich einsteigen konnte. Ihr Zustand schien sich zu verschlechtern.

Einer der Sanitäter stieg auf den Fahrersitz, während der andere sie an eine Infusion anschloss. Sie zuckte vom Schmerz der großen Nadel, die er ihr in den Handrücken steckte. Ihre Hand sah ein wenig gebrechlich aus und zeigte definitiv ihr Alter. Ich wusste, dass sie Mitte bis Ende sechzig sein musste.

Ich hielt ihre Hand. "Ich weiß so wenig über Sie, Miss Baker.

Jetzt weiß ich, dass Sie einen Mann haben den Sie sehr lieben und er liebt Sie auch. Haben Sie Kinder?"

"Zwei." Sie schloss ihre Augen als ob sie ihre Erinnerung an sie suchte. "John und Jane. Zwillinge." Ich konnte erkennen, dass es für sie schwer war zu sprechen. Aber sie fuhr fort. "Sie starben bei einem Flugzeugabsturz, als sie zwölf Jahre alt waren. Sie waren auf dem Weg zum Sommerlager in Utah."

"Es tut mir so leid das zu hören. Und besonders, dass ich das angesprochen habe, Miss Baker." Ich biss mir auf die Unterlippe und wünschte ich hätte meinen Mund gehalten. "Sie entspannen sich einfach so gut Sie können und machen sich keine Sorgen. Ich werde genau hier sein und dafür sorgen, dass Ihr Mann Sie so schnell wie möglich erreicht."

"Er ist alles was ich habe. Bitte, Lila." Ihr Körper wölbte sich und sie zuckte ruckartig hoch mit einer Gewalt die mir sagte, dass sie viel mehr Schmerzen hatte als sie zeigte. Selbst bei dieser Bewegung schrie sie nicht auf. Sie nahm alles schweigend hin.

Stoisch, edel und immer stark, sie war eine bemerkenswerte Frau. Das hatte sie nicht verdient. Sie hatte es auch nicht verdient, dass ihre Kinder ihr so jung weggenommen wurden. Aber sie hatte einen Mann der sie liebte, und ich betete, dass das ausreichen würde um sie am Leben zu erhalten.

26

DUKE

Als ich mit Artimus ins Krankenhaus rannte, konnte ich nicht aufhören für Miss Baker zu beten. Zu sehen wie eine Frau die so gesund, stark und voller Leben zu sein schien, so niedergerissen wurde wie sie, war schockierend.

Das Leben ist zu kurz und was mit dieser armen Frau geschah brachte mir das vor Augen. Als Artimus und ich die Notaufnahme betraten, trafen wir Mr. Baker der gerade noch angekommen war. Er bestand darauf zu seiner Frau gelassen zu werden um sie zu sehen. "Ich muss jetzt bei ihr sein!"

"Mr. Baker", rief Artimus ihm zu.

Der arme Mann war komplett fertig mit den Nerven. "Artimus. Gott sei Dank. Sie ist hier, nicht wahr?"

Die Krankenschwester öffnete die Tür auf um ihn rein zu bitten. "Sie können mitkommen, Mr. Baker. Wir haben sie jetzt in ein Zimmer gebracht."

Er sah Artimus an, seine Lippen bildeten eine gerade Linie. "Ich sollte dich wissen lassen, dass ich nicht will, dass sie überhaupt wieder zur Arbeit geht. Es hat sie eindeutig schwer getroffen. Es ist Zeit, sich einen neuen Assistenten zu suchen." Und dann war er weg und verschwand hinter den Flügeltüren die ihn zu seiner kranken Frau führten.

Artimus sah nicht gut aus. Seine Augen waren weit, sein Mund war offen. "Nun, das sind keine guten Nachrichten. Aber ich hätte damit rechnen sollen. Ich wäre bei der Frau die ich liebe genauso, nehme ich an."

Wir nahmen Platz und warteten fast eine Stunde bis Lila kam und uns erzählte was los war. Als sie aus den gleichen Türen kam in die Mr. Baker gegangen war, musste ich mich selbst zurückhalten um sie nicht zu packen und sie zu umarmen.

Sie kam und setzte sich auf die andere Seite von Artimus. "Sie hatte einen Herzinfarkt aber jetzt geht es ihr gut. Müde, erschöpft und fühlt sich im Moment nicht so wohl. Aber sie wird sich vollständig erholen. Sie wollen sie für 48 Stunden behalten nur um sicher zu sein, aber ich denke sie sieht viel besser aus seitdem sie ein paar Medikamente bekommen hat und sie hydriert wurde."

Er und ich seufzten vor Erleichterung. "Gott sei Dank." Artimus sah viel besser aus. "Ich frage mich, ob ich jetzt reingehen und sie besuchen darf."

"Ich bin sicher das kannst du wenn sie sie erst einmal in ein Zimmer und aus der Notaufnahme gebracht haben. Ihr geht es jetzt viel besser." Lila tätschelte seine Hand. "Ihr Mann sagte mir, dass sie nicht mehr bei WOLF oder sonst wo arbeiten würde. Ob du es glaubst oder nicht, sie war erfreut über seine Anordnung."

"Also muss ich einen neuen Assistenten finden", sagte er, und nickte. "Die Hauptsache ist, dass es Miss Baker besser gehen wird. Ich kann damit umgehen einem Neuling beizubringen wie er mir helfen kann. Aber verdammt, ich werde diese Frau vermissen."

Wir saßen dort alle für eine längere Zeit still da und verarbeiteten die harte Realität des Lebens die uns alle direkt in der Brust traf. Die Krankenschwester brach unser Schweigen als sie kam und uns sagte in welchem Zimmer sich Miss Baker befand und dass wir sie besuchen könnten.

Nach einem kurzen Besuch bei ihr verließen wir sie und ihren Mann und ließen sie wissen, dass sie alle Arten von Blumen und Karten von allen am Sender erwarten könnte. Sie würde vielleicht nicht mehr in den Sender zurückkehren aber sie würde immer einen Platz in unser aller Herzen haben.

Als wir das Krankenhaus verließen, ließ Artimus Lila und mich in seinem Privatwagen mitfahren: "Nun, wir wollten das am Ende des Treffens bekannt geben, aber da das nicht geklappt hat, denke ich, dass ich meine beiden neuen Moderatoren dem Personal die großartige Nachricht überbringen lassen werde".

"Und die wäre?" fragte ich ihn.

Er zog ein Paket unter seiner Jacke hervor. "Hier drin sind Geschenkgutscheine für den Spirit Spa in Manhattan. Es ist ein All-Inclusive-Resort. Alle fünfzig von euch haben Privaträume und Zugang zu allem, was der Spa zu bieten hat. Es gibt dort auch ein Restaurant, in dem jeder von euch drei Mahlzeiten bekommt. Alles ist inbegriffen. Sogar eine Bar in der ihr euch vor unserem großen Tag am Montag entspannen könnt. Ihr könnt morgen früh schon um zehn einchecken und müsst erst am Sonntag um zwei gehen."

Lila lächelte breit. "Das sind Neuigkeiten die wir gerne überbringen."

Am nächsten Morgen trafen wir uns mit einem Lächeln auf allen Gesichtern im Spa und freuten uns über die frische, duftende Luft. Der Tag verging schnell, Männer und Frauen getrennt, um sich massieren zu lassen, in Dampfbädern zu sitzen, Gesichtsbehandlungen zu bekommen, Pediküre, Maniküre - was auch immer, in diesem Spa gab es alles.

Nach dem Abendessen zogen sich einige in die Bar zurück,

während andere in ihre Zimmer gingen. Ich sah Lila, wie sie alleine zu den Zimmern ging und ich folgte ihr, so dass es niemand mitbekam.

Nachdem ich über meine Schulter geschaut hatte, um sicherzustellen, dass wir allein im Flur waren, schlich ich mich hinter sie und packte sie an der Taille. "Hey, da ist ja die schönste Frau hier."

Sie lachte und drehte sich in meinen Armen um und legte ihre um meinen Hals. "Also, mein Zimmer ist gleich hier. Wird es heute Abend meins oder deins sein?"

"Ich denke, deins, da wir schon hier sind." Sie reichte mir ihre Schlüsselkarte, und ich öffnete die Tür, um uns in ihr Zimmer zu lassen, weil jeder jeden Moment auf uns zukommen könnte.

Die Tür schloss sich von selbst hinter uns und ich küsste sie bis zum Bett. Als die Rückseite ihrer Beine auf das Bett traf, hörten wir auf. Unsere Münder lösten sich, und ich sah ihr in die Augen. Sie lächelte mich mit ihrem perfekten Lächeln an. "Ich habe dich heute vermisst. Alles war toll, aber es wäre noch besser gewesen wenn du mit mir dabei gewesen wärst."

"Ich habe das gleiche gedacht, Baby." Ich begann ihr das kleine Sommerkleid von ihrem wunderschönen Körper zu ziehen. Ich musste ihre Haut auf meiner spüren, über meine gleiten lassen.

Im Handumdrehen waren wir im Bett, unsere Körper vereinten sich auf eine Weise die ich lieben gelernt hatte. Während ich lange, langsame Stöße in sie machte, streichelte ich ihr Haar zurück, sah sie an und dachte darüber nach, wie sehr ich es liebte, wie sie im Bett lag und ihr Haar sich auf dem Kissenbezug ausbreitete.

Ich küsste ihre Wange und fuhr mit meinen Lippen weiter, bis ich an ihr Ohr kam. "Du machst mich glücklich, Baby."

Sie stöhnte als ich ihr einen harten Stoß gab und tiefer in

ihrer warmen, nassen Muschi eindrang. "Duke... du machst mich auch glücklich."

Ich küsste mich bis zu ihrem Mund, aber dann hörte alles auf, als jemand an die Tür klopfte. "Hey, Lila, hier ist Nina. Laß mich rein. Ich habe Wein."

Wir erstarrten. Lila sah mich mit wilden Augen an. "Duke", zischte sie. "Was zum Teufel soll ich tun?"

Sie wusste offensichtlich, dass Lila im Raum war, also gab es nicht viel was sie tun konnte. "Ich verstecke mich im Schrank. Du trinkst einen Drink mit ihr, sagst dann, dass du müde bist und ins Bett gehst, und ich komme wieder raus, wenn sie weg ist."

So sehr ich auch nicht von ihr runter wollte, ich musste es tun. Ich schnappte mir ein Handtuch um es um meine Taille zu legen, während sie sich beeilte ein Höschen und eine Nachthemd anzuziehen. Sie wartete, bis ich die Schranktür geschlossen hatte bevor sie Nina reinließ. "Warum hast du so lange gebraucht, Lila? Ich wäre fast gegangen und hätte mir jemand anderen gesucht mit dem ich diesen Wein teilen könnte."

"Sorry, ich war im Badezimmer als du geklopft hast. Es dauerte eine Sekunde bis ich mein Geschäft erledigt hatte", lügte Lila.

Ich hörte das Klirren der Gläser und Flüssigkeit die in diese gegossen wurden, bevor Nina sagte: "Nun, ich bin froh, dass du endlich zur Tür gekommen bist. Ich vertraue niemandem so sehr wie dir, Lila. Und ich habe etwas das ich mir einfach von der Seele reden muss. Es macht mich verrückt."

"Und das ist?" fragte Lila.

Nina seufzte langgezogen. "Ich habe mich in Ashton Lange verguckt. Und ich bin mir ziemlich sicher, dass er mich auch mag."

Lila war lange Zeit still, bevor sie schließlich sagte: "Nun, was hältst du davon?"

"Ich weiß, dass wir nicht miteinander ausgehen können, aber es erscheint mir nicht fair. Er und ich verstehen uns besser als jeder andere, den ich kenne. Wir mögen die gleichen Dinge, lachen über die gleichen Witze - es ist einfach nicht fair, dass wir nicht ausgehen können", jammerte Nina.

"Nein, ist es nicht. Diese verdammte Regel ruiniert die Dinge nicht nur für dich, Nina." Lila wurde wütend.

Für eine Sekunde dachte ich, sie würde Nina von uns erzählen.

Nina fügte hinzu: "Das weiß ich. Ich habe ein paar andere gesehen, denen es genauso geht, aber niemand tut etwas aus Angst den Job zu verlieren."

"Ja", murmelte Lila.

Sie und ich hatten etwas getan. Ich war mir sicher, dass, wenn Lila und ich die Regel schon gebrochen hatten, andere das auch getan hatten, um eine Beziehung zu haben.

"Die Sache ist die", sagte Nina, "Dating ist nicht einmal annähernd die gleiche Sache wie Belästigung. Ich weiß, dass das die primäre Absicht des Chefs ist mit den Regeln die er aufgestellt hat eine Kultur zu schaffen, die Belästigungen nicht toleriert. Aber wir müssen einen Weg finden wie er diese Regeln ein wenig lockern kann - zumindest wenn es um einvernehmliche Beziehungen geht. Den Belästigungsteil fest im Griff behalten, aber mit dem Beziehungsteil nachsichtiger werden."

"Hmm", bemerkte Lila, "Ich frage mich, vielleicht wenn sich alle Frauen zusammenschließen würden um mit Artimus Wolfe zu sprechen, dann würde er vielleicht die Dinge auf unsere Weise sehen. Ich weiß, dass er versucht uns alle zu schützen, aber ich denke es sind die Frauen die er am meisten zu schützen versucht. Und das ist bewundernswert, aber auch zu viel. Wir müssen ihn wissen lassen, dass wir auf selber auf uns aufpassen können und uns melden, wenn etwas passiert. Wir müssen ihn auch wissen lassen, dass wir mehr als in der Lage sind den Unterschied zwischen Belästigung und einer gegenseitigen Anziehungskraft zu kennen die wir gerne ausleben würden."

Nina klang fröhlich: "Glaubst du, wir könnten das wirklich durchziehen? Denn das wäre das Beste, was passieren könnte."

"Uns müsste vermutlich jede Frau, die hier arbeitet, ihre Unterstützung geben. Wenn eine nicht dabei ist wird Artimus uns zurückweisen. Wir müssen ein wenig Networking betreiben um herauszufinden wo unsere Kolleginnen stehen bevor wir das machen.", sagte Lila.

"Ich verstehe", sagte Nina. "Wir führen kleine Gespräche mit den anderen Frauen mit denen wir zusammenarbeiten und dann sehen wir was sie über die Regeln denken. Sobald wir eine von ihnen finden, die sagt, dass sie denkt, dass es zu viel ist, dann lassen wir sie in unseren Plan einsteigen. Richtig?"

"Richtig", versicherte Lila ihr.

"Das klingt toll. Ich weiß, dass nichts über Nacht passieren wird, aber zumindest haben wir einen Plan", sagte Nina glücklich. Viel glücklicher als vorhin als sie in Lilas Zimmer kam und darüber gejammert hatte, dass sie auf Ashton stand.

Ich wusste bereits, dass ich mit ihm reden würde, um zu sehen was er über Nina zu sagen hatte. Ich hoffte er würde mir die Wahrheit sagen - ich hielt uns schließlich für gute Freunde.

Die Mädchen verabschiedeten sich und ich hörte, wie sich die Tür schloss. Bald darauf öffnete Lila die Schranktür. "Die Luft ist rein, Romeo."

Ich nahm sie in meine Arme, zog sie näher heran, küsste ihre süßen Lippen und sagte: "Du bist ein Genie."

27

LILA

Am Montagmorgen spürte ich die Energie der Aufregung, die wie ein Bach durch das Studio plätscherte. Duke und ich saßen in hochlehnigen bordeauxfarbenen Ledersesseln auf beiden Seiten eines kleinen Tisches auf dem dampfende Kaffeetassen standen. Es war ein gemütliches Ambiente welches das Gefühl vermitteln sollte mit einem Freund ein kleines Frühstück zu haben.

Frische Croissants, einige Bagels und verschiedene Früchte standen ebenfalls auf dem Tisch. Das ganze Ensemble sah einladend aus, komplettiert von einem im Hintergrund lodernden Kamin, als wären wir bei jemandem zu Hause.

Ich fand es ironisch, dass Artimus trotz seinen Regeln ein so intimes Szenario kreieren würde. Aber ich musste zugeben, dass ich so etwas noch nie im Morgenfernsehen gesehen hatte und die ganze Sache war neu. Ich dachte es wäre genau das, was das Morgenfernsehen dringend braucht.

Als das rote Licht aufleuchtete, gingen wir live. Duke schenkte mir ein breites Lächeln: "Guten Morgen, Lila."

Ich lächelte ihn an, genau wie wir geprobt hatten. "Guten Morgen, Duke."

Dann schauten wir in die Kamera und sagten gemeinsam: "Guten Morgen, New York und willkommen bei WOLF."

Die Nachrichten wurden nicht so vorgelesen wie es die meisten Sender taten. Stattdessen sprachen wir über die Nachrichten als würden wir ein Gespräch darüber führen. Duke nahm seine Tasse Kaffee und trank einen Schluck bevor er fragte: "Also, Lila, hast du zufällig von der Situation an der Kreuzung Broadway und der 86. Straße gehört?"

Ich nahm einen Bagel, während ich den Kopf schüttelte. "Nein, was ist da passiert?"

"Ein Bus hat ein Auto angefahren, und obwohl zum Glück keine schweren Verletzungen erlitten wurden, wurde der Verkehr dort auf absehbare Zeit eingestellt." Duke nahm eine frische Erdbeere. "Aber jeder New Yorker weiß, dass man diese Kreuzung um jeden Preis meiden sollte, also bin ich sicher, dass die Einheimischen nicht so große Probleme haben werden."

So ging es während der gesamten zweistündigen Morgenshow weiter. Wir sprachen auf diese Weise über das Wetter und auch über die Sportergebnisse von gestern Abend. Es war der Wahnsinn und wir hatten hohe Einschaltquoten, was alle glücklich und hoffnungsvoll für die Shows machte die den ganzen Tag über stattfinden würden.

Ich hatte mich in mein Büro begeben um zu sehen ob ich neue E-Mails, Twitter-Follower oder andere Benachrichtigungen aus den sozialen Medien über die Übertragung der ersten Sendung hatte.

"Wow", flüsterte ich in Ehrfurcht, als ich sah, dass mein Twitter-Account über tausend neue Follower hatte. Weiter ging es, ich fand heraus, dass das Gleiche mit meinen anderen Social Media Accounts passiert war. Als ich meine E-Mail öffnete, war ich noch überraschter. "Oh, Scheiße!"

Ein Klopfen an meiner Tür ließ mich meinen Kopf hoch und weg von meinem Computerbildschirm zucken. Ich drückte einen Knopf auf der Unterseite des Schreibtisches, um die Tür zu öffnen.

Artimus kam herein, gefolgt von Duke. Artimus trug ein breites Lächeln, als er sagte: "Es war ein großer Erfolg, Lila."

"Ja, das war es." Ich drehte den Laptop um, um ihnen meine E-Mails zu zeigen, und beide lachten.

Duke nickte, als er sagte: "Ja, ich habe auch dieses kleine Problem. Und ich bin zu Artimus gegangen um eine Lösung zu finden."

"Ich habe ein paar Mitarbeiter zusammengetrommelt, die zwischen den Nachrichtensendungen nicht viel zu tun haben", sagte Artimus mir. "Also werden sie sich um alle Social Media und E-Mails für die Nachrichtensprecher kümmern. Ich habe Nina für dich eingesetzt, Lila. Wenn das für dich in Ordnung ist?"

"Sicher ist es das. Ich hoffe sie wird nicht von all dem erschlagen." Ich war froh, dass sie mehr zu tun hatte und hoffte, dass das auch eine Erhöhung ihres Gehalts bedeutete. "Du bezahlst ihnen mehr für diese zusätzliche Arbeit, oder?"

Artimus lachte. "Natürlich tue ich das. Aber ich muss dir sagen, dass es mir gefällt wie du auf deine Kollegen aufpasst."

Duke läutete ein: "Lila versteht sich gut mit allen. Sie ist eine geborene Anführerin."

"Das sehe ich." Artimus nickte mir zu. "Wir lassen dich wieder arbeiten. Beantworte was du willst und überlasse den Rest Nina. Sie wird in Kürze hier sein um deine Daten zu erhalten, damit sie von ihrem Computer aus in dem Büro arbeiten kann das ich ihr gerade zugewiesen habe."

Nina hatte nun ihr eigenes Büro. Ich wusste, dass sie sich darüber freuen musste. "Ich kann es kaum erwarten sie zu sehen. Ich danke Ihnen, Sir."

"Lila?" fragte Artimus.

"Ja, Sir?"

"Nenn mich einfach Artimus, bitte. Sir ist so... Ich weiß nicht, altmodisch klingend. Okay?" Er schob seine Hände in seine Hosentaschen, als er mich anlächelte.

"Sicher, Artimus. Das werde ich. Bis später, Leute." Ich ging zurück und las einige der Nachrichten auf meinem Computer.

Die beiden gingen hinaus und ließen mich in Ruhe, aber ich hatte jede Ahnung, dass Duke später an diesem Tag wiederkommen würde. Kurz bevor er die Tür hinter ihnen schloss, rief Duke zu mir: "Mittagessen bei Jimmy's gegen zwei Uhr, Lila?"

Ich blickte mit einem Lächeln auf. "Bezahlst du?"

"Nein, du bist dran mit Zahlen, Geizhals." Er zwinkerte mir zu.

"Oh, Mann. Ich wusste, dass meine Zeit kommen würde. Klopf an meine Tür um mich daran zu erinnern wenn es zwei Uhr ist und ich werde mich dir anschließen."

"Sicher doch." Er ließ mich dann alleine und ich fand mich immer noch lächelnd wieder.

Die Zeit verging als ich so viele E-Mails wie möglich durchlas. Nina kam in mein Büro und ihre Begeisterung über den Nebenjob und das Einkommen war offensichtlich. "Lila, ich bin wie deine Assistentin oder Pressesprecherin oder so. Wie cool ist das denn?" strahlte sie.

"Ich bin froh, dass du es bist die den Job bekommen hat." Ich begann, die Benutzernamen und Passwörter für alle Konten aufzuschreiben, damit sie von ihrem Büro aus darauf zugreifen konnte. "Ich habe gehört, dass du dein eigenes Büro bekommen hast, Nina.

"Das habe ich und es ist schön. Du musst es dir ansehen. Und versuche beeindruckt zu sein. Es ist nicht annähernd so groß oder schön wie dieses, aber es ist mein erstes Büro, also bin ich ziemlich begeistert davon."

"Ich wette das bist du. Ich komme nach dem Mittagessen vorbei und schaue es mir an. Vielleicht bring ich dir einen coolen Tacker oder so was." Ich schob das Papier über den Schreibtisch zu ihr. "Hier ist alles, was du brauchst, um Zugang zu diesen Konten zu erhalten. Ich werde auch versuchen jeden Tag welche durchzugehen damit du nicht überfordert bist."

"Du bist wirklich die Beste, Lila." Sie zeigte auf eine Pflanze, die auf dem Fensterbrett hinter mir saß. "Und wie wäre es, wenn du auf den Hefter als Büro-Wärmegeschenk verzichtest und mir stattdessen eine Pflanze besorgst? Ich habe auch mein eigenes Fenster."

"Schau an", sagte ich lachend. "Also eine Pflanze."

Sie lächelte so richtig. "Du weißt, dass ich als kleines Hinweiskarten-Mädchen hierher gekommen bin und am ersten Tag der eigentlichen Arbeit werde ich zur Medienassistentin befördert und bekomme mein eigenes Büro." Sie zeigte auf die anderen beiden Türen in meinem Büro. "Meins hat keine anderen Türen. Wohin führen die?"

"Ein Privatbadezimmer und ein Schrank." Ich betrachtete beide Türen und guckte dann wieder zu Nina. "Aber werde nicht eifersüchtig. Wenn du mein Privatbadezimmer benutzen willst musst du nur fragen."

"Und das werde ich auch tun." Sie stand auf. "Nun, ich muss mich an die Arbeit machen. Ich habe das Ziel all diese Sachen bis zum Ende jedes Arbeitstages zu kommentieren oder zu liken."

"Und folge auch zurück." schlug ich vor, als sie von mir wegging.

"Wird gemacht, Boss." Sie kicherte den ganzen Weg durch die Tür.

Alle waren den ganzen Morgen auf Wolke sieben, alles lief reibungslos. Es passte alles zusammen. Und dann klopfte es um zwei Uhr an meine Tür.

Anstatt ihn herein zu bitten traf ich Duke an der Tür. "Ich bin bereit."

" Gut." Er blieb an meiner Seite als wir zu den Aufzügen gingen. "Ich sterbe vor Hunger. Ich hoffe du hast heute deine Kreditkarte dabei."

"Du hast Glück." Ich drückte den Knopf um den Aufzug nach unten zu schicken. Ein paar andere standen hinter uns. Wir würden also nicht alleine fahren.

Es war viel los hier. Es schien nicht mehr derselbe Ort zu sein wie an den letzten Tagen. Die Lobby war auch sehr belebt stellte ich fest als wir aus dem Aufzug stiegen.

"Whoa, was ist das alles?" fragte eine der anderen Frauen im Aufzug.

Ein anderer Typ antwortete: "Die Geschäfte laufen. Und zwar gut."

Duke und ich gingen Seite an Seite direkt aus den Glastüren heraus und bogen nach links ab um in eines der vielen Cafés auf dieser Seite der Straße zu gelangen. "Ich hätte Lust auf Italienisch", sagte er.

"Hmm. Ich habe ans Deli gedacht." Ich nickte in die Richtung des nächsten Delis.

"Treffen wir uns in der Mitte und bleiben ganz amerikanisch mit Cheeseburgern und Zwiebelringen", bot er an. "Da stimme ich dir zu. Ich will auch einen großen Schokoshake. Und wir müssen irgendwo vorbeikommen wo ich Nina eine Pflanze für ihr Büro besorgen kann. Ich möchte sie ihr als Geschenk zur Büroeinweihung geben." Ich zeigte auf die andere Straßenseite in einem Blumenladen. "Der da ist gut."

Wir fanden ein Café und bekamen die Burger die wir uns gewünscht hatten bevor Duke anfing, "Also, wie viele Damen hast du zusammengetrieben um mit Artimus zu sprechen?"

"Nur Nina und ich bis jetzt. Ich habe mich noch nicht damit beschäftigt. Ich versuche es ruhig und langsam anzugehen. Ich möchte unserem Chef auch etwas Zeit geben. Die Dinge müssen erstmal gut für ihn laufen." Ich nahm einen Bissen von dem köstlichen fettigen Cheeseburger mit extra Gurken. "Lecker."

Duke schüttelte den Kopf während er ein sexy kleines Grinsen zeigte. "Das ist genau das was du gestern Abend gesagt hast - über mich."

"Mmm, du bist auch lecker", erinnerte ich ihn.

Er tauchte einen Zwiebelring in den Ketchup den wir teilten. "Wie lange reden wir hier noch bevor du anfängst mit einigen der anderen Frauen zu reden?"

"Ich weiß nicht. Es gibt keine Eile." Die Cola sprudelte und zog meine Aufmerksamkeit auf sich, also nahm ich sie und trank einen Schluck, während ich die ganze Zeit das Runzeln auf Dukes schönem Gesicht bemerkte. "Was meinst du damit, es gibt keine Eile?", fragte er mit einem strengen Ton. "Willst du nicht langsam hiermit an die Öffentlichkeit?"

"Das tue ich. Glaub mir, das tue ich." Ich stellte das Glas wieder auf den Tisch, bevor ich nach meinem Burger griff. "Aber solche Dinge passieren nicht schnell. Ich weiß, dass es dort einige Frauen gibt, die diese Regel wirklich mögen. Es gibt ihnen das Gefühl von Sicherheit. Und das ist ein Gefühl das viele Frauen an ihrem Arbeitsplatz seit vielen Jahren nicht mehr erlebt haben. Ich würde es hassen das für sie zu ändern oder ihnen das Gefühl zu geben, dass ich ihnen meine Meinung aufzwinge."

"Nun, du wirst irgendwo anfangen müssen. Du und Nina könnt nicht die Einzigen sein die so denken." Duke legte seinen Burger nieder. "Übrigens, ich habe mit Ashton gesprochen und er steht auf Nina. Er macht sich nur Sorgen um dasselbe wie wir, gefeuert zu werden."

Ich dachte eine Sekunde darüber nach, bevor ich ihn fragte: "Darf ich ihr das sagen?"

Duke zuckte mit den Schultern. "Das hat er mir nicht verboten."

Sie würde überglücklich sein, wenn ich ihr diese Nachricht überbringen würde. "Danke. Ich werde ihr nicht sagen woher ich die Informationen habe, keine Sorge."

Seine Augenbrauen erhoben sich ein wenig, als er fragte: "Also, lässt dich diese Information denken, dass du die Dinge mit deinem Plan beschleunigen möchtest? Du weißt schon, deiner besten Freundin auch eine Chance auf Glück geben?"

"Duke, es ist nicht so einfach. Dieser Plan ist neu. Wir dürfen das nicht überstürzen und ich brauche mehr Zeit um sicherzustellen, dass es was bringt."

"Ja, weiß ich doch." Er legte seinen halb gegessenen Burger nieder. "Mehr Zeit mit dir. Im Freien, wie ein normales Paar. Was ist daran so schwer zu verstehen? Und was ist mit deiner Freundin? Sollten Nina und Ashton nicht zusammen sein wenn sie wollen?"

"Natürlich." Ich blickte auf die Uhr über die Bar und sah, wie schnell die Zeit verflogen war. "Wir müssen später darüber reden. Oder noch besser überhaupt nicht. Wir müssen los wenn ich Zeit haben will die Pflanze zu holen."

"Schön, ich bin sowieso fertig. Mein Hunger ist weg." Er stand auf und ging ohne auf mich zu warten.

Ich hatte ihn wütend gemacht, aber welche Wahl hatte ich gehabt?

28

DUKE

Nach Lilas abendlicher Nachrichtensendung, der letzten des Tages, nahmen wir ein Taxi zu ihrer Wohnung. Sie brauchte saubere Kleidung für den nächsten Tag und der Plan war einige Dinge abzuholen und dann zurück zu meiner Wohnung zu fahren, um über Nacht zu bleiben.

Ich hatte versucht nichts mehr über ihren Plan zu sagen, aber ich konnte mich einfach nicht zurückhalten. "Also, hast du Nina von Ashton erzählt?" Ich warf mich auf die Kante ihres Bettes während sie durch ihren Schrank schaute.

"Ja." Sie lachte. "Sie war deswegen auf alle Arten aus dem Häuschen. Danke, dass ich es ihr sagen durfte, nebenbei bemerkt. Ich glaube es hat sie wahnsinnig gefreut."

"Das glaube ich dir." Ich lehnte mich zurück um mich auf meinen Ellbogen auszuruhen. "Und was hielt sie davon mit diesem Plan fortzufahren den ihr beide ausgedacht habt, damit ihr bei den Männern sein könnt nach denen ihr euch sehnt?" Ich jauchzte um zu versuchen, die Situation aufzulockern. Ich hatte mich wirklich sehr bemüht, die Dinge so zu nehmen wie sie waren, aber es wurde immer schwieriger das zu tun.

"Oh, darüber haben wir überhaupt nicht gesprochen." Sie warf ein rosa Kleid auf das Bett. "Gefällt dir das für die Morgensendung? Du könntest hellblau tragen."

"Sicher." Ich bemerkte das Kleid kaum als ich sie ansah. Ich konnte nicht glauben, dass sie so viel trödelte. Wie konnte sie nicht wollen, dass dieses Versteckspiel so schnell wie möglich ein Ende hatte? "Du hast überhaupt nicht darüber gesprochen? Das finde ich komisch. Wollen wir nicht beide, dass die Dinge ehrlich und offen sind? Oder bin das nur ich?"

"Es geht nicht nur um dich." Sie sah mich wütend an, und das machte mich wütend.

"Schau, ich will dich. Ich möchte, dass die Welt weiß, dass du und ich etwas gefunden haben. Sicher, wir arbeiten zusammen, aber wen kümmert das?" Ich stand auf und lief umher.

Ich wollte etwas und ich war es gewohnt das zu bekommen was ich wollte. Diesmal brauchte ich ein wenig Hilfe. Sie und ich waren ein Team, richtig? Teamkollegen helfen sich gegenseitig, oder?

"Warum stampfst du so?" fragte sie mich, als sie ein Paar High-Heels auf das Bett legte. "Passen die zu dem Kleid?"

"Sie sehen toll aus." Ich hörte auf zu laufen, ärgerte mich, dass sie es Stampfen genannt hatte, als wäre ich ein verzogenes Kleinkind. "Und fürs Protokoll, ich hab nicht gestampft, sondern nur auf und ab gegangen. Ich bin irgendwie verärgert, dass du es nicht angemerkt hast."

"Oh, das habe ich gemerkt. Glaub mir, ich habe es gemerkt. Und was glaubst du kann ich tun um das in Ordnung zu bringen?" Sie rollte die Augen als sie zu ihrer endlosen Anzahl von Make-up ging um den morgigen Look auszuwählen. Lila gefiel es nicht wie das Make-up-Mädchen ihr Make-up machte, also machte sie es zu Hause, bevor wir gingen. Sie ließ sie ihr Haar machen, aber das Make-up war ihr Ding.

"Also hast du es gemerkt und es ist dir einfach egal?" fragte ich sie und spürte einen ungläubigen Ausdruck in meinem Gesicht. Ich konnte nicht glauben, dass sie wusste wie sehr ich das wollte und trotzdem so wenig darauf achtete. Es ließ es so aussehen als wäre es ihr egal. Nein, sie lief einfach nur herum und suchte ihre Sachen zusammen, als ob sie sich keine Sorgen um meine Gefühle machen würde.

Ich war noch nie ein Mann gewesen der aus einer Mücke einen Elefanten gemacht hatte. Und ich dachte auch nicht, dass ich es jemals tun würde. Aber sie tat so als wäre ich es, seufzte schwer und sah mich dann mit einem süßen Ausdruck an. "Was ist falsch an dem, was wir jetzt machen?"

"Alles." Ich warf meine Hände in die Luft. "Wie kannst du diese Frage überhaupt stellen, Baby?"

"Ich verstehe nicht, warum du denkst, dass alles falsch ist an dem, was wir jetzt tun. Wir können ein paar Nächte zusammen verbringen um tollen Sex zu haben. Wir können bei der Arbeit zusammen rumhängen. Wir können fast alles tun was wir tun würden wenn wir ein Paar sein dürften." Sie hielt inne, als sie die fünf Farbtöne von rosa Nagellack betrachtete, die sie auf die Kommode gelegt hatte.

Also stieg ich dort ein wo sie aufgehört hatte. "Ja, wir können alles tun, außer ein echtes Paar in der Öffentlichkeit zu sein. Abgesehen davon, dass wir die Familien des anderen nicht kennenlernen können. Und davon, dass wir nicht Hand in Hand durch den Central Park gehen können, wie alle anderen Paare."

Ihre Lippen verzogen sich zur Seite, als sie drei der Lackflaschen nahm und sie neben das Kleid legte das noch auf ihrem Bett lag. Sie starrte sie an bis sie schließlich eine aufhob und sie weg legte. "Es ist wirklich süß, dass du das alles machen willst. Und mit der Zeit werden wir das können. Kein Grund etwas zu überstürzen."

Ich schwieg, da ich keine Ahnung hatte was ich sonst noch zu ihr sagen sollte um sie davon zu überzeugen, dass sie sich nur ein wenig beeilen musste. Bei dieser Geschwindigkeit wird sie ihren Plan vielleicht nie durchziehen. Sie könnte mich jahrelang genau den gleichen Scheiß machen lassen.

Nun, damit war ich nicht einverstanden. Ich wollte mehr. Und was ich wollte war völlig normal. Auch wenn sie bereit war sich damit zufrieden zu geben war ich es nicht. Sie schien diesen geheimnisvollen Lebensstil nicht zu wollen als wir das erste Mal zusammenkamen und ich verstand nicht warum sie jetzt so locker damit umgegangen war.

"Du verrätst dich selbst, Lila. Denke darüber nach." Ich versuchte, jede Karte zu ziehen, die sie für eine Weile in dieses Gespräch über uns hineinziehen würde.

"Duke, ich habe nicht das Gefühl, dass ich mich verrate. Es tut mir leid, dass du so denkst. Wir bekommen auf jeden Fall was wir wollen. Ich wünschte du könntest das sehen und mit all dem aufhören." Sie legte einen der beiden verbleibenden Nagellacke wieder in ihre Schublade und ließ denjenigen zurück der perfekt zu dem Kleid auf dem Bett daneben passte.

Ich wunderte mich einen Moment lang darüber, wie sie in ihrem Leben vorging. So sorgfältig, so gut vorbereitet. Sie wäre in der Lage, ihren Plan durchzuziehen wenn sie ihn einfach so betrachten würde, wie sie es für ihre Wangen, Lippen und Nägel getan hat. Aber sie schien nicht motiviert das zu tun.

Ehrlichkeit ist immer die beste Politik sagte mir meine Mutter immer. Ich dachte, dass es die beste Idee wäre es auszuprobieren. "Schau, ich wollte das nicht sagen. Hauptsächlich, weil ich nicht bedürftig klingen wollte, aber ich sage es trotzdem. Lila, ich fange an mich wie ein Dackel zu fühlen, der dir hinterherläuft."

Sie lachte, als ob diese Vorstellung völlig lächerlich wäre.

"Duke, du bist für mich viel mehr als nur ein Dackel. Das solltest du inzwischen wissen. Habe ich dir nicht gesagt, dass ich niemanden außer dir treffen würde? Zeigt dir das nicht, dass du mir mehr bedeutest als nur jemand, mit dem ich zufällig tollen Sex habe?"

"Ehrfurchtgebietender Sex, wie ich ihn betrachte. Aber wie auch immer, nein, das bedeutet das nicht. Nicht wenn alles was wir haben eine Freundschaft am Tag und Sex in der Nacht ist, ohne dass eine Seele davon weiß." Ich schlug die Arme über meine Brust und fügte am Ende ein Summen hinzu, um meine Aussage zu unterstreichen.

"Ehrlich gesagt will ich nicht, dass jemand weiß, was wir in unserer Privatzeit tun", sagte sie und machte ein ablehnendes Gesicht.

"Weißt du, ich meine nicht, dass ich eine Plakatwand aufhängen will, auf der steht, dass wir die ganze Nacht wie Kaninchen gefickt haben." Ich musste noch einmal schnaufen, da sich der Dampf in mir aufbaute. "Ich will nur, dass die Leute wissen, dass du und ich zusammen sind, das ist alles."

Sie sah mich für einen Moment an. "Das ist süß, Babe. Das ist es wirklich. Aber diese Sache mit dem sexuellen Fehlverhalten ist riesig. Und ich kann nicht überall im Sender intrigieren und Frauen hinzuziehen um unseren brandneuen Chef zu stürzen und alles zu übernehmen. Entschuldigung. Ich weiß, dass ich mir diese hirnrissige Idee ausgedacht habe, aber ich bin mir nicht sicher ob es überhaupt das Richtige ist."

Und da war es endlich. Lila würde ihren Plan überhaupt nicht durchziehen. Und sie war nicht einmal ehrlich zu mir gewesen. "Nun, ist das nicht etwas. Ein Meisterkommunikator, der es versäumt hat mit der einen Person zu kommunizieren, mit der sie in der Lage sein sollte das zu tun. Unsere Körper kommunizieren wirklich gut, nicht wahr?"

Sie nickte. "Ja. Es tut mir leid, Duke. Das tut es wirklich."

"Mir auch." Ich schaute weg und wusste, dass ich sie nicht ansehen und die Dinge sagen konnte, die ich zu sagen hatte. "Vielleicht sollten wir das dann ein wenig zurücknehmen. Wie bis zum Anfang, vor dem ersten Kuss. Weil ich nie wusste, wie schmerzhaft das sein würde."

Sie warf ihre Hände in die Luft, als ob sie mich überhaupt nicht verstehen könnte. "Duke, das ist so unnötig. Willst du wirklich aufhören, Sex zu haben?"

Ich warf meinen Kopf zurück, um ihr in die Augen zu schauen, damit sie sehen konnte, dass ich es ernst meinte, was ich sagte: "Es ist nicht nur Sex mit dir. Das solltest du wissen."

"Also, was sollen wir dann tun?" Sie sah jetzt verärgert aus. "Unsere Jobs kündigen? Obdachlos auf den Straßen von New York sein und eines Tages beten, dass uns jemand einstellen wird nachdem wir unsere einzigartigen Jobs gekündigt haben? Und das würden wir tun warum genau? Liebe?" Sie schüttelte den Kopf, als ob die Idee lächerlich wäre.

"Vielleicht", sagte ich leise.

Lila hielt inne um mich lange und hart anzusehen, bevor sie sagte: "Liebst du mich, Duke Cofield?"

Dieses Wort war noch nie zwischen uns gesagt worden. Nun, ab und an schon. Aber es betraf immer bestimmte Dinge wie zum Beispiel wie sehr ich die Art und Weise liebte wie sie roch. Aber wir hatten nie diese drei kleinen Worte gesagt nach denen sich jeder sehnt. Beziehungsweise, die jeder hören will, wenn die andere Person es tatsächlich meint. Ich liebe dich, dass hatten wir noch nicht gesagt.

War ich dabei, diese Worte an die Frau zu richten, die sich weigerte, etwas zu tun, um uns zu helfen unsere Beziehung auf die nächste Ebene zu bringen?

Auf keinen Fall, verdammt. "Vielleicht", das ist es, was stattdessen aus meinem Mund kam.

Ihre blauen Augen hingen an den Ecken. Sie saß schwer auf dem Bett. "Dann müssen wir wirklich aufhören herumzuspielen, nicht wahr?"

Die Tatsache, dass sie nicht mal das bisschen erwidert hatte, hatte sich ziemlich schrecklich angefühlt.

Nach allem was wir geteilt hatten? Alles, was wir zusammen durchgemacht hatten? Wie könnte sie nicht ein wenig Liebe zu mir irgendwo in ihrem Herzen vergraben haben?

Also beschloss ich ihr zu geben, was sie wollte. "Ich schätze, dann sollten wir aufhören. Bevor jemand wirklich verletzt wird."

Von jemandem meinte ich mich. Sie schien, als würde es ihr verdammt gut gehen.

Ihre Augen waren auf den Boden gerichtet, ihre Hände in ihren Schoß gefasst. "Ich habe Spaß mit dir. Ich mag es in jeder Hinsicht mit dir zusammen zu sein. Aber wir können nicht mehr als das haben was wir im Moment haben, oder?"

Alles, was ich tun konnte, war mit den Achseln zucken. "Wir könnten. Du willst einfach nichts tun, damit das passiert."

Sie schüttelte den Kopf und ließ dieses schöne blonde Haar in dicken Wellen über ihren Rücken wandern. "Ich kann noch nicht loslegen um die Mühlen in Gang zu setzen. Ich kann einfach nicht, Duke."

Es sah so aus, als gäbe es nichts anderes was ich sagen oder tun könnte um ihr klarzumachen, dass ich diesen Weg nicht viel länger, geschweige denn für immer, weitergehen konnte. "Dann schätze ich, sollten wir das jetzt beenden. Kein Grund zum Fortfahren, denn ich scheine der Einzige zu sein der hier Gefühle hat."

Lila sagte kein Wort, als ich zur Tür ging. Es zerriss mich in Stücke, dass sie mir zusehen konnte wie ich ging, weil sie wusste was wir hatten, als ich aus der Tür ging. Wir würden nie wieder einen Kuss, eine Berührung, keine glückseligen Nächte im Bett mehr haben, nichts.

Meine Hand packte den Türgriff und ich drehte ihn auf, gerade als sich meine Eingeweide tief in mir verdrehten. Ich musste gehen; ich musste es tun.

Aber verdammt, es war das Schwerste, was ich je in meinem Leben getan hatte.

29

LILA

Ich weiß nicht was ich erwartet hatte, als ich Duke am nächsten Tag sah, aber ich hatte nicht erwartet was er tat.

Wir trafen uns am Tisch, um die Morgennachrichten zu machen, so wie wir es am Vortag getan hatten. Er war der normale Duke, der er immer war. Fröhlich und charmant. Aber als es vorbei war, stand er auf und ging weg, ohne auch nur zu sagen, dass wir uns später sehen.

Ich sah ihn gehen und spürte die Stimme in meinem Herzen, die mich anflehte ihm nachzugehen und ihm zu sagen, dass ich einen schrecklichen Fehler gemacht hatte. Aber ich saß stattdessen da und wollte keine Szene bei der Arbeit machen, die dazu führen würde, dass ich meinen Job verlor.

Ich hatte mich ausgelaugt gefühlt, seit er am Vorabend mein Zimmer verlassen hatte. Er hatte ein Loch in mir hinterlassen. Ich hatte nicht bemerkt, dass er einen so großen Teil in mir übernommen hatte, wie er es getan hatte.

Und ich hatte alles hinter mir gelassen.

Jemand kam vorbei, um mit dem Aufräumen des Frühstückszeugs vom Tisch zu beginnen, und erst dann stand ich auf und ging zu den Aufzügen, die mich in mein Büro bringen sollten. Ich wollte so weit hinter Duke bleiben, dass ich ihn nicht sehen würde.

Es war einfach zu schwer.

Als ich aus dem Aufzug in den Empfangsbereich der Penthouse-Büros stieg, bemerkte ich keine einzige Person, an der ich vorbeikam, als ich in mein Büro ging. Ich hielt an und starrte auf Dukes Tür gegenüber von meinem Büro. Ich dachte darüber nach, anzuklopfen, entschied aber dann, dass ich es nicht tun sollte.

Ich ging in mein Büro und wanderte eine Weile ziellos herum. Meine Motivation vom Vortag hatte mich verlassen. Zum Teufel, ich hatte zu Hause noch nicht einmal mein eigenes Make-up gemacht, bevor ich zum Sender kam. Ich hatte gerade geduscht und mich angezogen, dann ging ich zum Sender, um mich von ihnen kamerabereit machen zu lassen.

Meine Nägel waren immer noch lilafarben - ich hatte es am Vorabend nicht mehr geschafft sie passend zu meinem Kleid zu lackieren. Alles was ich tun konnte, war, an Duke zu denken, nachdem er gegangen war.

Die Nacht war lang gewesen und ich hatte nicht viel Schlaf bekommen. Das bisschen was ich bekommen hatte war von schlechten Träumen durchdrungen. Ich war mir nicht sicher, wie lange es dauern würde über Duke hinwegzukommen oder ob ich es jemals tun würde.

Ich hatte einen so großen Fehler gemacht so zu tun als ob die Dinge so gut wären, wie sie waren. Ich hatte gewusst, dass wir etwas gegen unsere Situation unternehmen mussten, aber was wäre, wenn wir es zu anderen Leuten bringen würden und das ging einfach nach hinten los? Und ich war einfach so hin und her gerissen, dass ich zu all den anderen Frauen auf dem Revier gegangen bin, um sie auf meinen Fall hinzuweisen. Eine Regel wegzunehmen die einigen von ihnen das Gefühl der

Sicherheit gab, nur damit ich meinen Weg gehen konnte - es passte nicht gut zu mir.

Schließlich nahm ich meinen Platz am Schreibtisch ein und öffnete meinen Laptop um zu sehen wie viele E-Mails ich erhalten hatte. Ich fand viel zu viele von ihnen und fand die ganze Sache überwältigend.

Die erste die ich öffnete war von einer Person die jetzt schon Fan von Duke und mir zu sein schien. Wir wären so natürlich zusammen, dass es so aussah als hätten wir uns schon ewig gekannt.

Ich schloss den Laptop und ließ meinen Kopf darauf fallen.

Was hatte ich angerichtet?

Ich weiß nicht wie lang ich so dalag. Als es an meiner Tür klopft, riss ich meinen Kopf hoch und guckte in Richtung Tür.

War er das?

Ich drückte den Knopf unter meinem Schreibtisch, um die Tür zu öffnen, und da stand Nina. "Hi, ich dachte, ich komme hoch und sage Hallo, bevor ich mich mit deinen Social Media Sachen beschäftige." Sie kam herein und nahm auf dem großen, bequemen Stuhl auf der anderen Seite meines Schreibtisches Platz. "Wow, geht es dir gut, Lila? Ich meine, du siehst nicht gerade gut aus."

"Ich fühle mich nicht gut." Ich lehnte meinen Kopf in den Stuhl zurück, anstatt meine alte Position des Liegens auf dem Laptop einzunehmen. Diese sah ein wenig zu erbärmlich aus, als dass sie jemand anderes sehen könnte.

"Und warum?", fragte sie mich.

"Ich kann nicht wirklich darüber reden." Ich drehte meinen Stuhl ein wenig, damit ich aus dem Fenster schauen konnte. All die Wolkenkratzer da draußen machten mich normalerweise innerlich glücklich. Aber nichts machte mich glücklich. Überhaupt nichts.

"Du kannst nicht darüber reden?" fragte Nina, als sie

aufstand und ging zur Kaffeemaschine, um eine Kanne Kaffee zu machen. "Du brauchst etwas Koffein, Mädchen. Ich werde uns einen Kanne machen und dir helfen aus diesem Loch rauszukommen in dem du dich selbst reingebracht hast."

Ich wollte keinen Kaffee; ich wollte, dass Duke kommt und mir sagt, dass es nicht wirklich vorbei ist. Aber das geschah nicht und allzu bald sah ich mir die dampfende Tasse Kaffee an die Nina mir gebracht hatte.

Sie stand da und wartete darauf, dass ich sie ihr aus der Hand nahm. "Danke", sagte ich ihr, während ich sie ihr abnahm. Sie wollte nicht gehen bis ich etwas davon getrunken hatte, das war offensichtlich.

Sie nahm ihre Tasse mit auf ihren Platz und ging direkt in die Verhörphase unseres Gesprächs. "Also, lass es raus, Lila. Etwas stimmt nicht, das kann ich sehen. Geht es um ein Familienmitglied?"

"Nein." Ich trank den heißen Kaffee. Sie hatte ein paar Gewürze und Milch hinzugefügt und er schmeckte verdammt gut. Aber ich schätze, ich wollte nichts gutes haben.

Nina wollte nicht abgelenkt werden. "Geht es hier um ein Mitglied des anderen Geschlechts?"

Ich nickte. "Ja", aber ich behielt den wirbelnden Nebel über der Kaffeetasse im Auge.

"Okay, jetzt kommen wir weiter." Nina stellte ihren Becher auch auf den Schreibtisch, als ob sie wirklich bereit wäre an mir zu arbeiten. "Ist dieser Mann dein Freund?"

"Das war er", gab ich ihr gegenüber zu.

"Hat dieser Freund mit dir Schluss gemacht?" sie war jetzt wie im Rausch.

"Ja." Meine Augen suchten nach ihren. "Also, jetzt kennst du den Grund für meine melancholische Stimmung, Nina. Ist diese Frage-Antwort-Runde jetzt vorbei?"

Sie lächelte mich an. "Ganz im Gegenteil. Nun, um zum Kern des Problems zu kommen. Warum hat dieser Freund mit dir Schluss gemacht? War es Eifersucht wegen deines neuen Erfolgs?"

"Überhaupt nicht." Ich drehte mich ein wenig in meinem Stuhl hin und her und fühlte mich unruhig. Ich hätte nichts lieber getan als Nina mein Inerstes auszuschütten. Ich hatte niemanden anderen mit dem ich über diese Sache reden konnte und sie hatte mir gegenüber ihre eigenen Kämpfe mit den dummen Regeln zugegeben. Aber ich war viel weiter gegangen, als nur nach Duke zu gieren. Nein, er und ich hatten auf diese gegenseitige Anziehungskraft reagiert und das war entweder der größte Fehler den wir beide je gemacht hatten oder etwas ganz anderes. Ich wusste aber nicht was.

Nina wollte nicht aufgeben. "Okay, also nicht eifersüchtig. Hat er ein anderes Mädchen gefunden an dem er interessiert ist?"

"Auch das nicht", und ich hoffte, wenn ich genug ihrer Fragen beantwortete, dann würde sie mich einfach in Ruhe lassen.

Sie würde nie den wahren Grund erfahren, warum mein Freund mich verlassen hatte. Wer würde jemals die Antwort auf diese Frage herausfinden?

"Ich kann mir nicht wirklich vorstellen, dass du so bist, aber warst du zickig zu ihm?" Sie richtete ihre Augen auf mich.

War ich das gewesen?

"Ich glaube nicht, dass zickig der richtige Begriff ist." Ich griff wieder nach meinem Kaffee und nahm einen größeren Schluck davon, nachdem er sich etwas abgekühlt hatte. "Übrigens, es wäre ein Verbrechen wenn ich dir nicht zu diesem Kaffee gratulieren würde, Nina. Er ist besser als jeder andere den ich je zuvor getrunken habe."

"Danke. Ich war Barista bevor ich diesen Job bekam. Hätte

ich mehr Gerätschaften gehabt, hätte ich dir eine noch bessere Tasse machen können."

"Ich werde dafür sorgen, dass du das nächste Mal alles hast." Ich musste lächeln - der Kaffee war einfach so gut. "Du hast versteckte Talente, meine Liebe."

"Ich weiß, da sind noch ein paar mehr in meinem Ärmel. Aber zurück zur Befragung." Sie klopfte an ihr Kinn, während sie sich ihre nächste Frage ausdachte. "Wenn du nicht zickig zu ihm warst, was warst du dann?"

Ich musste selbst darüber nachdenken. "Ich nehme an, man könnte sagen, dass er sich mehr Sorgen um den Zustand unserer Beziehung gemacht hat als ich. Und das ist es, was uns im Weg stand. Er konnte es nicht ertragen, wie die Dinge zwischen uns laufen mussten."

"Und warum musste es so sein?", fragte sie mich. "Wegen deinem neuen Zeitplan oder so was in der Art? War er sauer wegen der Zeit, die du bei der Arbeit verbracht hast? Weil du ohne ihn besser dran bist, wenn er deine Zeit monopolisieren will. Du hast Arbeit zu erledigen - du kannst nicht die ganze Zeit auf die Nerven gehen und anrufen."

Ich schüttelte den Kopf und sagte: "Nein, das war es nicht. Er wollte nur etwas haben, was wir im Moment nicht können. Und er wurde ungeduldig. Besonders, wenn er dachte, dass wir kurz davor waren das zu bekommen was wir wollten, bis ich aus dem Plan ausstieg den ich mir ausgedacht hatte."

"Das ist alles so geheimnisvoll." Sie hob ihren Kaffee auf und trank einen Schluck. "Okay, also wolltet ihr beide das Gleiche, aber dann habt ihr eure Meinung geändert und er wurde wütend. War es ein Baby? Wolltet ihr ein Baby haben, aber du hast die Moderatorenposition bekommen und dachtest das könnte eine schlechte Idee sein, da du gerade erst mit dem Job angefangen hast und so? Weil du ihm sagen könntest, dass du einfach nicht bereit bist jetzt schwanger zu werden, aber in etwa einem Jahr oder so könntest du darüber noch einmal nachdenken. Das sollte ihn irgendwie glücklich machen. Glücklich genug um wieder zusammenzukommen. Findest du nicht auch?"

"Nun, es geht überhaupt nicht um ein Baby, also nein, das wird nicht funktionieren." Ich hielt die warme Tasse in meinen Händen und fragte mich was ich tun könnte, ohne zu allen Frauen an unserem Sender zu gehen und einen Protest zu organisieren.

Nina stand auf und ging zur Kaffeekanne um unsere Tassen nachzufüllen. Sie hatte ihre ausgetrunken. Meine war noch halb voll, aber sie füllte sie auf. "Und aus irgendeinem Grund willst du mich nicht in alle Details einweihen. Hmm. Geht es hier um einen Mann der hier arbeitet?"

Ihre Frage ließ meine Nackenhaare aufrichten aus Angst, dass sie es herausfinden würde. Obwohl Nina und ich Freundinnen waren, wollte ich nicht, dass jemand unser Geheimnis erfährt. "Nein."

Sie warf mir einen Seitenblick zu der mehr als nur ein wenig wissend war. "Okay. Nun, lass mich das sagen." Sie nahm wieder Platz, kreuzte ihre langen Beine, während sie über meine Situation nachdachte. "Du bist nichts anderes als fröhlich und optimistisch, seit ich dich zum ersten Mal getroffen habe, Lila. Du hattest jeden Tag ein echtes Lächeln auf deinem Gesicht. Also musst du mit diesem Mann glücklich gewesen sein."

"Ja, er hat mich so glücklich gemacht, wie ich noch nie war", stimmte ich zu.

"Glück ist nicht gerade leicht zu finden. Wenn du meinen Rat willst, dann wäre es mit diesem Kerl zu reden und zusammenzuarbeiten um das zu bekommen was auch immer ihr beide wollt." Sie nickte mir zu und nahm dann einen Schluck von dem Kaffee.

"Ich glaube nicht, dass das passieren wird." Ich legte meine

Ellbogen auf den Schreibtisch und legte meinen Kopf in die Hände. Die Dinge waren wirklich hoffnungslos und ich wusste das ohne Zweifel. "Ich weiß nicht, wie man die Dinge so gestaltet, wie sie sein sollen, damit er und ich haben können was wir wollen."

Wir sahen uns gegenseitig an, als das in unseren beiden Köpfen einsank. Manchmal konnten die Dinge einfach nicht behoben werden, und so war es hier.

30

DUKE

Eine Woche verging und Lila änderte nicht den Farbton ihres Nagellacks. Das ist vielleicht nicht etwas was ein Kerl normalerweise bemerken würde aber ich tat es. Ich tat es weil es Lila war und weil es etwas war bei dem sie normalerweise sehr genau war. Und das zeigte mir, dass sie vielleicht nicht so eine einfache Zeit mit unserer Trennung hatte.

Und mir fiel es ganz sicher nicht leichter.

Ich konnte kaum essen, hatte nicht geschlafen und dachte immer an sie. Es war an der Zeit, diese Situation in Ordnung zu bringen und mein Mädchen zurückzuholen. Wie auch immer, es musste passieren.

Lila hatte den Sender nach den Morgennachrichten verlassen. Ich beobachtete wie sie durch die Glastüren ging. Später sah ich Nina und fragte warum Lila so früh gegangen war und sie hatte mir gesagt, dass Lila sich krank fühlte und sogar die Wetterfee am Nachmittag gebeten hatte, für sie die abendlichen Nachrichten zu übernehmen. Es war Freitag, also hatte sie das ganze Wochenende Zeit um gesund zu werden.

Aber ich wusste es besser, denn ich war gerade an diesem

Morgen mit Lila zusammen, als ich die Show mit ihr machte. Sie war nicht krank, sie war nur aufgebracht.

Ich hatte ihr die kalte Schulter gezeigt. Ich wusste nicht was ich sonst tun sollte. Es tat zu sehr weh sie überhaupt anzusehen, weil ich wusste, dass ich sie nicht mehr haben konnte.

Mit dem Wissen, dass ich sie und mich selbst verletzte, traf ich eine Entscheidung. Eine, die mich vielleicht nur meinen Job kostet. Aber zu diesem Zeitpunkt war es mir egal. Ich kümmerte mich nur um Lila und mich und um das Zusammensein.

Also marschierte ich in Artimus' Büro. Seine neue Assistentin war da und versuchte die Grundlagen zu erlernen. Artimus stellte uns schnell vor. "Hallo, Duke. Das ist meine neue Assistentin, Julia Bengal."

Die junge Frau war beeindruckend, mit langen dunklen Haaren und großen braunen Augen. Ich dachte mir, dass es Artimus schwer fallen könnte, die Augen von dieser Frau abzuwenden. "Schön, dich kennenzulernen, Julia." Ich schüttelte ihr die Hand.

"Ebenso, Duke. Du bist Teil der Morgendshow und machst den Sport in den Abendnachrichten, richtig? Ich habe dich gesehen. Du bist großartig. Ein echtes Naturtalent. WOLF hat Glück, dass sie dich gefunden haben." Sie lächelte mich an und wandte sich dann ab. "Wenn ihr mich entschuldigt, ich muss herumschnüffeln und herausfinden wo alles ist, damit ich dem Boss tatsächlich helfen kann."

"Nimm Platz, Duke", sagte Artimus, als er zu dem Stuhl auf der anderen Seite seines großen Schreibtisches gestikulierte. "Was bringt dich heute vorbei?"

"Liebe.", sagte ich frei heraus. Mein Herz klopfte, aber ich wusste, dass ich es schaffen würde.

"Liebe?", fragte er mit erhobenen Augenbrauen. "Also, du hast jemanden getroffen?"

"Das habe ich.", sagte ich und legte meine Handflächen auf

seinen Schreibtisch, während ich meinen Mut zusammen nahm. "Okay, lass mich alles auf den Tisch legen. Lila und ich sind verliebt."

Artimus rieb seine Schläfen und sah mehr als unzufrieden mit meinen Nachrichten aus. " Scheiße."

"Nein, es ist nicht schlecht. Sag das nicht. Es ist gut." Ich dachte über den aktuellen Stand unserer Beziehung nach und fügte hinzu: "Oder zumindest war es das. Es war eigentlich großartig. Bis sie und ich uns trennten."

Sein Gesicht hellte sich auf. "Oh! Also, ihr habt euch getrennt. Okay, es wird alles gut werden. Du wirst jemand anderen treffen. Und ich muss euch nicht beide feuern. Das ist gut. Viel besser."

Ich schüttelte den Kopf. "Nein Artimus, das ist nicht gut. Das ist alles andere als gut. Das ist schrecklich. Das ist so nah an der Hölle, wie ich noch nie zuvor gekommen bin. Und glaub mir, ich bin ihr in meinem Leben mehrmals sehr nahe gekommen. Es ist ganz schrecklich, das ist es. Wir müssen eine Lösung finden, du und ich. Ich brauche sie in meinem Leben. Ich kann es nicht ertragen, nicht mit ihr zusammen zu sein. Und ich weiß, dass es sie auch umbringt."

"Es geht ihr gut", sagte er, während er mich abwimmelte. "Ich habe nicht bemerkt, dass ihre Leistung überhaupt schlechter wäre."

"Weil sie ein Profi ist, Artimus. Hast du überhaupt ihre Fingernägel bemerkt?" fragte ich ihn.

"Ähm, nein." Er sah verwirrt aus. "Was zum Teufel bedeutet das überhaupt, Duke?"

"Sie malt sie passend zu ihrem Outfit. Jeden Tag setzt diese Frau einen neuen Farbton auf ihre Nägel und sie hat ihren Lack eine Woche nicht gewechselt. Überhaupt nicht, seit ich mit ihr Schluss gemacht habe." Ich schlug mit der Hand auf den Tisch. "Das bedeutet, dass sie traurig ist. Verärgert. Und es liegt an unserer Trennung, was ich nicht einmal tun wollte, aber ich fühlte, dass ich es musste wenn ich gesund bleiben wollte."

"Und angestellt", erinnerte er mich.

"Ja, das auch." Ich stand auf und fing an zu laufen. Nicht herumstampfen, so wie Lila es gesagt hatte, als wir das letzte Mal zusammen waren. Nein, ich hatte die volle Kontrolle. "Artimus, es muss etwas geben, was wir tun können, um draußen zusammen zu sein und unsere Jobs zu behalten."

Seine dunklen Augenbrauen strickten zusammen, während er darüber nachdachte, dann hob er einen Finger, als sein Ausdruck zu einer Erregung wurde. "Du könntest aufhören."

Ich war schockiert. Ich hatte wirklich gedacht, dass die wahre Liebe gewinnen würde. "Ich würde lieber bleiben."

Julia trat ein. "Wenn ich so mutig sein darf, möchte ich sagen, dass es ein schrecklicher Fehler wäre, Duke jetzt zu verlieren. Ich sag's nur, Boss." Sie ging zurück und lernte weiter.

Ich musste ihn dazu bringen, die Dinge zu verstehen. "Artimus, es gibt legitime Paare die zusammen arbeiten. Ich habe sie nicht sexuell belästigt."

Er lächelte mich an. "Schön zu hören. Jetzt hör auf, überhaupt etwas Sexuelles zu machen und alles wird gut."

"Hörst du dich selbst?" musste ich fragen.

"Ja." Artimus sah seine neue Assistentin für einen Moment an, während sie etwas aus dem Regal nahm, bevor er mich ansah. "Ich schätze, ich kann nichts tun, wenn ihr beide, sagen wir mal, verheiratet wärt?"

Verheiratet?

Nicht lange nach unserem kleinen Treffen begab ich mich auf den Weg zu Lilas Wohnung. Ich hatte große Neuigkeiten für sie und wusste, dass sie es direkt aus meinem Mund und nicht am Telefon hören wollte.

Ich klopfte und rief: "Lila, ich bin's, Duke."

Die Federn auf dem Bett knarrten und verrieten mir, dass sie darauf gelegen hatte. Wahrscheinlich weinte sie ihre hübschen blauen Augen aus. Sie öffnete die Tür und ich sah in ihre rot umrandeten Augen. "Duke, was machst du hier?"

"Ich überbringe Nachrichten, von denen ich hoffe, dass du genauso begeistert sein wirst wie ich. Darf ich reinkommen?" fragte ich, da sie überhaupt nicht zurückgetreten war, sondern dort stand und den Eingang blockierte.

Sie sah mich einen Moment lang an, bevor sie antwortete. "Wenn du reinkommst, wird nichts passieren, okay? Ich kann es einfach nicht ertragen, wenn ich dich wieder verlieren muss."

"Du wirst mich nicht wieder verlieren", versicherte ich ihr.

Sie trat zurück und sah etwas verwirrt aus. "Was bedeutet das?"

"Du wirst es in einer Sekunde herausfinden." Ich schloss die Tür hinter uns und nahm dann ihre Arme, hielt sie zurück, damit ich sie ansehen konnte, als ich die beste Nachricht aller Zeiten überbrachte. "Wir können jetzt offiziell zusammen sein. Und da wir das tun können, will ich das auch öffentlich bekannt geben. Ich liebe dich. So, jetzt weißt du das. Und ich will, dass du bei mir einziehst."

Sie schüttelte den Kopf wie vor Ungläubigkeit. "Und wie ist das passiert?"

Es schien, als hätte sie den besten Teil verpasst, also fragte ich: "Hast du gehört, was ich gesagt habe? "Sie nickte. "Ja, wir können auch öffentlich zusammen sein."

Das war mir nicht genug, also fügte ich hinzu: "Und was habe ich noch gesagt?"

Sie verengte ihre Augen und schaute zur Seite, als ob sie versuchte, sich an alles zu erinnern. "Ich bin mir nicht ganz sicher. Du hast ziemlich schnell geredet und ich dachte, ich hätte gehört..."

Ich nahm sie am Kinn, damit sie mich ansieht, und fuhr fort: "Ich sagte, ich liebe dich, Lila Banks."

Ein Lächeln huschte über ihre Lippen, als sie nickte. "Ja, ich habe dich gehört, ich wollte nur hören, wie du es noch einmal sagst."

Ich konnte nicht länger warten und zog sie zu sich heran und legte meine Arme um sie. "Du kleine Nervensäge."

Sie hatte auch etwas zu sagen: "Ich liebe dich auch. Aber was meinst du damit, dass wir jetzt öffentlich zusammen sein können? Was ist passiert?"

"Ich musste meinen Job aufgeben", gab ich zu.

Sie sah entsetzt aus. " Nein!"

Ich nickte. "Ja. Aber als ich aus Artimus' Büro ging, hielt er mich auf. Er sagte mir, wenn ich für jemanden so weit gehen würde, wusste er, dass ich wirklich verliebt sein muss. Also gratulierte er uns und sagte mir, dass wir uns zurückhalten sollen, wenn wir bei einer WOLF-Veranstaltung oder im Gebäude sind. Ansonsten können wir tun, was wir wollen. Und ich will was mit dir tun, jetzt gleich."

"Und es ist wirklich okay, wenn wir uns jetzt treffen, Duke? Ich kann es nicht glauben! Du hast es geschafft!" Sie warf ihre Arme um meinen Hals und küsste mich.

Sie zu halten fühlte sich so richtig an. Alles würde wieder in Ordnung kommen.

Unsere Münder trennten sich und wir sahen uns gegenseitig in die Augen. Immer neugierig fragte Lila: "Und was ist mit den anderen Mitarbeitern?"

"Artimus sagte, er wird die Regeln anpassen. Er und seine neue Assistentin denken, dass sie sich etwas einfallen lassen können, was fair ist und trotzdem alle sicher fühlen lässt." Ich küsste sie wieder. Ihre Lippen fühlten sich so weich an auf meinen.

Alles, woran ich denken konnte, war, ihre Haut wieder auf meiner zu spüren. Ich bewegte meine Hände unter ihr Kleid, zog es hoch und nahm es ihr ab. Sie stöhnte, als unser Kuss an

Intensität zunahm. Sie half mir auch, mich auszuziehen und bevor wir uns versahen, waren wir in ihrem Bett, die Federn quietschten bei jedem Stoß den wir machten. Und wir machten eine Menge davon.

Der Sex war wild, hektisch und alles war wieder so, wie es gewesen war. Nur war es diesmal noch besser, jetzt da wir uns nicht verstecken mussten - weder voreinander noch vor der Welt.

Wir kamen gleichzeitig, wie ein Blitz der direkt durch uns hindurchschoss und uns in seinem elektrischen Strom verband. Unsere schwere Atmung erfüllte den Raum, als wir dort lagen und uns gegenseitig so fest hielten.

Wir hielten uns fest, während wir wieder zu Atem kamen. Ich küsste sie auf die Stirn. "Ich liebe dich, Lila."

Sie schnurrte: "Ich liebe dich, Duke. Hast du es ernst gemeint, als du sagtest, du willst, dass ich bei dir einziehe?"

"Das habe ich in der Tat. Und bitte denke dir keine Ausrede aus, warum du es nicht könntest. Ich will dich wirklich jede Nacht in meinen Armen haben, Baby." Ich küsste ihre süßen Lippen um sie dazu zu verleiten mir die Antwort zu geben die ich hören wollte.

Sie lächelte, als ich ihre Lippen losließ. "Werden solche Küsse zu unserem Alltag gehören, wenn ich bei dir einziehe?"

"Natürlich", sagte ich. "Genauso wie das nächtliche Kuscheln. Und vergiss nicht die Morgenduschen. Unser Tag wird dann viel besser beginnen. Ich werde dich nicht enttäuschen, Lila. Ich verspreche es. Außerdem werde ich für dich kochen können, wenn du bei mir wohnst. Das ist ein Pluspunkt. Wir sparen uns das Essengehen."

"Ich habe eine Bedingung, Duke." Ihre Augen glitzerten, während sie ihre Forderung stellte.

"Und was ist das?" fragte ich, da ich wusste, egal was es war, würde ich es ihr definitiv geben.

"Ich bezahle die Hälfte der Rechnungen. Bei allen, Duke. Und ich meine es ernst. Ich muss mich auf meine Weise beteiligen, sonst ziehe ich nie bei dir ein." Sie sah ernst aus.

"So hatte ich das eigentlich nicht geplant, Lila", ließ ich sie wissen. "Ich kann die Rechnungen bezahlen, Baby."

"Ja, ich weiß, dass du das kannst. Aber wenn wir zusammenleben wollen, dann will ich meinen Teil dazu beitragen. Und ich kann bereits sehen, dass du eine Hausfrau hast, die kommt um aufzuräumen. Ich weiß, dass du diesen Ort nicht ganz allein so funkelnd und gepflegt hältst. Also, lass mich meine Hälfte von allem bezahlen. Ich stelle das übrigens nicht zur Diskussion. Ich sage dir, es muss so sein." Sie lächelte und wusste verdammt gut, dass ich ihr nicht nein sagen würde.

"Alles was du willst, Baby, kriegst du." Ich küsste sie noch einmal um unseren neuen Deal zu besiegeln.

Das Leben war dabei, so viel besser zu werden und wir waren mehr als glücklich, unser Glück für immer gefunden zu haben.

Ende

© Copyright 2020 Michelle L. Verlag - Alle Rechte vorbehalten.
Das Werk, einschließlich aller seiner Teile, ist urheberrechtlich geschützt. Jede Verwertung ist ohne Zustimmung des Verlages und des Autors unzulässig. Dies gilt insbesondere für die elektronische oder sonstige Vervielfältigung. Alle Rechte vorbehalten.
Der Autor behält alle Rechte, die nicht an den Verlag übertragen wurden.

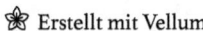 Erstellt mit Vellum

www.ingramcontent.com/pod-product-compliance
Lightning Source LLC
LaVergne TN
LVHW021659060526
838200LV00050B/2422